KB036264

친구 여동생이 나한테만 짜증나게 군다

vol. **7**

작가 **미카와 고스트**

일러스트 **토마리**

© tomari

"너무 신경 쓸 거 없어.
이상한 잠꼬대는 안 했고,
잠든 모습도 이상하지 않았거든."

"바, 바보.
그런 문제가 아냐.
부, 부끄럽단 말이야.
표정이 이상했을지도⋯⋯."

"평범하게 귀여운 얼굴이었어."

"귀엽⋯⋯."

© tomari

CONTENTS

© tomari

친구 여동생이 나한테만 짜증나게 군다

vol. 7

미카와 고스트 지음
토마리 일러스트
이승원 옮김

억지 친분 사양, 여친 사절, 친구는 진정으로 가치 있는 한 명만 있으면 된다. 『청춘』의 모든 것은 비효율적이며, 가혹한 인생 레이스에서 살아남기 위해서는 낭비를 극한까지 줄여야 한다— 한때 그런 신조를 가슴에 품고 살던 나, 오오보시 아키테루는 이로하의 짜증 속에서 귀여움을 찾아내고 말았다. 그 결과, 나는 이로하에게 자신의 짜증스럽고 귀여운 면을 드러낼 수 있는 친구를 만들어주고 싶어졌다. 하지만 당사자인 이로하는 청초한 우등생 모드로 미스 콘테스트에 참가하겠다고 말했다.

전교생에게 그 캐릭터를 보여줘서 객관적인 평가를 얻게 되면 가면을 벗을 기회를 영원히 잃을지도 모른다. 이로하라는 배우— 아니, 한 인간의 프로듀서로서 그런 전개는 반드시 피해야만 했다.

이 상황에서 내가 취할 선택지는 단 하나. 나 자신이 미소녀가 되어 미스 콘테스트에 나가서 우승하는 것이다. 『검은 염소』의 운영을 통해 남성 유저에게 사랑받는 여성 캐릭터의 매력 포인트를 완벽하게 파악한 나는 이로하의 라이벌이자 최첨단 패션 소개 핀스타그래머 토모사카 사사라의 도움을 받아서 완전무결한 여장을 하는 데 성공. 학교 최강의 미소녀인 이로하와의 정상 결전에 도전했다.

물론 단순한 진검승부가 아니다. 나는 심사위원인 오토이 씨를 달콤한 디저트로 매수해서 결승전의 어필 내용을 「짜증귀염 어필」로 했고, 이로하에게 강제적으로 짜증귀염 연기를 시키려 했다. 이기든 지든 내 승리, 그런 대결로 유도한 것이다.

하지만 내 성격을 완전히 파악하고 있는 이로하 또한 교묘한 책략으로 카운터를 날렸다. 이로하는 미스 콘테스트 결승을 사퇴해서 짜증귀염이 발각되는 것을 피했다. 그리고 심사위원인 오토이 씨를 달콤한 디저트로 매수해서 미스터 콘테스트의 결승전 어필 내용을 「수학 퍼즐 빨리 풀기」로 설정해, 오즈의 우승을 실현시켰다. 그리고 미스&미스터 콘테스트의 우승자가 춤추는 캠프파이어 자리에, 오즈로 변장한 이로하가 나타났다.

"선배 마음대로는 안 돼요. 저의 이 모습은 아무한테도 보여주는 싸구려 귀여움이 아니에요. 선배뿐, 이에요."

이로하는 의미심장한 대사를 입에 담더니, 앞으로 더욱 짜증스럽게 굴 테니까 각오해라, 라는 영문 모를 치근덕 예고를 남겼다.

이 문화제는 《5층 동맹》의 목표 달성을 위해서도, 나와 이로하와 마시로의 관계를 다시 확인하는데 있어서도, 커다란 전기가 된 것이 틀림없다.

　무사히 빅 이벤트를 마치고 한숨 돌린 나는 앞으로 어떻게 할지에 대해 생각했지만 세상은 그렇게 무르지 않았다. 공략 난이도 SSS, 인생 최대의 벽이 나를 막아선 것이다. 그것도 두 명이나 말이다. 나는 그 두 사람을 이렇게 부르기로 했다.

　친구 엄마, 라고 말이다.

등장인물 소개

오오보시 아키테루

주인공. 극도의 효율충인 고2. 「5층 동맹」의 프로듀서. 연구를 위해서라면 애니를 2배속으로 보는 것도 주저하지 않는다.

코히나타 이로하

고1. 학교에서는 청초한 우등생이지만 아키테루에게만 짜증나게 군다. 연기 천재. 인싸지만 애니 마니아. 언젠가 애니에 출연하는 게 꿈.

츠키노모리 마시로

고2. 아키테루의 사촌이자 가짜 여친. 아키테루에게 맹렬히 대시 중. 실은 작가인 마키가이 나마코. 러브코미디 애니로 연애 연구 중.

코히나타 오즈마

고2. 통칭 오즈. 아키테루의 유일한 친구. 「5층 동맹」 소속의 프로그래머. 애니를 기술적 시점에서 분석하는 것을 좋아한다.

카게이시 스미레

술을 좋아하는 25세. 아키테루 일행의 담임 교사. 일러스트레이터인 무라사키 시키부 선생님이기도 하다. 술을 기울이며 하는 심야 애니 시청이 하루하루의 낙.

오토이 ●●

고2. 이름은 비공개. 다우너. 「5층 동맹」에 협력하고 있는 사운드 담당. 업무상 애니 음성에 흥미가 많다.

카게이시 미도리

고2. 매번 전 과목 만점을 받는 괴물 우등생. 연극부 부장이지만 연기는 별로. 야한 심야 애니를 발견하면 발끈하는 사춘기 소녀.

토모사카 사사라

고1. 요즘 이로하의 라이벌에서 친구로 클래스 체인지했다. 애니는 안 보지만 히트작에는 관심을 가지는 편.

키라보시 카나리아

마키가이 나마코의 담당 편집자. 수완 좋은 아이돌 편집자.
자칭 17세. 말끝에 퍅을 붙인다. 본명은 호시노 카나. 애니화 작품도 다수 담당하고 있다.

바늘방석, 이란 일본어를 알려나?

그것은 다다미가 보급되기 이전의 시대로 거슬러 올라갈 만큼 오랜 기원을 지닌 말이다. 바늘이 꽂힌 방석 위에 앉은 것처럼 마음이 편하지 않은 상황을 가리킨다. 무슨 말이 하고 싶냐면, 지금의 내가 그런 상황이란 뜻이다.

"츠키노모리 씨와 이렇게 한 테이블에 둘러앉은 게 몇 년 만이더라~."

"오래간만의, 재회라, 저, 기뻐요."

홍코너. 서글서글하고 푸근하며 방긋방긋 웃는 인상의 여성은 코히나타 오토하. 또 하나의 이름은 아마치 오토하.

청코너. 쿨한 외모와 어색한 말투가 순진무구한 인상을 자아내는 여성은 츠키노모리 미즈키. 삼촌의 아내.

……참고로 홍코너와 청코너는 내 머릿속에만 존재하지만, 두 사람은 테이블 상석에 앉은 내 좌우에 나뉘어 앉아 있기에 구도적으로는 딱 들어맞았다.

와아, 양손에 꽃이다~ 하며 바보처럼 기뻐할 수 있다면 참 좋겠지만, 잔혹하게도 꽃의 꿀처럼 달콤한 상황이 현실에서 벌어질 리가 없다.

"우, 우리 엄마와 마시로 선배의 엄마가 아는 사이였군요. 이, 이런 우연도 다 있네요~. 아하하."

"그, 그래. 말도 안 돼. 짠 것 같아."

홍코너, 세컨드. 짜증스러울 정도로 활기찬 인싸, 친구 여동생, 코히나타 이로하.

청코너, 세컨드. 어둡고 매정한 태도로 냉대하는 아싸, 가짜 연인, 츠키노모리 마시로.

두 사람 다 평소 태도를 숨기고 있는 건, 각자의 옆에 앉은 인물이 원인이리라.

옆에 엄마가 앉아있는 상황에서 긴장하지 않는 건 무리다.

……그리고, 나는 그 두 배의 중압감에 짓눌리고 있었으며, 느끼고 있는 거북함 또한 두 배였다.

나는 두 사람의 어머니를 똑바로 바라볼 수가 없었기에, 눈앞의 토마토 주스를 응시할 수밖에 없었다. 테이블 위에는 토마토 주스가 담긴 컵이 인원수만큼 놓여 있었다. 이 극한 상태에서도 손님을 대접하려는 마음을 잊지 않은 나를 칭찬해줬으면 한다.

토마토에 들어 있는 리코펜은 인간의 스트레스를 줄여주는 작용을 한다는데, 지금 내가 체험 중인 정신적 중압감은 리코펜이란 방패를 너무나도 간단히 꿰뚫었다.

아마치 오토하만으로도 나한테는 부담 그 자체였다. 일전에 츠키노모리 사장과 셋이서 샤부샤부를 먹었을 때, 그녀가 나한테 보냈던 의심스러운 눈초리와 리더로서의 가치관 차이, 마왕 같은 분위기는 지금도 기억에 생생히 남아 있었다. 긴장하지 않는 게 이상했다.

거기에 한술 더 떠서······. 마시로의 어머니까지 이 자리에 있다.

아까 츠키노모리 사장이 나한테 연락해서 가출했다고 말한, 바로 그 사모님께서 말이다!

말실수를 했다간 그대로 뭔가가 폭발해버릴 듯한 우리 집 식탁은, 지뢰밭이나 별반 다를 게 없었다.

"두, 두 분은 무슨 일로 이 맨션에 오신 거예요? 오토하 씨는 그렇다쳐도, 미즈키 숙모는 이사한 마시로를 만나러 온 게 처음이죠?"

일단 풍파가 일지 않도록 무난한 화제를 꺼내 봤다.

미즈키 씨는 쿨한 외모 속에 순진무구함이 담긴 절묘한 미소를 머금으며 대답했다.

외국 생활이 길어서 그런지, 미묘하게 어설픈 일본어로 말이다.

"여름 휴가. 장기 휴가예요. 오래간만. 딸의 곁. 있을 수 있어 행복해요. 함께 지내려고, 왔어요."

프랑스계 혼혈 미인은 눈의 결정처럼 시원한 미소를 머금었다.

"여름 휴가······?"

"어머~, 츠키노모리 씨도 그렇군요~. 실은 저도 휴가예요~."

"오토하 씨도요? 어라, 하지만 지금은 9월인데요?"

"어른의 여름 휴가는 9월에 해요~. 『그럼 왜 여름이라고……?』 같은 의문을 품으면 안 돼요~. 그래야 상식적인 사회인이라고 할 수 있죠~."

어둠이 너무 깊었다.

"그러고 보니 츠키노모리 씨는 브로드웨이의 무대에도 선적 있는 뮤지컬 여배우였죠? 그쪽 업계에서도 여름 휴가를 이렇게 늦게 가지나요~?"

"높으신 분들 바캉스갈 시기. 여배우, 모델, 업계인에게는 기회예요."

어둠이 더욱 깊어졌다. 아니다. 어설픈 일본어 때문에 수상하게 들릴 뿐, 분명 이상한 이야기는 아닐 것이다. 응. 그런 걸로 해두자. 적어도 내 머릿속 번역으로는 말이다. 응.

바로 그때였다. 덜컹, 하는 소리가 들렸다.

이로하가 자리에서 일어나더니, 환한 눈동자로 미즈키 씨를 뚫어지게 응시했다.

"마시로 선배의 어머니는 여배우셨어요?!"

"어라, 말 안 했던가?"

"처음 들어요! 게다가 브로드웨이에서……. 그렇게 대단한 사람이 눈앞에……."

호기심 왕성한 이로하의 눈동자가 찬란히 빛났다.

—큰일 났다. 이거, 진짜로 큰일 난 거 아냐?

성우와 장르가 다르다고는 해도, 연기자가 꿈인 이로하가 일류 여배우를 보고 흥분하는 것도 무리는 아니다.

하지만, 여기서 그런 태도를 보이는 건 여러모로 문제가…….

"이로하?"

"……앗."

온화함 속에 압력이 담겨 있는 목소리. 그리고, 얼음장 같은 시선.

그것만으로도 이로하의 어깨가 흠칫하더니, 얼굴에는 억지 미소가 어렸다.

……뭐, 이럴 줄 알았어.

그것도 그럴 것이 이로하가 정체불명의 성우 집단 X라는 성가신 형태로『검은 새끼 염소가 우는 밤에』의 성우를 맡는 것도, 만화와 영화와 게임과 음악 같은 엔터테인먼트를 즐기기 위해 일부러 내 방에 와야 하는 것도…….

전부 어머니의 교육방침 탓이다.

"으, 음…… 너무 대단한 분을 만나서, 흥분하고 말았어요. 죄송해요. 아하하."

"아뇨. 개의치 마세요. 저, 칭찬받는 거 좋아해요. 순수하게, 기뻐요."

"이로하 양……?"

옆에 앉은 어머니의 순진무구한 미소와 뭔가를 숨기는 듯한 이로하의 태도를 본 마시로의 눈이 아주 약간 가늘어졌다.

……아, 그래. 마시로는 코히나타 가의 엄격한 교육방침을 모르지.

이로하가 처한 부자유스러운 환경을 처음 본다면 놀라는 게 당연했다.

분위기가 무거워지는 것을 눈치챈 나는 굳어 있던 입을 억지로 놀리며 말했다.

"으음, 그러니까 말이죠. 두 분 다 한동안은 이 맨션에 머문다……는 거죠?"

"네~. 그러니 우선 이웃사촌에게 인사를 할까 해서요~."

"일본, 예의 중시, 해요. 무사도~. 도리, 안 지키는 녀석, 참수. 그래서, 인사하러 왔어요."

"그렇게 흉흉한 규율 같은 건 없는데요."

예절을 중시하는 무사의 나라라고 해도, 역사를 살펴봐도 그렇게 엄격하지는 않았다고 생각한다. ……아니, 어쩌면 그렇게 가벼운 느낌으로 목을 뎅강~했을 가능성도 없지는 않다. 상상하기도 싫지만 말이다.

아니, 잠깐만 있어봐. 애초에 W엄마의 주장이 미묘하게 이상하지 않아?

"무슨 말인지는 알겠는데, 왜 우리 집에 인사하러 온 거예요? 미즈키 씨는 오래간만에 조카의 얼굴을 보러 와도 이상할 게 없지만…… 오토하 씨는 딱히 다른 데서 사는 건 아니잖아요. 일단은 계속 옆집에 살고 있었던 거 맞죠?"

츠키노모리 사장과 셋이서 식사를 한 후, 오즈와 이로하에게 확인을 해보니 두 사람은 어머니의 직업에 대해 전혀 알지 못하는 것 같았다.

오즈는 지적 호기심으로 게임 업계의 정보를 검색해서 모으던 과정에서, 텐치도의 사장이 자기 어머니라는 사실을 어렴풋이 눈치챈 것 같지만…… 그 녀석도 입을 다물고 있었다. 이로하만이 아니라, 오즈도 오토하 씨에 대해 나름대로 생각하는 바가 있는 것 같은데……. 솔직히 말해 본심은 짐작이 안 됐다.

뭐, 내가 하고 싶은 말이 뭐냐면 말이다. 오토하 씨는 집을 비우는 일이 잦다고는 해도, 자식들을 상대로 비밀주의가 성립하는 정도다. 그런 행동은 일이 바빠 집을 비울 때가 많은 어머니의 범주를 벗어나지 않았다. 단신 부임을 했다, 같은 건 아니다.

즉, 일부러 우리 집에 인사하러 올 이유는 없는 것이다.

"인사하러 오면 안 되는 건가요~?"

"대환영이에요. 언제든 오세요."

싱글벙글 웃는 얼굴에서 느껴지는 압력에 바로 패배했다. 등을 꼿꼿이 펴고 경례하면서, 전면 항복을 선언했다.

친구 엄마, 되게 무섭네.

그렇게 나와 이로하와 마시로는 두 어머니가 동석한 초중력 공간에서, 고문과도 같은 시간을 한동안 보냈다.

말리지 않으면 멈추지 않는, 말려도 멈추지 않는 자유로운 엄마 토크. 끊어보려고 말을 막더라도, 훈훈한 분위기에 휩쓸리다 보면 어느새 또 대화가 시작되고 만다는 무간지옥 같은 토크 자기장. 스마트폰 시계의 시각을 알리는 숫자가 1로 변하려 한다는 사실에 내가 초조함을 느끼고 있을 때……

"그런데 오오보시 군. 딸과는 어디까지 갔나요?"
"언제 이야기가 그런 쪽으로 넘어간 건가요?"

갑자기 대화를 멈췄다 싶었더니, 그대로 대화에 휘말리고 말았다.

게다가 꽤 살상력이 강한 화제다. 소음기 달린 권총에 맞은 기분이다.

"저도 흥미. 진진. 해요. 마시로, 이로하 양 중에, 누가, 세컨드예요?"

"일본어 미스죠? 세컨드와 여친을 헷갈린 거죠?"

"어머나. 한쪽이 여친이라는 점에는 이의가 없나 보군요."

"아니, 그게 아니라……. 으. 미, 미즈키 씨. 잠깐 저 좀 봐요."

나는 허둥지둥 미즈키 씨에게 귓속말을 했다.

"삼촌에게 이야기를 들었죠? 마시로와의 가짜 커플 계약 말이에요. 그러니까 그런 쪽 이야기를 하는 건 곤란하다고요."

"이해, 해요. 그래서 저는, 여친이 아니라, 세컨드라고, 물은 거예요. 배려, 충분해요."

"으아아아, 그 단어 선정, 배려의 결과였던 거냐고요—!!"

우주에서 가장 아무래도 상관없는 복선이었다.

내가 지끈거리는 머리를 감싸 쥐며 괴로워하자, 오토하 씨는 후후후 하고 성녀 같은 미소를 머금었다.

"부끄러워할 거 없어요~. 우후후."

"꽃 같은 고등학생. 청춘. 연애. 멋지다고, 생각해요."

"본인들 앞에서 놀리지 마세요. 이로하와 마시로도 곤란해하잖아요."

두 사람, 내 말 맞지? 동의를 구하기 위해 W딸을 바라보니……

"눈치 빠른 후배인 저로서는, 세컨드 자리는 마시로 선배에게 양보해줄 수도 있거든요?(빙긋)"

"으……. 선배인 마시로가 겸허하게 한 걸음 물러설래. 세컨드는, 이로하 양이 맡아."

"세컨드라면 우수 어린 미녀! 마시로 선배에게 딱이잖아요."

"이로하 양은 아무렇지 않게 남자를 농락하는 능력을 지녔잖아. 누가 봐도 세컨드 적성 S야."

"호오~. 제법이시네요."

"내가 할 말이야."

"어, 어이, 너희들. ……갑자기 분위기가 나빠…… 아얏."

발을 걷어차였다.

발끝이 정강이를 가볍게 때리는 자극이, 두 번 느껴졌다. 이로하와 마시로 쪽에서 말이다.

"선배야말로 무슨 소리예요. 저희는 사이가 좋거든요?"

"그래, 사이 좋아. 괜히 의심하지 마."

"으, 응. 그럼 됐어."

그럼 눈에 어린 투지와 살벌한 아우라는 뭔데?

이로하와 마시로. 대치한 두 사람의 시선이 정면에서 격돌했다. 겉보기에는 온화하지만 그 이면에 범상치 않은 감정이 깃든 표정으로 눈싸움을 벌이고 있었다. 그 모습은 보이지 않는 칼로 힘겨루기를 하는 것만 같았다.

이 녀석들, 이런 캣파이트 같은 경쟁심을 불태우는 사이였나?

이로하는 마시로를 선배 겸 친구로 여겼고 마시로 또한 처음 생긴 친구인 이로하를 따랐던 것으로 기억하는데, 내가 모르는 사이에 변화가 발생했던 걸까.

혹시 후야제의 캠프파이어에서 이로하가 보였던, 그 의미심장한 태도와 관련이 있는 건…… 거기까지 생각했을 때였다.

오토하 씨는 눈을 더욱 가늘게 뜨더니, 심술쟁이 마녀 같은 미소를 머금었다.

"흐음. 부모로서, 오오보시 군의 신변 조사를 해야만 할 것 같네요~."

"네……?! 아니, 왜 그렇게 되는 건데요?"

미즈키 씨도 무표정한 얼굴로 엄지를 치켜들었다.

"딸. 연인, 세컨드. 장래의 남편. 저희한테도, 사위, 가 될 가능성 있어요."

"어디서 굴러먹던 말 뼈다귀인지 모르는 상대에게 소중한 딸을 넘겨줄 순 없으니까요~. 우후후."

"전제가 이상하다고요! 자, 잠깐만요, 갑자기 뭐 하는 거예요?!"

천천히 자리에서 일어선 오토하 씨와 미즈키 씨가 다가오자 나는 새된 목소리로 그렇게 외쳤다.

동정 같은 반응이라고 웃지 마라.

이로하, 마시로와 같은 DNA를 지닌 어머니들이거든? 가까이에서 보니 절세의 미녀라고.

폭력적인 미모에 시각이 파괴되고, 성인 여성의 향기×2에 후각이 유린당했다. 그런 상태에서 평정심을 유지할 수 있는 건 날라리 검정시험 1급 레벨의 녀석뿐일 것이다.

"엄마?! 뭐하는—."

"거리감, 이상해. 이해 안 돼……."

딸 두 명이 당황한 가운데, 요염한 어른의 입술×2이 천천히 움직이면서 나에게 속삭였다.

"오오보시 군. 알려주지 않겠어요?"

"어, 으음…… 네?"

왜 고개를 끄덕이는 거야, 나. 정신차리라고, 나!

마음속으로 내 볼에 따귀를 날려서 정신을 차리려고 할 때, 오토하 씨가 야생동물을 연상케 하는 사냥꾼 같은 눈길로 이렇게 말했다.

"오오보시 군의 여친은? 연 수입은? 성적은?"

"……네?"

인터넷의 쓰레기 같은 정리 기사 사이트를 연상케 하는 질문을 들은 것 같은데, 내 착각일까?

그런 사이트는 검색 엔진 최적화 대책이 잘 되어 있어서 검색을 할 때면 항상 상위에 올라와서 성가시다니깐. 오즈가 신뢰도 높은 정보만 자동으로 수집해주는 시스템을 짜줘서 쾌적한 검색 라이프를 보내게 된 덕분에, 그런 사이트가 요즘 어떻게 됐는지는 잘 모르지만 말이야.

"네? 같은 소리 할 때가 아니잖아요~. 질문에 대답해주세요~. ……네?"

"아…… 네. 없어요……. 연 수입과, 성적은…… 평균 정도예요."

압력에 굴복했다.

이렇게 무시무시한 「네?」는 평생 처음 들었어…….

그 후로도 두 어머니의 집요한 질문 공세는 이어졌고, 불륜이나 부정행위를 한 것도 아닌데 불상사로 기자회견을 하는 연예인이 된 기분으로 머뭇머뭇 대답해야하는 지옥 같은 시간을 보냈다.

게다가 대답할 때마다 이로하와 마시로가 매번 과민 반응하면서 기분이 좋아지거나 나빠지기를 반복했기에, 두 사람의 안색을 살피면서 실속이 있는 듯 전혀 없는 대답을 해야 했다. 이래서 연예인과 정치가가 기자를 상대로 그런 논법을 써서 말을 돌려대는 거구나.

그렇게 난리를 피운 W엄마는 갑자기 시계를 쳐다보더니, 늦은 시간이니 이제 그만 돌아가자고 말했다. 드디어 그 점을 눈치채줘서 감사하지만, 가능하면 한 시간 정도 일찍 눈치채줬으면 했다.

"하암……. 그럼 선배, 수고 많았어요~."

"응, 내일 봐."

"네~ 흠냐흠냐……."

평소 잠자리에 드는 시간이 지나서 그런지, 이로하는 한계에 도달한 것 같았다.

상시 전원 연결 상태의 단말처럼 풀가동 상태가 디폴트인 치근덕 이로하답지 않게 그로기 상태였다. 문화제의 피로와 어머니 옆에서 장시간 대화를 나눈 피로가 합쳐지자, 아무리 인싸라도 힘든 것 같았다.

"잘 자, 아키. 또 봐."

"그래. ……마시로는 기운이 남았나 보네."

"마시로의 활동 시간은 밤이거든. 어둡고, 조용해서, 집중이 잘 돼."

그렇게 말한 마시로의 눈은 맑았고, 말투도 또렷했다.

으음~, 오타쿠 특유의 야행성이네.

프로 작가를 꿈꾸는 마시로에게, 밤 시간대는 원고 집필이 잘 되는 시간일지도 모른다.

《5층 동맹》의 시나리오 담당 겸 UZA문고 대인기 작가인 마키가이 나마코 선생님도 밤에 집필이 잘 된다는 말을 예전에 한 적이 있다. 어쩌면 밤에 집중이 잘 되는 건 작가 사이에서 흔한 습성일지도 모른다.

"앞으로도 이로하와 사이좋게 지내주세요~. 그럼 또 봐요~."

"아, 네. 다음에 뵐게요."

목소리를 온화한 느낌으로 가장하며 인사를 남긴 후, 오토하 씨는 자기 집으로 돌아갔다.

이로하도 그 뒤를 따랐다.

"아, 맞다. 미즈키 씨."

"……저요? 마시로, 아니고요?"

쿠히나타 모녀에 이이, 츠키노모리 모녀도 문을 나서려 했다. 나는 그중 어머니 쪽을 불러세웠다.

"미즈키 씨가 맞아요. ……저기, 어떤 사람한테 상의 받은 일이 있거든요."

"오⋯⋯ 아하, 이해, 했어. 했어요. 알겠어요."

"엄마? 아키, 무슨 소리 하는 거야?"

"사소한 일이야. 별거 아니니까 걱정하지 마."

"⋯⋯?"

마시로는 미심쩍은 듯이 눈을 가늘게 뜨며 고개를 가볍게 갸웃거렸다.

그렇게 뚫어지게 쳐다봐도, 세세한 설명은 해줄 수 없다.

그것도 그렇다. 이제부터 할 이야기는 친딸의 귀에 들어가선 안 되는 내용이다.

"마시로. 저, 집에 돌아가면 목욕, 하고 싶어요. 목욕, 준비, 의뢰해도 될까요?"

"뭐, 좋아. ⋯⋯마시로의 이상한 소문 같은 퍼뜨리면 미워할 거야."

"네엣?! 엄마, 미움받다니, 슬퍼요!"

"이상한 소리만 안 하면 되잖아. 흥."

엄마가 자기한테 매달리자, 마시로는 고개를 휙 돌리며 매정한 어조로 그렇게 말했다.

그러고 보니 나를 좋아하기 때문에 매몰찬 태도를 보인다고 말한 적 있는데, 마시로는 진짜로 좋아하는 상대나 가까운 이에게는 차갑게 대하는 것 같았다. 이렇게 제삼자의 시점에서 보니, 한눈에 알 수 있었다.

"내가 네 험담을 할 리가 없잖아. 좀 믿어달라고."

"……응. 아키가 그렇게 말한다면, 믿어줄 수도 있어."

"OH…… 보이 프렌드보다, 신뢰 못 받는, 엄마라니……."

"평소 행실 때문이야. 흥."

한탄하며 매달리는 어머니를 떼어낸 마시로는 그대로 가버렸다.

아앗, 하며 사랑하는 딸의 멀어져가는 등을 향해 손을 뻗은 미즈키 씨가 이슬 맺힌 안타까운 눈빛을 머금었다.

무대 연극의 한 장면 같은 과장스러운 몸짓을 보면서, 나는 어처구니없음과 감탄이 뒤섞인 한숨을 내쉬었다.

"여전히 숨 쉬듯 눈물을 흘리네요. 역시 대배우예요."

"마치 제가 악녀. 오해, 사겠어요."

"오해라면 좋겠지만 말이죠……."

미즈키 씨와 이야기를 나눌 때면 석연치 않은 말투가 되고 만다.

실은 마시로와 만나지 않았던 공백 기간에도, 미즈키 씨에 관한 이야기는 자주 들었다.

왜냐하면, 이 사람은…….

"오오보시 엄마는 건재, 잘 지내나요?"

"잘 지내는 깃 같아요. 한동안 못 봤으니까, 확실치는 않지만요."

우리 엄마의, 단짝 친구라고 해도 과언이 아닌 상대다.

구체적으로 어떤 관계냐면…… 뭐, 그것까지 밝힐 필요는 없을 것이다. 이제부터 할 이야기와는 딱히 상관없으니 말이다.

아무튼 우리 엄마는 개인적으로 미즈키 씨와 만날 일이 많으며, 그래서 전화로 이 사람의 근황을 때때로 이야기해 준다. 엄마는 미국에서 일하느라 오랫동안 얼굴을 못 봤고, 최근에는 전화도 없다. 그래도 그 사람이 쉽게 골로 갈 리가 없으니, 무소식이 희소식이라고 생각하면 될 것이다.

"하려는 이야기, 오오보시 엄마와, 상관없을, 거예요. 그렇죠?"

"네, 맞아요. ─아까 삼촌한테서 연락을 받았어요. 미즈키 씨가 가출했으니, 발견하면 연락을 달라고요."

"오~. 그쪽인가요."

내 삼촌인 츠키노모리 마코토. 마시로의 아버지이자 미즈키 씨의 남편이며, 일본이 세계에 자랑하는 엔터테인먼트 기업 허니플레이스 워크스의 대표이사 사장인데, 《5층 동맹》팀 전원을 그대로 취직시켜줄 연줄에 쓰레기 바람둥이란 속성까지 지닌 자칭 댄디한 중년이다.

그런 츠키노모리 사장은 문화제 직후라 지친 나를 근처 패밀리 레스토랑으로 불러내서 아까 그런 이야기를 했던 것이다.

"삼촌 몰래 여기에 온 건가요? 혹시 싸웠어요?"

"이유, 비밀 지킬래요. 미스터리어스. 미녀의 비결이에요."

"그런 말을 들으니 말 못 할 이유가 있는 건 아닌가 하고 의심하게 되는데요."

쉿~ 하며 코앞에 손가락을 세운 미즈키 씨에게는 확실히 비밀 많은 미녀의 품격이 감돌았다.

하지만 그 색기에 휘둘릴 생각은 없다. 더는 비효율적인 성가신 일에 휘말리고 싶지 않다.

"미즈키 씨가 마시로의 집에서 지내는 걸, 삼촌에게 알려도 될까요?"

"고자질, 나빠요. 곤란해. 곤란해요."

"하지만 저와 삼촌 사이의 계약은 알잖아요?"

"《5층 동맹》. 취직. 원한다고 들었어요."

"맞아요. 그러니 삼촌의 기분을 최우선으로 할 수밖에 없어요. 가출한 이유를 설명해줘서 저를 이해시킨다면 입 다물어줄 수도 있어요. 하지만 계속 비밀로 하겠다면, 보고할 수밖에 없어요."

"흐음~. 명령, 충실하네요. 아키테루 군, 사축, 재능있어요. 곤란하네요."

가늘고 새하얀 손가락을 요염하게 립글로스에 댄 미즈키 씨는 시치미를 떼듯 고개를 갸웃거렸다.

바로 그때, 아, 맞다…… 하며 뭔가가 생각난 듯한 미즈키 씨는 스마트폰을 꺼내 들고 나에게 다가왔다.

갑자기 내 품속으로 안겨든 미즈키 씨는 느닷없이 내 팔을 움켜잡더니, 벽 쪽으로 당겼다.

"어, 잠깐만요?!"

"후후. 정열적이네. 나를 벽에 몰아넣고, 뭘 하려는 걸까?"

말투가 달라졌어? 일본어도 유창하잖아?

……아니, 그런 의문은 아무래도 상관없다. 그것보다 더 큰 의문이 있다.

이 사람이 대체 무슨 소리를 하는 걸까.

방금 일어난 일은 인과관계가 완전히 정반대다. 확실히 이 순간만 떼어내서 본다면 내가 그녀에게 벽쿵을 하는 것처럼 보일 것이다. 하지만 항상 매스컴에게 쫓기는 연예인이라면 몰라도 평균적인 일반인인 내가 이 순간에 사진 촬영을 당하는 건(찰칵) 말도 안 되는 일. 방금 그 소리는 뭐지?

"후. 후후후. 최고의 추억이 생겼네, 아키테루 군."

"그, 그게 무슨……?"

"이걸 봐."

지나치게 밀착된 얼굴과 얼굴 사이에 스마트폰 화면이 쑥 들어왔다.

화면 가득 표시된 것은 내가 열기 어린 진지한 표정으로 미즈키 씨를 벽에 몰아넣고 있는 결정적인 순간이다.

"아, 아니아니아니, 이게 대체 뭐예요?! 지금 바로 지워요!"

"마코토 씨에게 말 안 한다. 비밀 지켜준다면 그럴게요."

내 품속에서 미끄러지듯 벗어난 미즈키 씨는 도발적으로 스마트폰을 흔들어 보였다.

"하지만, 만약 제가 있는 곳을 알리면. 불륜 현장, 증거 사진. 그 사람에게 송신, 보낼 거예요."

"잠깐! 농담으로 못 넘어갈 상황이 벌어질 거라고요!"

"괜찮아요. 제가 있는 곳을 밝히지 않는다면. 재앙. 벌어지지 않아요. 어른의 거래. 좋은 파트너십, 원해요."

"그건, 그럴지도 모르지만……."

완벽한 협박이다. 조카를 이렇게 대놓고 협박하다니, 이 사람은 대체 어떻게 되어 먹은 걸까.

이런 쪽 콘텐츠의 상식에 비춰보자면 보통 이럴 때는 남자가 사모님을 협박하기 마련이라 싶은데, 역시 현실은 이야기 속 세계와 전혀 다른 걸까?

"아~, 손, 미끄러지겠어. 송신. 돌이킬 수 없겠어요."

"아아아아아, 그것만은 안 돼요! 그 사람한테는 비밀로 해주세요오오오오!!"

무릎 꿇고 애원했다.

그녀의 엄지가 스마트폰의 화면에 닿은 순간, 나, 아니, 《5층 동맹》의 명맥은 끊긴다.

그것만은 절대 안 된다.

나를 농락하는 데 성공했다고 확신한 건지, 미즈키 씨는 우후후 하고 미소 지었다.

"거래 성립. 약속 지키는 성실한 사람, 저는 좋아해요. ……잘 자요, 본뉘. 아키테루 군♪"

쪽, 하고 손 키스를 날린 그녀는 우리 집에서 나갔다.

완전히 농락당한 나는 현관에 멀뚱멀뚱 선 채, 페인처럼 중얼거릴 수밖에 없었다.

"본뉘는 프랑스어로『잘 자』…… 의미, 겹치잖아……."

뒤늦은 딴죽을 들은 사람은 단 한 명도 없었다.

*

『드디어 어머니들한테도 마수를 뻗었구나, 아키.』

『잠깐만 있어 봐. 잠깐만 있어 보라고, 오즈. 어디에 그런 공격적인 묘사가 있었는데? 누가 봐도 마수에 당한 건 나거든?!』

『평범한 어프로치가 아니라, 약간 짜증스러운 치근덕에 넘어가는 게 참 아키답네. 하하하.』

『자기 엄마도 포함되어 있는데, 되게 즐거워하네…….』

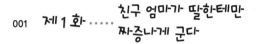

깊은 잠의 늪에 빠져 있던 나의 귀를, 스마트폰의 자명종 전자음이 간지럽혔다.

W엄마 습격 다음 날 아침.

문화제 직후에 찾아온 이 새로운 지옥의 예감에, 쌓일 대로 쌓인 피로가 진흙으로 된 밧줄처럼 내 육체를 침대에 옭아맸다.

하지만 아무리 피곤해도 정해진 시간이 되면 일어나는 이가 바로 나, 오오보시 아키테루다.

매일 아침 같은 시간에 일어나서 같은 루틴을 수행하면서 몸과 마음을 다잡는다.

이렇게 루틴을 수행하면 하루의 작업 효율이 크게 상승한다. 그래서 효율을 중시하는 나로서는 쾌적한 아침 기상은 필수 불가결하다 해도 과언이 아니다.

"선배~. 아침밥이 다 됐어요~."

"으……."

"빨리 안 일어나면, 선배 교복에 음식 냄새가 밸 거에요~."

"으응…… 그래……."

귀에 익은 후배의 목소리를 듣고, 적당히 맞장구를 쳤다.

……아니, 잠깐만. 이 소소한 괴롭힘은 대체 뭐야. 이 녀석이 나를 깨울 때마다 이상한 식으로 치근덕대는 건 알고 있지만, 짜증스럽게 구는 것치고는 어중간하지 않아?

하지만 아까부터 맛있는 냄새가 감도는 건 사실이다.

어렴풋이 눈을 떠보니, 흐릿한 시야에 열려 있는 침실 문이 비쳤다. 요리 냄새는 문틈을 통해 스며들어오는 것 같았다.

"눈, 떴네요. 선배답지 않게 영 못 일어나는걸요. 역시 많이 피곤해요?"

"아, 괜찮아. 하암……."

하품을 했다.

산소를 듬뿍 보충한 후, 멍한 뇌를 재가동시켰다. 그러자 움직이기 시작한 뇌가 현재진행형으로 벌어지고 있는 이상한 현상을 눈치챘다.

"왜 남의 집에서 멋대로 아침을 만들고 있는 거야?"

"어. 하지만 선배가 부엌을 마음껏 이용해도 된다고 했잖아요."

"……뭐, 그런 소리를 하긴 했지."

이 집은 우리 집이자 《5층 동맹》의 공용 오피스 같은 거라고 나는 생각한다.

무라사키 시키부 선생님이 좋아하는 술이 항상 갖춰놓는 것도, 동료들이 언제 찾아와도 괜찮도록 과자와 음료를 준비해두는 것도, 방 하나에 전자동 마작 테이블을 설치해둔 것도, 멤버의 복리후생을 생각해서다.

내 침실에 아예 눌러앉지만 않는다면 거실과 부엌을 자유롭게 드나들어도 괜찮으며, 요리 같은 것도 마음대로 해 먹으라고 말해뒀다.

하지만, 실제로 그렇게 하는 이는 적었다.

내가 몸이 안 좋을 때, 이로하가 죽을 만들어준 적은 있지만…….

"평소에는 안 만들잖아. 갑자기 무슨 바람이 분 거야?"

"……아~. 설명하자면 긴데, 그래도 들을래요?"

"길면 됐어. 비효율적이거든."

"그렇죠~? 뭐~, 백문이 불여일견이잖아요. 놀라지 말라고요. 아하하…….."

이로하는 시선을 맞추지 않으며 멋쩍은 듯이 웃었다.

치근덕거리는 것치고는 텐션이 낮다 싶었는데, 역시 어딘가 좀 이상했다.

마치 우리 집 부엌에서 아침 식사를 만든 사실이 이로하 본인한테도 예상 밖의 일이라 당혹스러워하는 분위기다. 이 시점에서 나는 어느 정도 사태를 예상했지만, 상식이라는 잣대를 버리지 못하는 내 머릿속의 냉정한 부분이 그럴 리가 없다며 필사적으로 현실에서 눈을 돌려댔고, 그런 상황에서 몸을 일으킨 내가 냄새에 이끌리듯 복도를 나아가보니, 오토하 씨가 부엌에 있었다.

두서없이 생각을 계속 늘어놔서 미안하다. 하지만 차근차근 설명했다간 뼛속 깊은 곳까지 오싹할 공포 묘사가 될 것 같아서 전력 질주로 내달렸다.

"오토하 씨…… 왜 우리 집에서 요리 중인 거죠?"

"어머, 오오보시 군. 좋은 아침이에요. 잠옷 차림일 때는 빈틈이 있어서 귀엽네요~."

나를 돌아본 오토하 씨는 앞치마 차림이었다.

된장국을 만들고 있는 건지, 한 손 냄비에 국자를 집어넣은 모습은 그야말로 주부의 아침 풍경 그 자체였다.

"피곤한 아침에는 밥을 해 먹지 않고 건강식품으로 때우는 일이 잦죠?"

"네? 아, 뭐……."

"하루의 활력은 아침 식사에서 나오죠. 좋은 퍼포먼스는 좋은 아침 식사에서 나오니까, 아무리 바빠도 아침은 대충 해결하면 안 돼요~."

"가능한 한 그러려고 노력하기는 해요. 하지만 가끔은 대충 때우게 되네요……."

"이해해요~. 오늘 같은 날 말이죠? 문화제 다음날 말이에요."

"부분적으로는 그 말이 맞아요."

문화제보다, 주로 당신이란 존재 때문에 피곤한 건데요.

그렇게 말할 수는 없기에, 애매모호하게 대답했다.

"그러니, 이로하가 진 신세의 답례도 겸해서 솜씨 발휘를 해볼까 해서요~. 부엌을 마음대로 써도 된다면서요? ……아, 식재료는 집에서 가져온 거니까, 신경 쓰지 마세요~."

"그건 괜찮은데……."

"미안해요, 선배. 엄마를 말리지 못했어요."

"그것도 괜찮긴 한데……."

내가 지닌 정보에 따르면, 어머니의 교육 방침에 따른 억압 탓에 이로하는 갑갑한 환경에 처해 있다.

부모 몰래 연기자의 길을 나아가기 시작한 이로하의 비밀을 아는 나로서는 함부로 입을 놀릴 수 없다. 그리고 선입관 탓일지도 모르지만 이로하의 표정이 아까보다 딱딱하달까, 어색한 분위기가 느껴졌다.

죽고 싶을 정도로 거북한 분위기다.

이럴 때야말로 오랫동안 알고 지낸 동성 친구에게 말을 건네서 분위기를 환기하고 싶지만, 공교롭게도 오즈의 모습이 보이지 않았다.

"오즈한테도 이야기를 해봤는데, 볼일이 있다면서 일찍 등교해야 한다지 뭐예요~. 학생회장에게 이른 아침에 처리해야 할 일을 부탁받았대요. 으음, 요즘 고등학생은 참 바쁘네요~."

……오즈 자식, 도망친 거냐.

그러는 사이에 아침 식사 준비가 끝났고, 나와 이로하는 그것들을 식탁으로 옮겼다.

눈부시게 빛나는 흰쌀밥, 김이 모락모락 나는 된장국, 달걀말이와 구운 생선.

　일본 느낌이 물씬 나는 음식이 놓인 식탁에, 나와 이로하와 오토하 씨가 둘러앉는다고 하는 소름 돋는 구도.

　아침부터 서먹한 모녀 사이에서 치이게 생긴 탓에 절망적인 심정에 휩싸인 내 앞에서 펼쳐진 것은 냉전 중인 가족 같은 무거운 분위기……가, 아니었다.

　"**우리** 이로하와 오래간만에 아침을 같이 먹어서 기쁘네~! 달걀, 달콤하게 만들어봤어~. 자, 먹여줄게."

　"하지 마! 선배 앞이라 부끄럽단 말이야!!"

　"아앙~. 정말, 싫어할 건 없잖니. 요즘 일 때문에 바빠서 집에 못 돌아왔기 때문에, 참 쓸쓸했단 말이야~."

　"하다못해 집에서만 해! 선배네 집에서 어린애 취급을 당하는 건, 완전 수치 플레이란 말이야!"

　"어머. 그럼 집 안에서는 마음껏 어리광을 부려주겠다는 거구나. 무릎베개를 해주며 머리를 쓰다듬어줘도 되지?"

　"우냐아아아아~, 안 돼! 제발 하지 마~!!"

　……이게 뭐야.

　매우 원시적인 어리광 공격을 버둥거리며 거부하는 이로하.

　애 때문에 고민 많은 어머니와 반항기의 딸 같은 지극히 평범한 광경…….

　아니, 오히려 행복해 보인다는 쪽에 가까운 광경이었다.

금욕적인 환경을 강요하는 부모와, 오락을 금지당한 자식……이라는 시리어스한 관계는 어디로 가버린 거야?

"정말…… 고등학생이 되면 하지 말랬잖아."

"우후후. 미안해~. 오래간만이라, 무심코 해버렸네~."

삐친 듯이 볼을 부풀리는 이로하.

볼에 손을 대며, 이유가 안 되는 이유를 늘어놓는 오토하 씨.

그 모습을 보니, 솔직한 감상이 입에서 흘러나왔다.

"사이가 좋네요."

"사이가 나쁘다고 생각했나요~?"

"……그렇게 말씀하시니 대꾸하기 어렵네요."

뭐, 내 방금 발언도 문제가 있었던 건 사실이지만 말이다.

가족 말고는 나만이 알고 있는 코히나타 가의 규율. 그 엄숙한 교육 방침에서 상상되는 가족 관계는 최악에 가깝다.

그러니 방금 내 말은, 자신의 상상과 눈앞의 현실 사이의 갭을 메우기 위한 속된 발언에 지나지 않았다.

그러니 방금 같은 말을 듣더라도 불평을 할 자격은 없다.

"**사이는**, 나쁘지 않아요."

이로하의 발언이 왠지 의미심장하게 들렸다.

"너무 과보호해서 곤란하긴 하지만요."

"그렇구나. ……오토하 씨, 집에서는 그런 느낌이군요. 전에 만났을 때와는 분위기가 너무 달라서 놀랐어요."

"일할 때와 집에 있을 때의 태도가 다른 건 당연하지 않을까요~."

"그러고 보니 선배는 어디서 엄마를 만난 적 있어요? 어제도 엄마에 대해서 잘 아는 것 같은 말투였잖아요."

모성의 강매를 거부한 이로하는 자기 젓가락으로 달걀말이를 짚으면서 물었다.

"아, 그게 말이야. 전에 사장—."

"오오보시 군."

그 한 마디에 담긴 압력에, 나오려던 말을 캔슬했다.

말하지 마라.

아니, 말하는 건 자유지만 말하면 죽여버릴 거예요, 에 가까울까.

아무튼 오토하 씨가 웃는 얼굴, 그리고 만화 속 강캐 느낌의 가느다란 눈매에서 그런 메시지가 느껴졌다.

피해망상일지도 모르지만 말이다.

"—아침에 쓰레기를 내놓으면서, 마주쳤거든."

"우후후. 오즈마와 이로하가 신세 많이 지고 있네요~ 하고 인사를 나눴단다."

"아하? ……아, 맛있어."

위화감을 씻어내지 못한 건지, 이로하는 어리둥절한 표정으로 달걀을 입에 넣었다.

뭐, 오토하 씨가 입막음을 한 것도 이해는 됐다.

온갖 엔터테인먼트를 제한해왔으면서, 자기는 세계에서

손꼽히는 최첨단 게임 회사, 텐치도를 이끄는 사장인 것이다. 이 정도면 포세이돈의 삼지창과 이지스의 방패가 격돌하는 급의 모순이다.

문득, 심술궂은 생각이 났다.

살짝 흔들어보고 싶어진 것이다.

지금 우리가 앉은 식탁에서는 거실에 설치된 대형 텔레비전 화면이 잘 보인다.

모녀 관계가 험악하지 않다면, 연기자가 되고 싶어 하는 이로하의 꿈을 진심으로 호소해서 인정받을 수 있지 않을까?

그 정도의 허용을 기대할 수 있을까, 없을까.

확인하고 싶었다.

"드라마 좀 켜도 돼요? 요즘 넷플의 오리지널 작품에 빠졌거든요."

"……윽."

이로하의 어깨가 흠칫했다.

하지만, 나는 멈추지 않았다.

매우 자연스럽게 리모컨을 조작해서, 텔레비전을 켰다.

텔레비전의 인터넷 기능을 켜서, 스트리밍 서비스에 접속했다. 그리고 시청 이력에서 최근 보는 시리즈의 드라마를 재생했다.

"어머. ……오오보시 군은, **그런 타입**이군요~."

"그게, 무슨 뜻이죠?"

"텔레비전이 집에 있다 싶어서요~. 요즘은 스마트폰만 있고, 텔레비전은 없는 애도 많다고 들었거든요~."

"영화나 드라마, 애니는 큰 화면으로 보고 싶어서요."

"고풍스럽군요~."

오토하 씨는 방긋방긋 웃으면서 이야기했다.

이로하의 앞에서 텔레비전을 켜면 과잉 반응을 보일 거라고 생각했지만, 아무래도 그러지는 않는 것 같았다.

혹시 타인인 내 앞이라서, 그런 걸까.

조금만 더 흔들어볼까.

"그런데, 오오보시 군. ……식사 중, 그것도 손님 있는 자리에서 보고 싶어 할 만큼 이 드라마를 좋아하나 보죠?"

"……."

마른침을 삼켰다.

괜히 흔들어보려다가, 허튼 행동을 한 걸지도 모른다.

코히나타 가의 모녀 관계를 파악하려는 의도를 읽혔을 뿐만 아니라, 거꾸로 나와 이로하의 관계를 의심받고 말았다.

이로하가 연기자의 길을 나아갈 수 있도록 도와주려 한단 사실은, 들키면 안 되는데 말이다.

아마 오토하 씨는 의심하고 있을 것이다.

내가 애플리케이션 게임 제작 집단 《5층 동맹》을 운영한다는 사실을 알고, 거기에 오즈가 관여하고 있다는 것은 눈치챘으리라.

하지만 이로하에 관한 것은 《5층 동맹》 동료들에게도 최근까지 숨겨왔으며, 외부의 인간은 아무도 알지 못하는 비밀이다.

하지만 친어머니(그것도 대기업 사장을 맡을 정도의 인재)가 딸의 변화, 딸이 처한 환경에서 어떤 징후를 눈치채지 못했을 리가 없다.

후우~ 하고 심호흡을 한 번 했다.

"죄송해요. 버릇없는 행동이었네요."

"어머. 괜히 신경 쓰게 했나 보네요~."

"아뇨. 확실히 손님이 있는 자리에서 할 행동은 아니었어요. 실례했어요."

나는 그렇게 말하면서 순순히 텔레비전을 껐다.

더 시험해보려 했다간, 그 자리에서 우리의 비밀은 들통나고 말 것이다.

게다가 그녀는 허니플레이스 워크스 대표인 츠키노모리 사장과 UZA문고의 슈퍼 아이돌 편집자인 키라보시 카나리아와 어깨를 나란히 하는 일류 어른이다. 나 따위가 책략으로 어찌할 수 있는 상대가 아니다.

*

아침 통학로.

코히나타 모녀와의 불가사의한 아침 식사를 마친 후, 등교 준비를 마치고 집을 나선 나와 이로하는 학교를 향해 나란히 걸어갔다.

평소에는 츠키노모리 사장의 눈길이 신경 쓰여서 이로하와 단둘이 등교 같은 짓을 하지 않는다.

하지만 오늘은 물론 예외다.

"정말 피곤한 아침 식사였어……."

"으음~, 죄송해요. 설마 엄마가 우리의 사랑의 둥지에 쳐들어올 줄은 몰랐어요."

"저기, 사랑의 둥지는 아니거든?"

"둘만의 위험한 비밀이 가득 담긴 그 공간을 침략할 줄이야!"

"거짓말을 섞지 않으면서 허위 사실을 보도하려 하는 저질 매스컴 같은 짓 좀 하지 마. ……그것보다 말이야."

"상상했던 것보다 서먹하지 않다, 고 느꼈죠?"

"날카롭네."

그렇다. 그 점에 관해 묻고 싶었다.

일부러 츠키노모리 사장에게 목격당한다는 리스크를 감수하면서까지 함께 등교하는 것도, 그 이야기를 하고 싶어서다.

"뭐~, 사실 모녀 사이는 나쁜 편이 아니에요. 오히려 너무 좋은 편이죠. 에잇."

"왜 이유도 없이 가방으로 때리는 건데?"

"『이유도 없이』라는 걸 알면서, 『왜』냐고 묻는 거예요? 에잇, 에잇."

"또 이상하게 치근덕거리네……."

걷는 동작에 맞춰 툭, 툭 하고 이로하는 학생 가방으로 내 허벅지를 때렸다.

리듬 게임이라면 고득점을 기록했을 것이다.

그렇다고 폭력이라고 할 만큼 세게 때린 것도 아니니 눈을 부라릴 필요는 없겠지만, 걷는 페이스를 방해하는 탓에 미묘하게 짜증스러웠다.

그리고 말꼬리를 잡는 듯한 방금 코멘트도 짜증스러웠다.

"사이가 좋으니까, 엄마를 실망하게 하는 게 무섭달까…… 엄마도 과거에 무슨 일이 있었으니까, 제가 엔터테인먼트를 못 접하게 하는 게 아닐까~ 하고 짐작하게 돼요."

"진짜로 사이가 좋다면, 네가 가방으로 툭툭 때려야 하지 않아?"

"모녀 사이에 그럴 순 없거든요~. ……그리고, 어쩔 수 없 잖아요."

이로하는 입술을 삐죽 내밀었다.

"엄마 상대로는 분위기 파악 스킬이 발동하는 건지, 저도 잘 모르겠는걸요."

"참 성가신 이야기네."

"진짜로 성가시다니까요."

"뭐, 하지만 그 사람에게는 성우 일을 한다는 걸 밝히지 않는 편이 좋을 거야."

"호오~?"

이로하가 의혹에 찬 눈길로 나를 올려다봤다.

"선배, 역시 엄마와는 평범한 이웃사촌 사이가 아니죠? 엄마와 어떤 사이인 거예요?"

"못 들은 척, 할 수 있겠어?"

"어, 왜 그렇게 묻는 건데요? 혹시 『친구 엄마와 온천 불륜 여행기 Vol.3』인 거예요?"

"아니라고!"

마치 얼굴에 질렸다고 적혀 있는 듯한 표정을 지은 이로하가 뒷걸음질을 치자, 나는 바로 딴죽을 날렸다.

그렇게 무서운 유부녀와 육체관계가 되는 건 사양하고 싶다.

유혹에 진 남자한테서 죽을 때까지 부와 명성을 착취하는 타입 같거든.

그리고 여고생이 성인 비디오 제목 같은 타이틀을 입에 담지 말라고. 게다가 넘버링까지 해서 리얼한 느낌을 연출하지 말란 말이다.

"츠키노모리 사장의 초대로 간 식사 자리에서 만났어. —오토하 씨, 게임 회사의 사장인 것 같아."

저 사람

"엄마가…… 사장……?"

"그래. 그것도 어마어마한 곳이지. ……텐치두야."

"네에에에에에에에에에에에에에에에에에엣?!"

리액션 고마워.

하지만 일단은 청초 우등생 행세를 하는 얼굴로, 조신하지 못하게 고함을 질러대는 건 좀 그렇다.

뭐, 나는 이 녀석의 본성이 들통나도 전혀 상관없지만 말이다.

"잠깐만, 어, 네? 텐치도? 그 세계적 배관공이라든가, 포켓 속 괴물이라든가, 녹색 옷 검사가 공주를 구하러 가는 작품을 만든—."

"큰 소리로 그런 정보를 외치지 말아줄래? 여러모로 무섭거든."

텐치도 법무중이라는 닌자 같은 명칭으로 유명한 일본 최강의 변호사 군단의 그림자에 벌벌 떨면서, 나는 안전대책을 호소했다.

"아니, 너무 현실미가 없어서 어질어질한데요⋯⋯. 엄마가 초일류 기업의 사장? 어? 진짜로?"

"뭐, 확실히 꽤 충격적인 사태이긴 해."

"꽤 충격적인 정도가 아니거든요?! 선배, 감각이 마비된 거 아니에요?!"

마비됐을지도 모른다.

철이 든 시절부터 삼촌은 허니플레의 대표이사 사장이었고, 숙모는 브로드웨이에 진출할 레벨의 배우였으며, 부모님 또한 그런 쪽에 속하는 인간이니 말이다. 최근 들어서는 출판사의 일류 편집자와도 친분을 쌓았다.

지인의 지인까지 간다면 텐치도의 사장 정도는 있을 법도 하다 싶지만, 잘 생각해보면 정상이 아니긴 했다.

　"뭐, 애초에 우리 맨션은 집세가 비싸잖아. 가족 전원이 아무 문제 없이 거기서 사는 것만 해도 충분히 유복한 편에 속하는 가정이라는 건 명백하다고나 할까……."

　"평균적인 일반 가정이라고 생각했어요……."

　"평균 사기네. 하하하."

　"선배한테만은 그 말 듣고 싶지 않거든요~?!"

　찰싹찰싹찰싹.

　가방으로 때리는 횟수가 늘어났다.

　짜증스럽지만, 그 행동 자체는 귀엽다고 느껴지는 점이 참 약았다 싶다. 이래서 짜증스럽지만 귀여운 여자애는 문제라니깐.

　"하지만 엄마가 게임 회사의 사장인가요. 저한테는 엔터테인먼트를 접하지 말라고 하면서요."

　"네 시점에서는 모순되긴 할 거야."

　"선배 시점에서는 모순이 아니란 말처럼 들리거든요?"

　"있을 수 있는 일이라고 생각해."

　엔터테인먼트는 소비하면 즐겁다. 만들어도, 즐겁다.

　그러니 특별하게 여겨지기 마련이지만, 세상에는 그것을 단순히 직업으로 여기는 사람들도 있는 법이다.

　다른 직업과 마찬가지로…….

"보람이나 꿈만을 추구하며 일하는 사람만 있는 건 아냐. 먹고 살기 위해서, 돈을 벌기 위해서, 담담히 업무를 처리하는 사람도 잔뜩 있어. ……엔터테인먼트 기업이라 특별한 것 같지만, 그런 식으로 일하는 이들도 있을 거라고 생각해."

"선배가 그런 걸 좋아하는지 싫어하는지는 별개고요?"

"나로서는 꿈도 없는 경영 따위 개나 주라 싶거든. 재능 있는 크리에이터에게 실례야."

유치한 의견이라는 건 잘 안다. 다른 가치관으로 경영하는 인간에게는 다른 정의가 있으며, 그것이 이해는 된다.

그저 나는 그런 방식에 물들 생각이 없을 뿐이다.

"아하☆ 그럼 실질적으로 엄마에게 싸움을 걸 작정인 걸로 이해해도 오케이일까요?"

"그 정도로 호전적이진 않아."

게다가 그 사람이 진짜로 그런 타입인지는 확실치 않다.

기계적일 만큼 철저한 효율주의를 추구하고, 크리에이터의 재능을 무시하며 지극히 냉철한 의사 결정을 내린다는 건, 일전의 식사 자리에서 느낀 일면에 지나지 않는다.

그것만으로 아마치 오토란 인간의 모든 것을 알았다고 자만할 만큼, 나는 자기를 높이 평가하지 않는다.

"그저, 그 모순을 지적한다고 해서 너한테 좋은 결과로 이어질 거라고는 생각하지 않아. 한동안 《5층 동맹》에서의 성우 활동은―"

"둘만의 비밀, 인 거네요. 옛썰~이에요☆"

"오토이 씨를 포함하면 세 명의 비밀, 이야."

이로하가 장난스럽게 경례를 하자, 나는 바로 지적했다.

이로하는 약간 삐친 듯한 표정을 짓더니, 사소한 건~ 넘어가요~, 하고 불만이 철철 넘치는 목소리로 말했다.

"요즘은 진실보다 감동이 중요하거든요? 그러니까 선배는 이성한테 인기 없는 거예요."

"신경 꺼."

"아하하, 발끈하기는~."

실은 그 세 명 말고도 더 있지만 말이다. 오즈와 츠키노모리 사장 말이다.

하지만 그들에게 들킨 이유를 설명하는 건 어렵기에(눈치가 좋은 녀석들이라 들켰다고 말할 수밖에 없다), 굳이 말하지는 않았다.

"뭐, 저는 선배를 따라갈 뿐이에요."

자기 일인데도 불구하고, 이로하는 남일 이야기하듯 말했다.

하지만, 그걸로 됐다.

"어느 타이밍에 어떤 식으로 엄마에게 이야기할지…… 전부 선배한테 맡기며 어리광부려도 되는 거죠?"

"그래. 약속했잖아. ……이제까지와 마찬가지로, 니힌데 맡겨."

귀찮은 의사 결정도, 이해관계자와의 세세한 교섭도, 각종 수속도······.

번거롭고 성가신 잡무에 신경 팔지 않으며, 마음껏 재능을 발휘하는 것이 천재가 할 일이다.

마음이 흐트러질 수 있는 자기 일을 전부 남의 일로 변환시켜주는 것이, 천재가 아닌 내가 이 녀석 같은 천재에게 해줄 수 있는 가치있는 일인 것이다.

"믿음직해~. 에헤헤. 그럼, 마음껏 어리광부릴게요~☆"

"육체적인 어리광을 허락한 적은 없어."

이로하는 사람을 따르는 고양이처럼 들러붙어서, 내 등에 얼굴을 비벼댔다.

"그리고, 이런 모습을······."

"아무도 안 보거든요? 부비부비부비."

"보고 있거든?"

"꺄앗?!"

"우왓······. 마, 마시로?!"

귓가 제로 거리, 서론 제로 초, 아무런 전조도 없이 대뜸 목소리가 들려오자, 나와 이로하는 비명을 지르며 서로에게서 떨어졌다.

불륜 발각 ASMR이란 콘텐츠가 존재한다면 이런 느낌 아닐까?

그건 수요가 없을 것 같네. ……아니, 있을지도 모르지만, 적어도 나는 안 살 거야. 응.

아무튼 뒤를 돌아보니, 마시로가 뒤편에 있었다.

저주받은 인형 같은 눈길로 우리를 쳐다보고 있었다.

"정말, 깜짝 놀랐잖아요~."

"놀란 건 이쪽이야. 같이 학교에 가려고 했는데, 너희끼리 가버렸잖아."

"어~, 평소와 같은 시간에 나섰는데요? 마시로 선배가 살짝 늦잠 잔 거 아니에요?"

"문화제 때문에 피곤했거든……. MP 바닥나서, 이불 밖으로 못 나왔어……."

이해해. 진짜로 이해한다고.

이벤트의 들뜬 분위기는 딱히 싫어하지 않고, 기왕이면 올해는 용기를 내서 열심히 참여해볼까! 하며 온 힘을 다해 즐긴 것까지는 좋다. 하지만 인파와 시끌벅적함에 익숙해진 것은 아니라서 체력과 기력을 빼앗겼고, 아드레날린이 무한정 샘솟는 보너스 타임이 끝난 순간에 온몸의 모공에서 영혼이 푸쉭~ 하는 소리를 내며 빠져나가는 것 같았다.

"하지만 마시로 선배는 평소에 선배와 같이 등교 안 하잖아요. 그런데 왜 오늘은 선배와 같이 가려는 거죠?"

"이로하 양이 그런 소리 하는 거야? ……알고 있잖아?"

"윽. ……아하~. 그렇게 된 거군요~."

"뭐가 어떻게 된 건데?"

"선배는 입 다물고 계세요."

"아키는 입 다물어."

"으, 응……."

역시 이 녀석들은 나한테만 엄격하지 않아?

뭐, 사이가 좋은 것 같아 다행이지만 말이다.

"이로하 양 상대로는 한시도 방심 못 하겠네."

"제가 선수를 잡기는 했지만, 속셈 자체는 피장파장이라고 생각하는데요~."

"…………(찌릿~)."

"…………(방긋방긋)."

사이, 좋은 거 맞지?

아무 말 없이 응시하는 두 사람의 눈 사이에서 번개 이펙트가 파지직거리는 듯한 건, 내 눈이 삐어서겠지?

"향수를 티 안 나게 뿌렸네. 안 그래도 얼굴이 귀여워서 시각적 매료 성능이 뛰어난데 후각까지 제압하려는 거구나. 욕심쟁이."

"그러는~ 마시로 선배야말로 속눈썹 손질 방법을 바꿨죠? 선배 취향의 미스터리어스 느낌을 살려서 지나치게 귀엽거든요?"

"뭐? 이상한 트집 잡지 마. 이로하 양이 훨씬 귀여워."

"에이, 마시로 선배가 더—."

"아냐아냐, 이로하 양이 더—."

"에이에이에이—."

아, 괜찮은 것 같네.

두 사람은 사이가 참 좋은걸.

공격적인 눈길로 쳐보며 상대방이 얼마나 귀여운지 이야기하는 두 사람을 보자, 나는 표정이 풀렸다.

"표정 풀지 말아줄래? 이건 전부 아키 탓이거든?"

"불똥이 튀었어?!"

"마시로와의 가짜 커플 관계, 유지할 생각 있긴 해? 너무 의식 안 하네."

"그런 소리 들으니 좀 찔리는데…… 어, 어이, 마시로?"

"자, 마음 다잡고, 꽁냥꽁냥하자."

마시로는 그렇게 말하면서 나와 천천히 팔짱을 꼈다.

그러자 이로하가…….

"딱~히~ 커플이라고 남들 앞에서 일부러 들러붙거나 하지는 않을 것 같은데요오오오오. 거꾸로 리얼리티가 없달까, 일부러 그러는 티가 나서 가짜 커플인 게 들통나지 않을까요오오오오."

"이로하 양이 그런 소리를 하는 거야? 아까까지 들러붙어 있었잖이."

"저는 여친이 아니거든요~. 모순되지 않거든요~. 선배의 짐 덩어리가 되는 게 후배의 역할이거든요~."

"억지야. 리얼한 커플은, 이래."

"리얼을 추구할 거면, 선배는 저와 얽혀야 한다고 생각해요. 잘나가는 남성은, 마음에 둔 여자와 사귀게 되면 바로 바람을 피우기 마련이라니까요!"

"그 편견에 찬 정보는 뭐야? 쓰레기 가십 기사야?"

"사사라한테 들었어요!"

"그 녀석, 쓸데없는 것만 가르쳐준다니깐."

사사라. 풀네임은 토모사카 사사라. 1학년 중에서 이로하 다음가는 성적을 자랑하는 우등생이자, 핀스타그램에서 100만 팔로워를 자랑하는 경이적인 인플루언서이기도 했다.

눈엣가시인 이로하를 라이벌처럼 여겼지만, 나도 모르는 사이에 두 사람은 친해진 것 같았다.

아마 이로하의 좋은 단짝 친구가 되어줄, 재미있는 여자애다.

다음에 만나면 쓰레기 가십 토모사카라고 불러줘야겠다.

아무튼, 좌우로 당겨지니 몸이 아팠다.

츠키노모리 사장이 봤다간 바로 아웃인 광경을 이대로 이어가고 싶지는 않다.

그 사람, 청춘 안티 같은 일면이 있거든.

마시로와의 가짜 커플 관계를 잘 연기하더라도, 쓰디쓴 과거(아마 불우한 어떤 일이 벌어졌던 것이리라)를 생각나게 하는 꿍냥거리는 모습을 보여줬다간 격투 만화의 캐릭터처럼 혈관이 붉어질 것이다.

"아~, 너희들. 이제 그만해. 공공장소에서 이런 장난은―."

"아키, 셧업."

"선배 턴은 안 와요!"

아, 네.

일설에 따르면 일본에는 남존여비 사상이 남아있다고 하는데, 나는 전혀 실감이 안 났다.

여자들은 너무 강하다고.

*

『오즈도 그렇게 생각하지?』

『………….』

『오즈?』

『…………어? 아, 미안해. 꽁냥꽁냥 끝났어?』

『왜 헤드폰 착용해서 외부의 소리를 차단하고 있었던 거야?』

『왜냐고? 그야 꽁냥꽁냥 공간이 짜증나서야.』

『돌직구 멘트네. ……너, 이로하와 마시로를 나와 이어주려고 하지 않았어?』

『나는 그러고 싶어. 하지만 여기서의 나는 지극히 객관적인, 예를 들자면 아키의 인생을 천상에서 내려다보는 신 같은, 제삼자와 똑같은 감상을 말해야만 하거든.』

『나, 객관적으로 보면 짜증나는 상태구나.』

『심각하게 말이지.』

『으윽…….』

학교 수업은 지나치게 비효율적이다.

일부러 등교에 시간을 들이고, 시끄러운 동급생 사이라는 집중력이 삭감되는 환경에 몸을 두며, 현재 자신의 이해도를 고려하지 않은 채, 항상 타인과 같은 공부를 해야만 한다. 수업 풍경을 영상으로 찍어서 온라인으로 배운다면 시간과 장소와 습득 레벨에 얽매이지 않으며 효율적으로 공부할 수 있을 텐데, 왜 학교는 통신기술이 진보한 현대에서도 구태의연한 시스템을 유지하고 있는 것일까.

그런 생각을 했던 예전의 나에게 이런 말을 해주고 싶다.

멍청아!

우리 집에서 떨어진 곳에 있는, 폐쇄 공간.

그것은 아이들이 가족으로부터 해방되어, 가정에서는 보여주지 않던 얼굴을 보여주는, 귀중한 환경이다.

그러니까 내가 무슨 말이 하고 싶은 거냐면, W엄마의 압박이 느껴지지 않는 이 환경은 최고! 라는 것이다.

이야~, 자유. 압도적, 자유.

오토하 씨와 미즈키 씨에게 습격당했던 어젯밤에는 진짜 한시도 마음을 놓을 수 없었다.

오늘 아침에 이르러서는 아침 식사의 맛도 잘 느껴지지 않았다.

물론 아침 식사를 만들어준 것 자체에는 감사하지만, 그 행동에도 다른 의도가 숨겨져 있는 것 같거든…….

중학생 때부터 부모님과 한집에서 거의 살지 않아서 혼자 지내는 것에 익숙해진 나는 생각이 미치지 않았지만, 이 나이대 학생에게 학교는 일종의 도피처라는 사실을 뒤늦게 깨달았다.

이로하와 마시로도 교실에서는 무리하게 치근덕거리지 않았다.

결국 지금 내가 가장 집중할 수 있는 환경은 바로 학교 교실이 아닐까.

오즈와 마시로 말고는 아무도 말을 걸어오지 않으니 조용하기도 하고 말이다. HAHAHA.

……에고서칭[#1]이나 할까.

약간 우울해진 나는 스마트폰을 꺼냈다.

집으로부터 도피처인 교실로부터의 도피처 삼아, SNS 공간을 선택한 나를 비웃으라고. HAHAHA…….

옆자리에 있는 마시로와 이야기를 나눌까…… 한순간 생각했지만, 옆을 힐끔 쳐다보니 마시로는 진지한 표정으로 스마트폰을 조작하고 있었다.

#1 에고서칭(egosearching) 인터넷에서 자신과 관련된 정보를 검색하는 것.

그러고 보니 외출했을 때나 짜투리 시간에는 컴퓨터가 아니라 스마트폰으로 소설을 쓴다고 했었지.

UZA문고에서 데뷔해서 마키가이 나마코 선생님의 후배가 될지 말지는 이런 소소한 노력이 쌓인 끝에 정해질 것이다. 방해하면 미안할 테니, 지금은 말을 걸지 않는 편이 좋을 것 같다.

힘내라고, 마시로.

"오오. 200만 DL 기념 일러스트, 호평인 것 같네."

빙그레 웃었다.

우울한 기분이 싹 날아갔다.

우리들 《5층 동맹》의 대표작이자 유일한 작품, 스마트폰 게임 『검은 새끼 염소가 우는 밤에』.

틈새시장에서 소소한 인기를 유지하며 꾸준히 운영해온 이 게임이 200만 DL을 달성한 것은 얼마 전의 일이다.

담당 일러스트레이터인 무라사키 시키부 선생님이 울면서 그린 기념 일러스트는 수많은 유저의 가슴을 울렸는지, SNS에서는 찬사가 쏟아지고 있었다. 참고로 눈물을 흘린 이유는 가혹한 스케줄 탓이다.

미안해, 무라사키 시키부 선생님.

다음에 좋은 술을 구해놓을 테니까, 용서해줘.

하지만 그런 호평에 안주할 수는 없다.

우리의 앞날이 탄탄하다고 하기엔, 마이너스 재료도 나름

있으니까…….

"에고서칭 중이야?"

나에게 말을 건 이는 내 절친이다.

교실에서 나한테 말을 거는 몇 안 되는 이들 중 한 명인 오즈, 본명은 코히나타 오즈마.

학생회 일을 돕는다며 아침 엄마 타임을 깔끔하게 회피한 이 남자는 시원시원한 왕자님 스마일을 머금은 채 자리에 앉았다.

좋은 아침~~~~! 하고 여자애들이 새된 목소리로 인사를 건네자 웃는 얼굴로 아무 말 없이(또한 감정 없이) 손을 흔드는 오즈에게, 나는 그 질문에 짤막하게 답했다.

"뭐, 그래."

"후후. 기쁜 것 같네."

"그럴 만하잖아. 무라사키 시키부 선생님의 그림을 이렇게 많은 사람이 즐기고 있는걸."

"프로듀서로서 그보다 더 행복한 일은 없으려나? 무라사키 선생님은 원래 이벤트에만 참여하는 쇼타 동인지 작가로 마이너에서 인기가 좀 있긴 했지만, 메이저로 진출할 생각은 아예 없었잖아. 『검은 염소』로 전연령 작품에서 충분히 먹힌다는 가능성을 제시한 건 아키의 성과일 거야."

"뭐, 내가 아니라도 언젠가 누군가가 그렇게 했을 거라고 봐. 지금 같은 시대라면 저절로 유명해졌을 가능성도 있고 말이야. ……그래도 이런 결과를 남긴 것 자체가 자랑스럽긴 하네."

"—그렇게 말하는 것치고는 완전히 마음을 놓은 것 같진 않은걸."

"역시 너는 눈치채는구나."

오랫동안 알고 지낸 사이답다고나 할까.

모든 것을 내다본다는 듯한 오즈의 눈을 본 나는 가볍게 어깨를 으쓱했다.

확실히 《5층 동맹》의 허니플레 입성은 순풍에 돛단 것처럼 순조로워 보일지도 모른다.

하지만 우리와 상관없는 곳에서, 업계의 환경은 항상 변화하고 있다.

"허니플레의 사반기 결산, 봤어?"

"8월에 발표한 거 말이야?"

"그래. ……그걸 보고, 약간 위기감을 느꼈어."

"위기감을 느낄 만한 정보가 있었어? 오히려 매상 진척도 호조 같던데 말이지."

"그래. 호조였어. ……그게 문제인 거야."

"……뭐?"

오즈는 바로 이해하지 못한 건지, 고개를 갸웃거렸다.

"결산에 따르면, 허니플레의 결산을 책임진 건 주로 콘솔 게임이었어. 허니스테4로 나온 다수의 신작이 국내와 해외에서 발매 직후에 실제 판매량 300만 개 이상을 찍었지. 게다가 판매량이 더 상승할 거란 기대를 모으고 있어."

"텐치도의 결산도 엄청났잖아. 요즘 일본 게임이 세계적으로 존재감을 과시하고 있긴 해."

"맞아. ……하지만, 스마트폰 게임 쪽은 역풍을 맞고 있어."

"스마트폰 게임 부문도 흑자였던 걸로 기억하는데 말이야."

"눈에 보이는 숫자는 그래. 하지만 그 내역을 살펴보면 낙관할 수는 없어."

나는 스마트폰으로 허니플레의 공식 사이트에 들어갔다.

그리고 결산 자료 화면을 오즈에게 보여줬다.

"크게 공헌한 타이틀로 뽑히는 건, 허니플레가 최근 몇 년 동안 운영해온 기존의 히트작들이야."

"그러네. 『검은 염소』의 신규 시스템을 고안하면서 참고했던 게임도 몇 개 있어. 그게 어쨌다는 거야?"

"신작이 없어."

"앗……. 작년부터 올해에 걸쳐 새롭게 서비스된 스마트폰 게임은 대부분 서비스 종료야……."

"그렇게 된 거야."

요즘은 개발비와 광고비의 인상 및 해외 메이커의 공세로 국내 스마트폰 게임 개발은 역풍을 맞고 있다.

전략 없이 뛰어들어서 승리를 거둘 수 있을 만큼, 만만한 시장이 아니게 된 것이다.

물론 옛날부터 만만하지는 않았지만, 성공 난이도가 계속 상승하고 있는 건 틀림없다.

"콘솔 게임의 호조, 신작 스마트폰 게임의 난조. 이 흐름이 이어지면 《5층 동맹》은 좀 난처해져."

"……허니플레가 우리에게 시장가치를 느끼지 못한다, 같은 거야?"

"맞아. 우리는 무료 유저를 포함해 겨우 200만 DL에 이르렀어. 저쪽은 유료 게임이 300만 개나 팔렸지. 아무리 우리가 아직 고등학생이라 관대한 평가를 받더라도, 이 차이는 너무 커. 스마트폰 게임에 대한 투자가 줄면, 『검은 염소』에 할애되는 예산이 없을지도 몰라."

"이대로 가면, 그렇게 되는 거지?"

"응. 성장할 필요가 있어. 하다못해 DL 숫자만이라도 300만…… 400만을 돌파해서, 관련 상품을 구입해줄 마니아의 절대적 숫자가 많다는 것을 보여줄 필요가 있을 것 같아."

"그걸 위해 필요한 작전도—."

나는 고개를 끄덕였다.

당연히, 이미, 생각해뒀다.

스마트폰을 조작해서 결산 자료 탭을 닫은 후, 어느 화면을 열었다.

"우선 이 녀석이야?"

"핀스타 화면이네. 으음…… SARA?"

그것은 팔로워가 100만이 넘는 핀스타그램 유저의 홈 화면이다.

THE 요즘 젊은 애.

그렇게 표현할 수밖에 없는, 잘나가는 애 느낌 물씬 나는 프로필 사진.

실존하는지도 알 수 없는, 쓸데없이 화려한 카페 사진.

진짜로 전부 다 먹은 건지 의심되는 고급 디저트 사진(다수).

핀스타그램을 접해본 적 없는 오타쿠인 내가 아하~ 이게 핀스타구나~ 응, 알겠어~ 하며 잘 알지도 못하면서 막연한 이미지를 이야기하면 이렇게 될 듯한 느낌의 전형적인 핀스타다.

하지만 이런 전형적인 화면도 하루 만에 만들어지지는 않는다.

노력이 쌓이고 쌓인 결과, 도달한 경지다.

"이 녀석, 본명은 토모사카 사사라라고 해. 여기에는 안 적혀 있지만, 코자이 고교 1학년이지. ……그것도 특별진학반이야."

"토모사카 사사라…… 아, 이름은 들어본 적 있어."

"이로하한테서야?"

"아냐. 학생회장의 일을 돕다가. 그 애, 1학년 전교 2등이지? 데이터베이스 작업을 하다가, 성적 우수자 정보를 접한 적이 있거든."

"아~, 맞아. 올해 들어서 학생회장의 일을 자주 돕고 있지."

오즈의 불가사의 주인공 체질이 가져온, 미인 학생회장과의 만남.

오즈는 이제까지 다양한 미소녀와 운 좋게 만나왔지만, 오늘까지 관계가 계속 이어져 오고 있는 건 학생회장뿐일지도 모른다. 그렇다면 뭔가 특별한 인연이 있는 걸지도 모르지만, 그건 지금 나누는 이야기와 핀트가 어긋나니 넘어가기로 했다.

"아무래도 이 애는 이로하와 친구가 된 것 같아. 그 인연을 잘 써먹으면, 어찌 되지 않을까 싶어."

"핀스타그래머와, 말이지. 으음."

"내키지 않는 표정이네."

"뭐, 아키한테 다 생각이 있긴 하겠지만 말이야. 『검은 염소』의 유저는 기본적으로 오타쿠잖아? SNS 안에서도 정반대의 속성을 지닌 유저가 모인 핀스타는 질색하니까, 자칫 잘못하면 욕만 먹지 않을까 싶거든."

"그래. 순서를 틀리면 그렇게 될 거야."

연줄만 가지고 억지로 선전을 했다간 어떻게 될까. 게임에는 전혀 관심 없지만, 돈과 연줄 때문에 억지로 소개해요~ 하고 자백하는 거냐며 따지고 싶어질 듯한, 위화감이 철철 넘치고 거북한 느낌 감도는 쓰레기 콜라보가 완성된다.

"우리 유저도 핀스타그래머 SARA 따위와 엮지 말라며 화

낼 것 같아. 토모사카도 오타쿠 작품을 질색하거든. 생각대로 잘 풀리지는 않을 거야.”

“들으면 들을수록 협력은 무리인 것 같네.”

“지금 바로는 말이지. ……그러니 지구전으로 가자.”

“지구전.”

“꾸준히 보급 활동을 하는 거야. 이로하를 통해, 오타쿠 콘텐츠를 접하게 하는 거지. 우선 리얼충도 심리적 허들이 낮은 비주얼계 서브 장르 콘텐츠부터 시작하게 해서, 서서히 오타쿠 취향의 작품에 익숙하게 만들어주겠어. 자기도 모르는 사이에 바닥없는 늪에 빠지게 만드는 거지……. 훗 훗훗.”

“표정 한번 악랄하네.”

그렇게 말한 오즈 또한 크크큭 하고 즐거운 듯이 웃었다.

왕자님처럼 잘생긴 얼굴로 사악한 미소를 짓고 있는 네가 더 악랄해 보이거든?

뭐, 아무튼…….

“토모사카는 덤이야. 협력을 받기에는 불확정 요소가 많아. 이로하와 자연스럽게 친해지기만 하면, 그걸로 만족해.”

자기 힘만으로 컨트롤할 수 없는 일에, 과도하게 기대하는 건 금물이다.

어디까지나, 그렇게 되면 좋겠다, 정도의 이야기다. 그런 확실치 않은 걸을 『검은 염소』의 성장 전략에 포함할 수는 없다.

"뭐, 일단은 질 높은 콘텐츠를 팍팍 투입하는 것이 최우선적인 전제야."

현대에는 엔터테인먼트가 넘쳐흐르고 있다.

게임 업계만 해도 매달 수십 개의 콘솔 게임이 발매되고 있고, 수백 수천의 스마트폰 게임이 현재도 운영되고 있으며, 인디 게임은 포화 상태라고 해도 과언이 아니다.

고개를 돌려보면 애니메이션과 영화와 만화와 라이트 노벨과 스트리밍 서비스와 실시간 방송 등, 매일 같이 새로운 오락이 제공되고 있다.

하루라도 화제가 끊어지면 다른 콘텐츠에 손님을 빼앗기며, 다시는 돌아오지 못하는 경우도 흔했다.

압도적인 질과 양을 추구하는 가혹한 경쟁 환경, 전장 한복판에 우리는 있었다.

"캐릭터와 시스템과 시나리오를 이제까지 이상으로, 질과 양을 전부 늘려가고 싶어. 그리고 게임 이외의 방향에서 작품의 인지도를 높일 방법도 구상 중이야."

"후후. 좋네. 재미있을 것 같아. ……참, 너한테 이 이야기를 해둬야 할지도 모르겠네."

"어, 뭔데?"

오즈가 평소와 다른 말투로 그렇게 말하자, 나는 고개를 갸웃거리며 되물었다.

"오늘 아침에 학생회장에게 불려간 용건 말이야. 실은 진지하게 나와 상의할 일이 있어서 부른 거지 뭐야."

"드디어 고백을 받았구나!"

나는 몸을 쑥 내밀었다.

중학생 때부터 교실에 녹아 들어가지 못하고, 남과 얽히는 법을 모르던 오즈에게 이것저것 가르치며 수년 동안 진행해온 나의 절친 주인공화 계획……. 그것이 드디어 현실에서 여친이 생기는 경지에 이른 건가!

……뭐. 이미 이성에게 인기가 많으니, 이제 이 녀석의 마음에 달려 있을 뿐이지만 말이야.

"에이, 그런 게 아냐."

오즈는 아하하 하고 쓴웃음을 흘렸다.

"남의 연애 문제에 그렇게 관심을 보이는 건 나쁜 취미 아냐?"

"너한테 그런 소리를 할 자격이 있다고 생각해?"

나와 이로하, 마시로를 상대로 이런저런 짓을 벌여왔으면서 말이다.

뭐, 그런 소리를 할 자격이 없는 건 피차 마찬가지일까.

"아무튼 그런 게 아냐. 우리 학교의 3학년은 2학기에 학생회 임원을 은퇴하거든. 머지않아 간이 학생회 선거를 치른 후, 새로운 학생회가 결성될 거야. ……나한테 이런저런 부탁을 했던 그 사람도—"

"은퇴, 하는 구나."

"응. 아마 다음 회장은 2학년 중에서 미도리 부장이 뽑히지 않을까 싶어."

"아~, 그렇겠네."

미도리 부장, 본명은 카게이시 미도리.

우리는 일전에 그녀가 부장인 연극부를 도운 적이 있으며, 그 후로 입버릇처럼 그녀를 미도리 부장이라 부르고 있다.

2학년 특별진학반 소속. 입학 후로 정기 시험에서 전 과목 만점을 계속 받는, 우등생 중의 우등생. 학교 성적 몬스터. 지력에 있어 백수의 왕. 이과 과목부터 보건 체육까지, 뇌에 그 모든 것을 축적해둔, 걸어 다니는 도서관. 전지전능…… 뭐, 이쯤 할까. 아무튼 만화에도 그런 녀석은 없다는 딴죽을 날리고 싶어질 만큼 뛰어난 수재다.

우리 코자이 고교 문화제— 통칭, 금륜제 실행위원장도 맡았던 그녀는 미스 콘테스트에서의 그 재미있는 토크(오토이 씨에게 놀림을 당했을 뿐, 이란 설에는 눈을 감아주자)로 학생들의 마음을 움켜잡았다.

절묘하게 어설픈 구석이 있어서 미워할 수가 없는 터라 동급생으로부터도 신뢰와 사랑을 받고 있다.

차기 학생회장에 걸맞은 그릇이라고 할 수 있다.

"그리고, 부탁을 받은 거야. 새로운 학생회에서도—"

"도와줬으면 한다는 거네."

나는 오즈가 하려던 말을 먼저 입에 담았다.

오즈는 응, 하고 말하며 고개를 끄덕였다.

"일단 대답은 보류해뒀어. 아키와 상의해본 후에 결정해야겠다 싶었거든."

"나와? ……아, 혹시 신경 써주는 거야?"

"그래. 학생회 일이 늘어나면 『검은 염소』에 할애하는 시간이 줄 거야."

딱히 미안해하는 것 같지는 않았다.

오즈도 내가 뭐라고 답할지 완벽하게 예상이 되는 것이다.

이것은 단순한 수속이다.

오즈가 나름대로 나에게 성의를 보이는 것이다.

그렇다면 나는 거기에 부응해, 이 녀석의 상상에서 눈곱만큼도 벗어나지 않는 대답을 해주고 말겠다.

"좋네. 학생회 활동, 청춘 느낌이 물씬 나잖아."

"응, 고마워. 하지만 『검은 염소』 작업을 줄이지 않아도 되도록 신경을 써둘 테니까, 그건 안심해."

"그래. 너만 믿을게."

오즈가 빙긋 웃으며 그렇게 말하자, 나 또한 시원시원하게 답했다.

정식으로 학생회의 일을 돕게 된다면, 예전보다 시간을 더 빼앗기게 될 게 뻔했다. 솔직히 말해 오즈의 작업 시간이 주는 건 『검은 염소』에 있어 큰 손실이 틀림없다.

오즈의 능력을 최대한 이용할 수 있다면, 꾸준히 모아온 『검은 염소』의 매상을 외주업자의 발주 비용으로 돌려서 콘솔에도 대항할 수 있는 하이퀄리티 게임을 새롭게 개발한다는 선택지도 고려할 수 있다.

하지만 그래서는 의미가 없다. **최초의 목적**을 달성하기 위해선, 그 선택지는 비효율적이다.

오즈가 주위 사람들에게 녹아들어서 학교 이벤트를 체험하고, 그 과정에서 커뮤니케이션 능력을 향상하는 게 최선이다.

"아하하. 아키는 정말……."

내가 무슨 생각을 하는지 눈치챈 것처럼, 오즈는 쓴웃음을 머금었다.

"자기는 청춘을 내던졌으면서, 나한테만 상냥하다니깐."

"……요즘에는, 나 자신도 돌아보려고 해."

"그렇구나. 다행이네."

"그리고 특별히 너한테만 상냥할 생각도 없어."

"그래? 무라사키 시키부 선생님한테는 엄격하다고 생각하는데 말이야."

"무슨 소리를 하는 거야. 건강에 좋은 지압을 내가 공부하는 것도, 시키부 선생님이 비싼 술을 예산으로 사서 우리 집에 두게 하는 것도, 전부 그 사람이 기분 좋게 창작 활동을 할 수 있도록 하기 위해서라고."

"마감에 온정을 베풀 생각은?"

"물론 없어."

유감이지만 그것은 절대 안 된다.

……위이잉.

그런 대화를 나누고 있을 때, 갑자기 호주머니에 넣어둔 스마트폰이 진동했다.

화면을 보니…… 놀랍게도, 스미레 선생님에게서 메시지가 와 있었다.

방금 언급한 그 사람 말이다.

LIME 메시지에는, 이렇게 적혀 있었다.

『오늘, 좀 상의하고 싶은 일이 있어. ……점심시간에, 예의 그곳으로 와줄래?』

*

어둑어둑한 실내에서 철제 처형 도구의 윤곽이 어렴풋이 보였다.

현대 일본에 어울리지 않는 판타지 세계관 형성이 허용된 시설은 우리 학교에서 바로 이곳, 학생지도실 뿐이다.

9월이라고는 하지만 여름 더위가 아직 진하게 남아 있는 시기라, 좁은 방 안에는 습기와 쇠와 가죽 냄새가 충만해 있었다.

팔라리스의 황소 같은 녀석이라든가, 아이언한 메이든 같은 녀석이라든가.

법률적으로 괜찮은지 고개를 갸웃거리게 되는 물건이 놓여 있지만, 일단 이것들은 전부 가짜라서 신고는 아슬아슬하게 피하고 있다. 대외적으로는 미술부와 연극부의 비품을 일시적으로 이곳에 보관하고 있는 것으로 되어 있지만, 실은 무라사키 시키부 선생님의 작화 자료다. 사실 공사 혼동은 신고당해도 할 말 없는 짓이다.

그리고, 이런 죄 많은 공간을 소유한 왕…… 아니, 여왕은 여왕답게 옥좌에서 기다리고 있었다.

아름다운 보라색 머리카락.

그리스 조각상처럼 탄탄하고 아름다운 몸매를 감싼 정장.

검은색 스타킹에 감싸인 긴 발을 우아하게 꼬며 옥좌…… 느낌의 코스프레 촬영용 의자에 앉은 우리 반 담임 교사, 《맹독의 여왕》 카게이시 스미레가 여유 넘치면서 음탕한 미소를 머금고 있었다.

위압적인 여왕의 품격이 느껴졌다.

교실, 혹은 수많은 이들 앞이 아닌 장소에서 이 모드인 건 드문 일이다.

"마감도 아닌데 이 방으로 저를 부르다니, 신기한 일도 다 있네요."

"어찌 보면 마감에 관한 이야기야."

"어? 지금은 아무 작업도 안 맡겼는데요."

최근에 200만 DL 기념 일러스트를 그리게 했으니까, 지금은 발주와 발주 사이의 공백기다.

……어딘가 이상한걸.

"그것보다, 무슨 일이에요. 이렇게 이야기를 나누고 있는데도 선생님의 철면피가 안 벗겨지니, 영 섬뜩한데요."

"오늘은 한심한 모습을 안 보일 거야."

"호오."

"의연한 어른의 태도로 오오보시 군, 너에게 통보할 게 있어."

스미레는 숙련된 암살자를 연상케 하는 날카로운 눈빛으로 나를 꿰뚫듯이 쳐다보며, 당당한 어조로 단호하게 말했다.

"한동안 일러스트 발주를 줄여줬으면 해."
"싫어."
"단칼에 거절하지 마~!"

"아니, 그건 무리라고요."

"이유도 듣지 않고 거절하는 건 횡포잖아! 이 폭군! 독재자!"

"으음~. 확실히 방금은 너무 독재자 같았네요. 반성할게요."

"이해해주는 거구나?!"

"『무라사키 시키부 선생님이 일러스트 발주를 줄여달라고 하네』……."

《OZ》 안 돼요.
《마키가이 나마코》 자비 따윈 없어.

"그럼 민주주의에 따라 부결…… 처리됐어요."
"이건 다수결의 폭력이야아아아아아아아아아아아아아
아아아아아아!!"
—독재와 민주주의, 어느 쪽이냐고.
몇 초 전과는 태도가 정반대로 바뀐 스미레가 울먹거리며
나에게 매달렸다.
눈과 코에서 흘러나온 액체가 내 교복 소매를 더럽히자,
나는 하아~ 하고 한숨을 내쉬며 물었다.
"이유가 뭔데요?"
"들어줄 거야?!"
얼굴이 밀어내며 한걸음 양보하자, 스미레의 표정이 절망
에서 희망으로 바뀌었다.
"이유 여하에 따라서는 고려해보려는 노력을 기울일 수 있
도록 긍정적으로 선처하려는 마음이 싹틀 가능성이 없지도
않긴 해요."
"말 너무 돌려서 하는 거 아냐?! 그렇게 나를 부려 먹고
싶은 거냔 말이야~!"

"농담이야. 이유를 말해봐."

나는 턱을 치켜들며 재촉했다.

으, 응, 하며 고개를 끄덕인 스미레가 머뭇거리며 입을 열었다.

"곧 수학여행 시기잖아."

"수학여행……?"

"왜 물음표가 붙는 건데?! 2학년 행사거든?! 아키와도 당연히 관련이 있는 이벤트거든?!"

"으, 응……. 듣고 보니 그러네."

완전히 까먹고 있었다.

코자히 고교의 수학여행은 2학년이 10월경에 실시하도록 예정되어 있었다.

오키나와에 가고 싶어? 교토에 가고 싶어? 아니면 괌? 처럼 선택지가 없는 거나 다름없는 질문을 학생에게 던지지 않고, 우리 학교 교직원 측에서 일방적으로 목적지를 정하는 게 관례였다.

이 근처에서 알아주는 진학고라서 그런지, 정서 교육의 일환인 수학여행 또한 역사와 전통 있는 학식의 장소로 가야 한다는 가치관을 지닌 것 같았다.

……평소에는 그렇게 IQ 낮은 티를 내면서, 이럴 때는 진학고 다운 일면을 보여주는 것이다. 대체 이 학교는 어떻게 되어 먹은 걸까.

아무튼…….

학급 회의 시간에 대대적으로 고지가 되지 않았으니, 수학여행 같은 건 친구와의 대화에서나 한 번씩 언급될 뿐이었으리라.

나는 교실에서 거의 외톨이로 지낸다. 오즈와 마시로도 아싸라서 그런지 수학여행에 관한 이야기를 하지 않았기에, 내 머릿속에는 수학여행이라는 말 자체가 존재하지 않았다.

딱히 슬프진 않거든? 내 존재감이 얼마나 옅은지 객관적으로 이해하고 있으니 말이야.

"슬픔에 잠긴 와중에 미안한데, 이야기 계속해도 돼?"

"……그래."

슬퍼하는 게 아니야, 라고 따질 마음도 생기지 않았다.

"실은 나, 수학여행 담당이 되어버렸어."

"흠. ……담당이 되면, 뭘 하는데요?"

"당일 일정 조정, 여관 선정과 버스 수배, 수학여행 실행위원회와 함께 당일의 서프라이즈 이벤트 기획도 해야 해."

"흐음. 교직원 몇 명이 그걸 담당하는데요?"

독박
"한 명이야."

"어이, 거짓말이지?"

딴죽을 안 날릴 수가 없었다.

존댓말을 유지할 수도 없었다.

"원래 우리 학교가 매년 이용하는 호텔이 있는데, 거의 유착 상태나 다름없어. 이제까지 계속 이용해왔으니 또 이용한다, 같은 느낌이거든? 하지만 경관도 안 좋고, 요리도 맛없고, 재미있는 레크리에이션도 못 해. 그래서 작년까지는 학생들의 수학여행 감상이 별로였다니깐. ……회사원이 출장 가서 묵기에는 충분한 수준의 호텔이지만, 고등학교 수학여행은 학생들에게 있어 평생 딱 한 번뿐인 청춘의 추억이란 생각이 들었어. 그래서 더 좋은 환경이 있을 거라고 회의에서 덜컥 의견을 낸 거야.”

아하하, 하고 스미레는 쓴웃음을 흘리면서 볼을 긁적였다.

“『재미있는 생각이군요. 그럼 준비를 잘 부탁합니다』 하며, 교감이 떠넘기더라. 진짜, 골치 아프게 됐어.”

“그게 싫어서 지금까지 그 어느 교사도 바꾸려고 하지 않은 거구나……. 하지만, 좀 의외네.”

“응? 뭐가?”

“아, 수학여행에 적극적이다 싶어서 말이야. 부활동에서는 활동이 활발한 운동부를 피하고 싶어 했고, 일러스트 그릴 시간이 줄어들까 싶어서 성가신 일은 최대한 안 맡으려고 했잖아.”

“아~, 그건 아키의 영향이야.”

“조교로 네 가치관을 뜯어고치려고 한 적 없거든?”

“여름 방학 때 말이야. 우리 본가에서의 일.”

꽤 예전 일이다.

일전에 나를 포함한 《5층 동맹》의 멤버(마키가이 나마코 선생님 이외)가 바다로 여행을 갔을 때의 일이다. 스미레가 운전하는 차를 타고 도착한 곳은 바다가 아니라 산속의 적막한 마을이라고 하는 크툴루의 시나리오 초반 같은 전개가 벌어졌다.

이러쿵저러쿵하다 보니 스미레가 안고 있던 가족 문제를 (부분적으로는 나중으로 미루게 됐지만) 해결했었지.

그 건을 통해, 스미레는 교사를 계속하면서도 자기 자신의 길을 정하기 위해 집을 뛰쳐나오게 됐다. ……뭐, 일족의 수장인 그녀의 할아버지는 모든 사정을 파악하고 있으면서, 은근슬쩍 그녀를 인정해주는 듯한 분위기였지만 말이다.

"언제든 교사를 관둘 수 있다고 생각하니, 거꾸로 마음이 편해졌나 봐. 덕분에 교사 일에 대한 의욕이 상승하지 뭐야. 학생들을 위해 뭐가 가장 좋을까? 하고 생각해봤더니, 수학여행을 가서 즐거운 체험을 하게 해주고 싶었어."

"우와…… 진짜 선생님 같네."

"나, 진짜 선생님이거든?! 어딜 봐도 미인 여교사거든? 짜잔!"

스미레는 우쭐대면서 검은색 스타킹에 감싸인 매혹적인 다리를 강조하듯 내밀었다.

"나는 코믹마켓의 분위기를 좋아하는 오래된 오타쿠거든. 그래서 이벤트를 즐기고 싶단 심정을 잘 이해해. 작년까지의 학생 소감 앙케트에서 나온 불만 섞인 코멘트를 보니, 그냥 내버려 둘 수가 없었어."

"심정은 이해가 돼요. 제가 코믹마켓에 참가한 건 선생님과 만난 그날이 처음이었지만요. 엄청난 열기와 그 공간에서 느끼는 일체감, 고양감 같은 건 찰나에 불과하기에 더욱 고귀하다고 느꼈어요."

"맞아. ……이번에는 학교 사정으로 휘말린 것에 가깝지만, 학생들을 위해 팔 걷어붙이고 싶은 마음도 있어. 하지만, 기존의 수업을 하면서 혼자 그 모든 일을 진행하려면—."

"—일러스트에 할애할 시간이 없다, 는 거군요."

스미레가 고개를 끄덕였다.

그리고 내 얼굴을 살피듯 올려다봤다.

"안, 될까? 이건 너무 염치없는 걸까?"

"…………아뇨. 괜찮아요. 알았어요."

솔직히 말해, 조금 망설였다.

대답하는 데 걸린 몇 초 동안의 뜸이 내 본심이다.

하지만 나는, 그녀의 뜻을 단칼에 거절해버릴 수 없었다.

스미레의 인생 최대치의 행복을 고려해볼 때, 지금은 수학여행 관련 업무를 보게 하는 게 좋다는 생각이 들었다.

그녀는 그녀가 하고 싶은 일을 하면 된다.

크리에이터의 시간을 어떻게 확보할 것인지, 확보할 수 없다면 그것을 어떻게 메울 건지 생각하는 것이 프로듀서인 내 일이다.

그러니까…….

"으음, 정말 괜찮겠어?"

"응, 걱정하지 마. ……즐거운 수학여행을 선물해달라고, 선생님."

가능한 한 마음속의 초조함이 드러나지 않도록, 그렇게 말하며 웃어 보였다.

……어디 보자.

300만 DL을 위한 한 걸음, 콘텐츠를 추가하기 위한 대책.

일러스트 말고도, 방법을 생각해야겠는걸.

*

『아키가 원고 회수에 관용을 베풀다니……. 괜찮아? 열이 라도 있는 거 아냐?』

『네가 생각하는 나는 대체 얼마나 악마 같은 캐릭터인 거야?』

AKI
뭐, 그렇게 돼서 한동안 무라사키 시키부 선생님의 일러스트 작업을 스톱하기로 했어요.

무라사키 시키부 선생님
점심시간에 갑자기 업무 정보를 전해, 죄송합니다.

마키가이 나마코
우와, 맙소사.

무라사키 시키부 선생님
미안해! 다음에 이 빚은 꼭 갚을게!

OZ
그래도 안 돼요.

OZ
……라고 말은 했지만, AKI가 허락했으니 나한테는 거부할 권리가 없네.

무라사키 시키부 선생님
불시에 기습 좀 하지 마~!

무라사키 시키부 선생님
의사결정을 AKI에게 전부 맡기는 슈퍼 의존 체질 같은 맛깔난 떡밥을 대뜸 투하하지 말란 말이야!

무라사키 시키부 선생님
너무 존귀해서 사망하겠거든?!

AKI
시키부.

무라사키 시키부 선생님
아, 네. 우쭐대서 죄송합니다.

© tomari

OZ
OZ
그럼 한동안 신규 카드 일러를 안 내면 여러모로 힘들지 않겠어?

AKI
AKI
뭐~ 그건 그래.

AKI
AKI
어떻게든 손을 써야 할 거야. 생각 좀 해볼게.

OZ
OZ
이제까지 실력을 숨기고 있었지만, 실은 그림 좀 그리는 사람 있어?

OZ
OZ
참고로 나는 무리야.

마키가이 나마코
그림… 그려본 적 없지만, 어디 한 번 해볼까.

AKI
AKI
아, 바쁘신 마키가이 선생님께 부탁드릴 수는 없어요.

마키가이 나마코
다 그렸어.

마키가이 나마코

© tomari

AKI
바쁘신 마키가이 선생님께 부탁드릴 수는 없어요.

OZ
똑같은 문장의 복붙으로 완곡하게 사양하다니, 진짜 웃기네.

마키가이 나마코
시, 시끄러워. 알고 있다고, 내 그림 실력이 별로란 건.

AKI
참고로 제가 그린 걸 보여줄게요.

AKI

OZ
오오, 특징을 잘 살렸네.

OZ
하지만 프로의 일러스트와는 수준이 너무 차이 나서 채용할 수 없을 것 같아.

마키가이 나마코
AKI의 평균력은 진짜 어느 분야에서든 발휘되네…

AKI
으음. 역시 팀 동료 중에서 대타를 찾는 건 무리겠네요.

 무라사키 시키부 선생님
흐으으, 미안해~.

 무라사키 시키부 선생님
너희한테 폐 끼쳤더니 배 아파~.

 마키가이 나마코
뭐, 너무 신경 쓰지 마.

 마키가이 나마코
선생님으로서 학교 일에 최선을 다하는 모습도 멋져.

 무라사키 시키부 선생님
나마코 선생니이이이임!!

 AKI
앞으로 어떻게 할지, 저도 좀 더 생각해볼게요.

 AKI
방침이 결정되면 이 채팅방을 통해 공유할게요.

© tomari

친구 **여동생**이
나한테만
짜증나게
군다

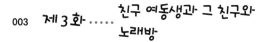
　무라사키 시키부 선생님의 일러스트 작업 임시 휴업 결정을 내린 다음 날 방과 후.

　점심시간에 《5층 동맹》 LIME 그룹에서 정보 공유 겸 상의를 하고, 오후 수업 중에도 공부에 할애할 뇌의 9할 가량을 동원해 해결책을 생각했지만 결국 답을 찾지 못한 나는 으음~ 하고 신음을 흘리며 하교하고 있었다.

　마시로는 없다.

　뭔가 볼일이 있다면서 교실을 급히 나섰다.

　오즈도 없다.

　학생회장에게 부탁받은 활동의 일환으로 수학여행 실행위원을 보좌하게 되어서, 그쪽에 얼굴을 비춘다고 한다.

　300만 DL을 위해 적절한 템포로 콘텐츠를 투입해서 유저 숫자를 늘리고 싶었지만, 좀처럼 뜻대로 되지 않았다.

　물론 약한 소리를 할 생각은 눈곱만큼도 없다.

　지금은 프로듀서인 내가 책임감을 가지고 해결책을 구상해야만 하는 국면이다.

　자, 어떻게 한다. 그런 생각을 하고 있을 때였다.

　"건강을 위한 불시 기습!"

"끄앗?!"

등의 방어력이 약한 부분을 정확하게 찔린 나는 새우처럼 몸을 꺾으며 펄쩍 뛰었다.

"인마, 갑자기 건강에 좋은 혈을 찌르면 어떻게 해!"

"건강이 안 좋아 보이는 아우라가 줄줄 흘러나오니까, 선배에게 전수 받은 기술을 펼쳐봤어요! 어때요? 너무 기분 좋아서 건강해졌나요?"

"건강해지긴 무슨! 나니까 괜찮지, 다른 사람한테 그러면 완전 묻지 마 폭행이라고."

"무슨 소리예요, 선배. 타인에게 이런 민폐 행위를 할 리가 없잖아요. 상식적으로 생각 좀 해보세요, 상식적으로☆"

통통 튀는 듯한 말과 함께, 통통 튀는 듯한 윙크가 날아왔다.

뒤를 돌아보니, 절묘한 콤비네이션이 참 짜증스러운 소녀…… 아니, 짜증이라는 단어를 쓴 시점에서 누구인지 짐작이 될 것이다. 바로 코히나타 이로하가 서 있었다.

"밖에서 너무 들러붙지 마. 츠키노모리 사장한테 들킬지도 몰라."

"싫~어~요~."

"뭐…… 인마. 《5층 동맹》에게도 중요한 계약이란 말이야."

"알고 있거든요? 하지만 더 짜증스럽게 굴라고 말한 사람은 선배잖아요."

"아니, 그렇게 말하긴, 했지만……."

"선배가 마시로 선배 이외의 여자와 치근덕거리는 모습을 목격당하면 안 된다고 해서, 남들 눈길을 신경 써왔거든요? 하지만 더—— 짜증스럽게 굴라는 말을 들었는걸요. 이렇게 되면 집 밖에서든 집 안에서든 팍팍 짜증스럽게 굴 수밖에 없다고요."

"……문화제에서의 일로, 아직 토라진 거야?"

"글쎄요~? 어느 쪽일까요~?"

나는 이로하의 짜증귀염을 전파하고, 이로하의 짜증스러움을 포함한 모든 것을 받아들여 줄 사람을 한 명이라도 늘리기 위해, 문화제에서 계획을 펼쳤다.

미스 콘테스트에서는 결승 주제를 조작하면서까지, 이로하가 사람들 앞에서 짜증스러운 측면을 드러내게 하려 했다.

결국 이로하가 그 발상을 거꾸로 이용한 바람에 계획은 좌절됐다. 그리고 이로하는 앞으로 더욱 짜증스럽게 굴겠다는 선언을 했는데…….

"물론 사장님에게 치명적인 의심을 사게 된다면, 저도 변명에 협력해줄게요. 하지만 그렇게 됐을 때에 사장님을 최대한 구슬리는 게 선배가 할 일이잖아요~. 밖에서 이런다고 무조건 목격당하는 것도 아닌데, 지 자신을 억누르면서까지 배려할 필요는 없다고 판단했어요!"

"뭐…… 틀린 말은 아냐."

진짜 멋대로 지껄여대기는, 하고 생각하면서도…….

이로하가 스스로 하고 싶은 일을 우선한다는 건, 나쁘지 않은 경향이다.

확실히 내가 진짜로 사랑에 빠지거나 여친을 만든다면 큰 문제가 되겠지만…….

오해를 살지도 모른다, 정도의 행동이라면…….

설령 츠키노모리 사장에게 목격당하더라도, 오해를 풀면 되는 문제다.

"그런고로! 자, 이 이로하 누나에게 고민을 이야기해보세요! 컴온~."

"뭐가 누나야. 후배 주제에……. 뭐, 일단은 의지해보도록 할까."

나는 어처구니 없어하면서도 현재 안고 있는 문제를 이로하에게 이야기했다.

허니플레의 최근 추세와 경향.

그것을 돌파하기 위해서는 300만 DL이 최저 조건이며, 가능하면 새로운 영역에도 도전해야만 한다.

그런 상황에서 찾아온, 무라사키 시키부 선생님의 본업 쪽 업무 폭주…….

내 목소리 톤을 통해 사태의 심각성을 눈치챈 건지, 이로하는 비교적 진지한 표정으로 듣고 있었다.

"그림이라~. 으~으으으음."

"아, 좋은 생각이 났어."

"어라라?"

"너의 연기력으로 완벽한 무라사키 시키부 선생님이 되어서, 작화 기술을 베끼는 거야! ……어떨까?"

농담이야, 농담. 그렇게 말하며 웃어넘기려던 때였다.

"그 방법이 있었네요! 한 번 해봐요!"

"뭐?"

상상 이상으로 호의적인 반응이었다.

이로하는 스읍~ 하고 숨을 들이마시면서 역할에 빠져들었다.

그리고 눈을 번쩍 뜨더니…….

가방 안에서 공책과 펜을 꺼낸 후, 신들린 것처럼 뭔가를 슥슥 그리기 시작했다.

"오오……. 맙소사. 해낸 거야? 해낸 거냐고, 이로하!"

"우오오오오오오오!! 나의!! 대박 귀여운!! 신캐!!"

눈에 보이지 않는 속도로 선을 긋자, 어렴풋한 윤곽이 확연해지기 시작했다.

마치 몇 배속으로 재생한 메이킹 영상을 보고 있는 것 같았다.

하지만 지금 흐르는 시간은 무편집, 무수정, 있는 그대로의 현실이다.

상처 입은 짐승 같은 저 박력은, 밤샘 사흘째에 접어든 무라사키 시키부 선생님을 연상케 했다.

그리고…….

"―다 됐다아아아아아아아아!!"

차아아알……싸――악! 힘차게 공책을 내던졌다.

이로하가 무라사키 시키부 선생님을 연기하며 즉석에서 그린 일러스트.

만약 그것이 진짜에 버금가는 엄청난 퀄리티라면?

가슴이 기대로 가득 찼고, 체온이 상승했으며, 호흡 또한 거칠어진 가운데…….

나는, 봤다.

공책에 그려진 일러스트. 그것은…….

"응. 정말 별로네."
"그렇네요오오오오."

내 솔직한 감상에 이로하도(그림을 그리면서 어렴풋이 눈치챘던 것 같다) 전력으로 동의했다.

"그러고 보니 성격은 베낄 수 있어도, 스킬은 원래 무리였잖아."

"으으…… 그림 실력은 하루아침에 늘지 않나 봐요…….."

이로하는 분한 마음에 침울한 표정을 지었다.

꽤 예전 일이지만, 마시로를 괴롭히던 녀석들을 상대로 이로하가 깡패 연기를 한 적이 있다.

박력은 진짜에 버금갔지만, 이로하의 주먹질은 아마추어 이하의 조무래기 중의 조무래기급이었다.

확실히 아무리 연기가 능하다 해도, 스미레가 오랜 세월 쌓아온 일러스트 실력을 재현할 수 있을 리가 없다.

"으으. 도움이 못 되어서 죄송해요……."

"괜찮아. 애초에 그다지 기대하진 않았거든."

"너무해요! 최선을 다했단 말이에요!"

"그 노력은 솔직히 기쁘지만, 내가 너무 큰 기대를 품어도 곤란하지 않아?"

"그건 그래요!"

실은 조금 기대하긴 했지만, 그 말은 하지 않는 편이 나을 것이다.

"그래도 곤란하게 됐네. 아이디어가 전혀 떠오르지 않아."

"오래간만의 진심 고민이네요~. 흐음~."

이로하는 내 얼굴을 뚫어지게 쳐다보면서 뭔가를 생각하는 듯한 시늉을 했다.

그리고…….

"좋은 생각 났어요! 어둠 속에 강림한 저의 악마적 발상을 들은 순간, 선배이 온몸을 타고 전류가 흐를 거예요!"

"도박 만화에서 나올 법한 불온한 내레이션이네. ……이야기해봐."

우쭐대는 듯한 그 어조에는 전혀 관심이 가지 않았지만, 좋은 아이디어가 있다면 부디 듣고 싶다.

이로하는 반짝하는 의태어가 들릴 듯한 눈빛을 띠며 씨익 웃더니, 자신만만한 어조로 말했다.

"그건 바로!! 일부러…… 논다!!"

"자, 무라사키 시키부 선생님의 구멍을 어떻게 메울까? 고민되네."

"어어어어, 저기요! 아무 일도 없었던 것처럼 걸어가지 마세요! 이건 비교적 제 진심이 담긴 아이디어거든요?!"

"진심은 무슨. 1분도 시간을 낭비할 수 없는 이 국면에서, 어떻게 놀고 있냐고."

"하지만 선배가 모든 시간을 다 할애하더라도, 스미레 쌤이 작업을 못 해서야 진척을 바라는 건 무리잖아요?"

"윽. ……뭐, 그건 그래."

"아이디어를 내지 않는 한, 앞으로 나아갈 수 없어요. 그리고, 아이디어는 책상 앞에 앉아있다고 해서 나오는 건 아니고요. 즉—."

아하. 이른바 인풋이라는 게 필요하다는 거구나!

"즉— 이른바 현실도피! 신급 발상의 강림 대기! 다섯 시간 후의 나 자신을 기대! ……라는 거예요!"

"야, 인마. 말이라는 건 말이야……."

좀 더 멋진 단어로 허세를 부려도 될 텐데…….

"애초에 선배는 일을 너무 많이 해요. 일만 하느라 굳은 머리에서 좋은 발상이 나올 리 없잖아요."

"……절묘하게 맞는 소리를 늘어놓기는……."

"귀여움, 이퀄, 정의. 즉 저, 이퀄, 저스티스!"

"왜 마지막만 영어로 말한 거야? ……확실히 일과 전혀 상관없는 일을 하는 편이, 아이디어가 불쑥 튀어나올 가능성이 있을지도 몰라."

책상 앞에 앉아서 고민해봤자, 궁지에 몰리기만 할 것 같았다.

이로하 녀석, 짜증나는 녀석인데도 사람의 본질을 정확하게 짚는다니깐.

"그런고로~. 놀러 가죠~~오예!!"

참 파티 피플 같은 말투네.

"그것보다 오늘은 집에 빨리 돌아가지 않아도 돼? 네 어머니께서 휴가라 집에 계실 거 아냐."

"에이~. 그러니까 놀러 가자는 거예요~."

"도피적 발상이냐. 가족 사이는 나쁘지 않다며?"

"사이가 좋고 나쁘고를 떠나서, 가족이 없는 데서 기를 펴고 싶을 때도 있는 법이거든요~."

"뭐, 그 심정은 이해가 돼."

"엄마가 있으면 선배 집에서 꽁냥꽁냥도 못하고요."

"응? 무슨 말 했어?"

"전형적 주인공 코멘트 잘 들었습니다~! 요즘 좀 잘나간다고 최강 히로인인 이로하 님을 함락시킬 수 있을 거란 착각 마세요~."

"남을 멋대로 주인공 취급하면서 자기를 공략 대상 취급하는 건 불합리하지 않아?"

그리고 네가 아까 안 들리게 중얼거렸잖아.

만약 라이트노벨이었다면 글자 크기를 작게 했을 정도로 목소리가 작았다고. 그래서야 안 들리는 게 당연하잖아.

뭐, 라이트노벨이라면 사랑 고백을 받는 장면이겠지만 공교롭게도 이 시추에이션에서 고백 따위를 할 리 없으니 신경 쓸 필요 없나. 만약 고백을 했다면, 이로하는 문맥적으로 부자연스러운 타이밍에 대뜸 고백을 날리는 위험한 녀석이 되고 만다.

……위험한 녀석, 같은 건 아니겠지?

아닐 거라고 믿는다.

"……뭐, 아무튼 말이야. 놀러 가는 건 좋지만, 조건이 하나 있어."

"어? 음란한 장소로 저를 끌고 가려는 거예요? 정말~, 선배는 내숭 육식남이라니깐~."

"개인실이 좋겠어. 다른 인간이 들어올 일이 없는, 완전한 밀실로 가자."

"음란한 장소로 저를 끌고 가려는 거예요?!"

같은 대사인데도 텐션과 의미가 확 달라졌다. 일본어는 참 재미있는걸.

얼굴이 새빨갛게 붉히며 뒷걸음질 치는 이로하가 범죄자 보듯 쳐다보자, 마음에 상처를 입었다.

물론, 나한테는 눈곱만큼도 흑심이 없다.

"마시로와의 가짜 커플 문제의 대책이야. 방과 후에 단둘이서 노는 모습을 남들이 목격한다면, 변명하기 힘들거든."

마시로도 부르면 문제가 해결되겠지만, 그 녀석은 볼일이 있다고 했었다.

"아하~. 그래서 밀실로 가자는 건가요. ……아~, 그럼 거기로 해요."

"오, 역시 이로하야. 괜찮은 곳을 많이 하나 보네."

"이래 봬도 우리 반의 인기인, 인싸 미소녀거든요. 에헴."

나와 마시로한테는 불가능한 일이다.

"그래서, 어디인데?"

"노래방이에요, 노래방!"

"아…… 그래, 인싸네."

"저희보다 윗세대의 오타쿠 손님이 많은 것 같지만요. 십년 전 애니송이 이력이나 랭킹을 독점하는 경우도 많고요."

"그 세대 사람들은 오타쿠 아닌 사람두 주제가 정도는 알 테니까, 노래방에서 부를 것 같아."

연예인이 동영상 스트리밍 서비스에서 애니송을 「불러봤

다」 영상을 올리는 시대인 것이다.

음악은 바다도 건넌다.

해외 유명 아티스트의 곡이 가사도 전혀 이해 못 하는데 명곡으로 여겨지는 경우도 많다.

오타쿠와 오타쿠가 아닌 이 사이의 벽을 가장 쉽게 넘을 수 있는 장르 또한 음악일 것이다.

"좋아, 노래방에 가자!"

"가죠! 이로하 님의 초절정 가창 테크닉을 보여주겠어요~. 에헤헤~."

"호오. 그럼 실력 좀 볼까."

만약 노래를 잘 부른다면 『검은 염소』의 주제가를 부르게 해볼까.

물론 농담이다. 이로하에게 노래를 시키는 건 어른의 문제 때문에 여러모로 어려울 테니 너무 기대하지는 말자. ……그래도 희망을 품는 건 자유, 맞지?

*

결론부터 말하자면 이로하는 평범하게 노래를 잘 불렀다.

성량이 뛰어나고, 음정이 좋으며, 리듬감도 있는 데다, 비브라토도 깔끔했다.

성우 수행을 위해 레코딩과는 별개로 오토이 씨의 스튜디

오에서 보이스 트레이닝을 받아서 그런지, 목소리를 내는 것도 완벽했다.

아무리 생각해도 평균보다 훨씬 능숙했다.

하지만 연기에 있어서는 천재급이라는 점을 생각하면, 아쉬움이 느껴졌다.

……아, 이러면 안 된다.

매사를 창작과 연관 지어 생각하는 건 나의 나쁜 버릇이다.

세간에 발표할 수 없는 능력이라도 괜찮다.

노래방은 본인이 즐겁게 노래할 수 있으면 충분하다.

학교 제일의 인기 미소녀인 이로하가 환하게 웃으며 열창하는 모습을 옆에서 보는 것만으로도, 호사스러운 체험이다.

……뭐, 미스 콘테스트의 결과만 보자면 내가 우리 학교 제일의 미소녀지만 말이다. 그런 것으로 말꼬리를 잡는 건 꼴사나운 짓이다.

"랄! 라! FOOOOO~! ……예이!!"

이로하는 텐션이 높고 흥겨운 노래를 끝까지 깔끔하게 부른 후, 락 뮤지션처럼 멋진 포즈를 취했다.

월드 스타 IROHA, 하며 이름을 널리 알려도 이상하지 않은(명백히 이상한) 품격이 느껴졌다.

이로하는 나를 돌아보면서 우쭐대듯 웃었다.

"어때요? 방금, 엄청 멋지지 않았어요?!"

"그래. 멋지다, 멋져."

"감정이 담겨 있지 않아요!"

"확실히 너는 노래를 잘하지만, 전부 모르는 노래네."

흥을 내 싶지만, 모르는 노래라 어려웠다.

"그것보다, 아까부터 인싸 취향의 노래만 계속 부르는걸. 애니송은 안 부르는 거야?"

"아~, 버릇 때문에 그래요~. 같은 반 애들과 노래방에 오면, 항상 이런 일반 취향의 노래만 부르거든요."

"……확실히 그 애들과 같이 온다면, 그렇게 되겠네."

여름 축제와 문화제 때 본 이로하의 클래스메이트를 떠올려보니 납득이 갔다.

그 녀석들은 애니송 같은 건 전혀 안 들을 것 같거든.

"너도 고생이 많네. 취향에 안 맞는 노래를 듣거나 불러야 하잖아."

"아, 그게 실은 완전 괜찮아요."

"그래?"

"네. 처음에는 맞춰주는 거였는데, 듣거나 부르다 보니 좋아하게 됐거든요."

"단순 접촉 효과구나."

"음악은 위대하다고 생각했어요. 세뇌 효과가 엄청나다니까요."

"세뇌라고 하지 마. 뭐, 반복해서 들려주는 건 세뇌 수법 중 하나지만 말이야."

하지만 이로하의 이 체험은 힌트가 될 것이다.

인싸들과 어울려 다니지만, 이 녀석은 《5층 동맹》에 녹아들 수 있을 정도로는 오타쿠 취미를 지녔다.

당연히, 마음 가는 대로 노래를 고른다면 애니송을 고를 것이다.

그런 이로하조차도 반복해서 듣다 보니 인싸 노래를 좋아하게 된 것이다. 즉, 그걸 반대로 하면…….

"선배는 다음에 뭘 부를 거예요? 제가 입력해줄게요!"

"……어이, 너무 들러붙지 마."

옆으로 쑥 다가온 여자애의 폭력적 존재감에 생각을 방해받았다.

좁은 밀실 안에서 무릎이 닿을 만큼 붙어 있는 것이다. 이성 상대로 함부로 취해도 되는 행동이 아니다.

"에이~. 괜찮잖아요. 사장의 눈길도 신경 쓸 필요 없거든요? 무한정 꽁냥꽁냥 가능이에요."

"그래도 이러면 안 돼. 절도를 지켜야 한다고. ……이건 마음의 문제야."

"흐음~. 뭐, 그 점은 이제 신경 안 써도 돼요."

"무슨 소리야. 딱히 달라진 건—."

"달라졌어요~. 선배와 상관없이, 말이죠."

"뭐?"

"이 노래는 어때요? 궁극의 모에 추구 송, 『응석쟁이☆달링』—

선배의 영혼에서 우러난 모에 보이스, 들어보고 싶~어☆"

"헛소리하지 마. 남자인 내가 그런 걸 불러봤자 징그럽기만 할 거라고."

"미스 콘테스트 우승자가 그런 소리를 하는 거예요?"

그건 그거, 이건 이거다.

애초에 목소리까지 암컷으로 바꾼 적은 없다고.

이로하의 발언에서 신경 쓰이는 부분이 있었지만, 물어볼 타이밍을 놓치고 말았다.

대화의 흐름이 바뀐 바람에 물어보기 어려워져서, 결국 신경 쓰이는 점에 관해 물어보지 못하게 되는 경우가 있잖아?

그러는 사이, 누군가가 문에 노크를 했다.

"오래 기다리셨습니다. 어느 분께서 토마토 파르페를 주문하셨죠?"

"앗! 저예요! 와~☆ 무지 맛있어 보여요~!"

문을 열고 들어온 점원이 새빨간 유리그릇을 내려놓자, 이로하의 목소리가 한 옥타브 높아졌다.

점원이 나간 것을 확인한 후, 이로하는 스마트폰을 꺼내서 토마토 파르페의 사진을 찍어댔다.

"특이한 파르페를 주문했네. ……그거, 맛있어?"

"이 노래방의 명물 메뉴예요. 토마토의 새콤함과 아이스크림의 달콤함이 기적적인 조화를 자아냈다며 소문이 자자하다니까요."

"호오~. 특색 있는 조합이 인기를 얻은 거구나."

"뭐, 인기를 얻은 가장 큰 이유는 겉보기겠지만요. 사진빨 중시예요."

"사진빨?"

"네. 저도 핀스타에 올리려고 이걸 주문한 거예요."

이로하는 그렇게 말하면서 스마트폰 화면을 조작했다.

그러면 안 된다고 생각하면서도 힐끔 쳐다본 이로하의 핀스타 화면에는 여러 장의 사진이 올라와 있었다. 카게이시 마을의 풍경이나 바다에 갔을 때 봤던 불가사리 같은 게 보였고, 여름 축제와 문화제 같은 최근의 일을 떠올리는 사진도 있었다.

"너, 핀스타를 하는 구나."

"얼마 전에 시작한 거예요. 사사라가 하라고 하도 성화여서요."

"최근은 고사하고 어제오늘 일 아냐? 걔와 친해진 거 말이야."

"어제만 해도 LIME으로 한 열 번은 『해라』 하며 연락이 왔다니까요……."

"그 녀석, 역시 스토커 아냐?"

어쩌지. 사사라를 친구 삼아도 될지 불안해지기 시작했다.

잠깐만 있어 봐. 이로하도 핀스타를 시작했다면, 이용할 수 없으려나.

일부러 사사라에게 기대지 않더라도, 이로하가 팔로워 100만 명 돌파……까지는 어렵더라도, 상당한 영향력을 지니게 된다면 『검은 염소』에 있어 플러스가 되지 않을까.

한 번 넌지시 떠볼까.

"핀스타, 재미있어?"

"으음~. 이제 막 시작해서 잘 모르겠어요."

"팔로워 늘어날 것 같아?"

"에이, 그렇게 쉬운 일이 아니라고요. 그것보다, 선배는 제 핀스타가 그렇게 신경 쓰이는 거예요? ……아하~."

히죽 웃은 후…….

"제가 SNS로 어떤 교류를 하고 있는지, 궁금해서 미치겠나 보네요! 누군지도 모르는 남자와 친해지는 건 아닌가 싶어서 엄청 신경 쓰이는 거죠?! 좋아하는 애의 SNS가 신경 쓰여서, 새 글 올라오면 초 단위로 반응 보이는 남자애 같네요~! 정말. 질투심 좀 드러내지 말라고요. 선배~!"

"아, 그런 게 아니야. 그리고 그건 스토커 같은 행동이거든? 아무리 좋아하는 상대라도 초 단위로 반응을 보일 만큼 감시하다니, 한가한데도 정도라는 게 있다고."

"하지만 실제로 그러는 사람이 있긴 한가 봐요."

"맙소사……. 이해가 안 돼……. 이상한 애와 얽히지 않도록, 조심해."

"네~. 뭐~, 어느 쪽이든 간에 걱정하지 마세요. 대충 사진이나 올릴 거니까요. 사사라처럼 죽어라 할 생각은 없어요."

"그렇구나……."

죽어라 해서 인기를 얻어줬으면 했는데 말이다. 물론 익명으로 말이다.

하지만 본인이 의욕 없는데 강요하는 것도 좀 그렇다.

이로하가 목표로 삼은 건 연기자다. 그 외의 활동은 하고 싶지 않다면 딱히 안 해도 된다.

……하지만 그렇게 되면, 역시 사사라를 동료로 끌어들일 방법을 생각해야 할 것 같다.

그 성가신 안티 오타쿠를 어떻게 함락시키지. 으음~.

위이잉.

스마트폰이 진동했다.

내 것이 아니다. 이로하의 스마트폰이다.

"아, 사사라네. ……으음. 리얼 스토커설 급부상이네요."

"토모사카가 뭐라고 하는데?"

"백문이 불여일견. 화면을 봐주세요."

『핀스타 봤어. 그 토마토 파르페, 역 앞 파슬리에서 파는 거지? 지금 거기 코앞이야! 갈게~!』

"스토커네."

"스토커네요."

배심원 두 사람의 의견 일치로, 토모사카 사사라 용의자, 유죄.

아, 참고로 『파슬리』는 나와 이로하가 지금 있는 노래방의 명칭이다.

시내에 다수의 점포가 있는 유명한 노래방 체인점이다. 넓은 파티룸도 많으며, 이벤트 뒤풀이와 회식 2차 등으로 이용하는 일이 많은 가게다.

식사가 비교적 맛있고, 토마토 파르페처럼 핀스타빨을 받는 메뉴 개발에도 열심이라서 학생들 사이에서도 인기가 좋다.

가격은 꽤 높은 편이라서 아르바이트하는 녀석이나 나처럼 수입이 있는 녀석, 그리고 용돈을 많이 받는 녀석이 아니면 오기 힘들지만 말이다.

"일단 답장을 날려둘게요. 『신, 경, 꺼』 라고요."

"너희들, 진짜로 친구 맞아?"

"맞아요. 아무렇게 대해도 되니까 편하다니까요☆"

"하하하. ……너무 심하게는 대하진 마."

짜증스러운 면을 보여줄 수 있는 친구가 생긴 것은 반길 일이다. 하지만, 매사에는 한도라는 게 있는 법이다.

친한 사이일수록 예의를 지켜야 한다. 치근덕거릴 때도 한도를 지켜야 한다.

이로하가 본성을 드러내도 괜찮다고 여기는 나조차도, 때와 장소와 상황과 마음과 기분에 따라서는 분노가 폭발하기도 하니 말이다.

"심하고 말고가 어디 있어요. 이번에는 사사라 잘못이 100 인걸요. 다른 사람과 노래방에서 즐겁게 놀고 있다는데, 쳐들어가는 게 말이 되냐고요."

"인싸들 사이에서는 흔한 일일 것 같은데 말이야."

"에이~, 아무리 인싸라도 질리고 말걸요? 뭐, 방 번호를 안 가르쳐줬으니까 대뜸 쳐들어올 일은 없을 테니 안심이지만요."

"그럴까. GPS 정보로 장소를 알아낼지도 모르잖아."

"에이, 그렇게까지 하면 레알 스토커잖아요. 만약 쳐들어온다면, 완전 정색하면서 『우와아······』 해줄 자신 있어요."

"헤이~. 나 왔어, 이로하!"
"우와아······."

어쩌지. 진짜로 왔다.

의기양양하게 방에 들어온 이는 소문 자자한 스토커, 아니, 토모사카 사사라다.

나한테 있어서는 친구 여동생의 친구······는 복잡하네. 한마디로 설명하자면, 여러모로 재미있는 어자나(대충).

"신경 끄라고 했잖아. 왜 온 거야?"

"에이, 그 말은 츤데레? 같은 거 아냐? 뭐, 잘은 모르지만 말이지!"

나왔다. 인싸 특유의 어중간하게 오타쿠 용어를 접목시킨 일상 회화다.

너, 「츤데레」라는 말 안에 담긴 심오한 의미와 원대한 역사를 모르지?

처음에는 주인공을 싫어하며 시비를 걸던 여자애가 드라마를 겪으면서 점점 마음을 열게 되는 속성이 츤데레라고 불리는 시대에서, 마음속으로는 좋아하면서도 겉으로는 툴툴거리는 경우도 츤데레로 여겨지는 시대를 거쳐, 현재는⋯⋯ 아, 지금은 오타쿠 지식을 늘어놓을 때가 아니지.

"매정한 소리 마. 진짜로 코앞에 있었거든~. 그러니 합류하고 싶어지는 게 당연하지 않아?"

이로하가 매몰찬 태도를 보였지만, 사사라는 전혀 대미지를 받지 않으며 깔깔 웃었다.

"행동력 넘치네. 그것보다 어떻게 이 방을 안 거야? ⋯⋯어, 진짜로 GPS로 추적한 건 아니지? 만약 그런 거면, 나를 너무 좋아하는 거 아냐?"

"아, 아냐! 토마토 파르페 사진을 보니, 영수증에 찍힌 방 번호가 보였거든. 여기 말이야."

"⋯⋯우와, 진짜잖아. 조심성이 없었네~."

사사라가 보여준 스마트폰의 화면을 본 이로하가 아차~ 하며 머리를 감싸 쥐었다.

그 사진에는 방 번호가 찍힌 영수증이 실려 있었다.

"하아, 사람을 스토커 취급하지 말아 줄래? 보다시피 나는 이상한 애가 아니거든~?"

"아니, 그건 수상한 파파라치 같은 녀석들이나 쓰는 수법이라고. 오히려 의혹이 더 짙어진 거 아냐?"

나는 즉시 딴죽을 날렸다.

사진에 실린 미세한 정보로 장소를 파악하고, 그곳으로 돌격하는 행동을 보면 명백한 파파라치다. 본인에게 자각이 없다는 게 더 문제다.

"그~러~니~까~. 나는 그냥 이로하와 놀고 싶을 뿐, 스토커가…… 윽! 오오보시 선배?!"

"그래. 오오보시 선배야. 문화제 때는 고마웠어."

사사라가 놀라서 괴상한 포즈를 취하자, 나는 가볍게 손을 흔들었다.

그건 그렇고, 나란 인간은 정말 존재감이 옅은걸. 아까부터 네가 좋아 죽는 이로하 바로 옆에 있었는데, 내가 말을 걸 때까지 전혀 시선이 마주치지 않았잖아.

영화라면 실은 내가 유령이라는 게 마지막에 가서 밝혀지는 서술 트릭이겠지만, 유감스럽게도 나는 아직 멀쩡히 살아 있다. 그리고 내 인생은 잘 만들어진 영화라기보다는 끽해야 코미디일 테니, 결국 내 존재감이 공기급일 뿐인 건가.

"어. 앗. 이, 이로하가 같이 있던 사람이, 오오보시 선배,

였던 거야······?"

"그래. 그래서 『신경 꺼』라고 한 거야."

"으윽! 아, 아하~······."

위압감이 어린 이로하의 시선에 꿰뚫린 사사라는 쩔쩔맸다.

대화의 의미는 모르겠지만, 아마 두 사람만 이해할 수 있는 공통된 화제 같은 것이리라.

······잠깐만. 이야기의 문맥을 보면, 나와 명백하게 관련이 있는 거 같지 않아?

혹시 이로하는 내가 있으니까, 사사라가 오지 않기를 바란 걸까?

그래, 즉······.

인싸들의 노래방 분위기에 익숙하지 않은 나를, 배려해준 것 아닐까?

이로하는 거기에 맞출 수 있을지 모르지만, 그건 이 녀석의 연기 스킬이 뛰어나서다. 내가 같은 기술을 펼칠 수 있을 리 없다고 생각한 것이다. ······뭐, 어렵긴 해.

하지만 그런 걱정은 할 필요 없다. 이 상황은 나에게 있어 기회나 다름없으니 말이다.

그렇다. 사사라와 친분을 쌓아서 『검은 염소』 진영에 끌어들일 절호의 기회다!

"이, 이야~, 오자마자 이런 소리 해서 미안한데 말이야! 나, 괜히 온 것 같으니까 이만······."

"아, 괜찮아. 기왕 왔으니 노래라도 하고 가."

"엥?!"

"뭐…… 잠깐만요, 선배?!"

거북한 표정으로 돌아가려 하는 사사라를 내가 불러세우자, 여고생×2가 뜻밖이라는 듯한 반응을 보였다.

"괜히 나를 배려할 필요 없어. 인싸 취향의 노래는 잘 모르지만, 인싸 분위기의 교실 안에서 공기처럼 있는 방법이라면 익혔거든."

"무슨 그런 슬픈 소리를 자랑스레 하는 거예요! 아니, 그게, 딱히 선배를 배려하는 게 아니라……."

이로하는 할 말이 있는지 우물쭈물했다.

하지만 결국 말을 못 한 그녀는 될 대로 되란 듯이 다른 마이크를 사사라에게 떠넘겼다.

"하아, 알았어요! 알았다고요! 자, 사사라도 노래해!"

"뭐, 뭐엇?! 으음. 이로하, 그래도 괜찮겠어?"

"괜찮아. 사흘 정도 토라질 거지만 말이야."

"그건 전혀 괜찮은 게 아니거든?! 볼도 왕창 부풀리고 있거든?!"

"사사라한테 1년 동안 남친이 생기지 않게 하는 저주를 걸 거지만, 전혀 개의치 않아. ……쳇."

"하지 마! 나는 그런 영적인 걸 꽤 믿는 편이거든?! 진짜로 남친이 안 생길 것 같단 말이야!"

언짢음이 폭발한 이로하의 공세에, 사사라는 울상을 지었다.

부정적인 감정을 숨김없이 표현하며 언쟁을 벌이면서도, 치명적인 불화가 생기지 않는 두 사람을 보자, 나는 마음이 훈훈해졌다.

내가 이로하에게 만들어주고 싶었던 광경이 눈앞에서 펼쳐지자, 마음속에서 뭔가가 치밀어올랐다.

—이로하가 이렇게까지 언짢아하는 이유는 솔직히 모르겠지만 말이다. 뭐, 됐다.

*

그로부터 한 시간 후⋯⋯.

"예이ㅡ! 초 존귀 대박 텐션 폭발~!!"

이로하의 노래에 맞춰, 사사라가 텐션 폭발 최고조의 추임새를 넣었다.

아까 전의 서먹한 분위기는 어디에 간 것일까. 인싸 특유의 휘발성 네거티브 감정은 순식간에 포지티브화했다. 진심으로 즐거워하는 얼굴로, 탬버린을 마구 흔들어대며 즐기고 있었다.

인싸의 화신, 무시무시한걸.

무엇보다 무시무시한 건⋯⋯.

"토모사카 녀석, 대단하네. 하나도 모르는 노래일 텐데,

어째서 이만큼이나 즐거워할 수 있는 거야?"

"으음~, 이 이로하 님도 깜놀이에요."

나와 이로하는 탬버린 사사라를 힐끔 쳐다보며 소곤소곤 이야기를 나눴다.

그렇다. 토모사카 사사라란 여자는 아까부터 처음 듣는 노래에도 전력으로 분위기를 타고 있었다.

사실 나는 아까 이로하에게 몰래 지시를 내렸다.

그 내용은『오타쿠가 아닌 사람도 싫어하지 않으면서, 스타일리시하고 멋진 애니송』만 부르라고 말이다.

사사라는 선량한 인싸 특유의 유연한 수용 능력을 지녔다. 지금은 누군가가 심어둔 오타쿠에 대한 편견 때문에『검은 염소』에도 좋은 감정을 품고 있지 않지만, 우선은 평범한 JPOP 같지만 실은 애니송인 노래를 좋아하게 만든 후에 서서히 애니와 다른 오타쿠 콘텐츠에도 마음을 열게 만든다……라는 작전을 펼치고 싶다.

이로하에게도 그 의도를 설명했고, 이 한 시간 동안 사사라가 싫어하지 않을 만한 노래를 골라 둘이서 번갈아 부르며 공세를 펼쳤다.

"아~, 즐거워. 이로하는 좋은 노래를 엄청 아네. 방금 그건 어디 노래야?"

"『귀가의 칼날』의 테마곡이야. 그건 너도 알지?"

"앗, 그건 알아! 얼마 전에 영화를 했었잖아.『무한 잔업

편』? 이었나?"

"그래. 엄청 유행했던 거야."

"팔로워 분한테도 추천 받았다니깐~. 일 중독자인 여동생이 일을 못 하도록 막으면서, 가족을 빼앗아간 악덕 기업에 복수하고, 그리고 여동생을 정상으로 되돌려놓기 위해 노동기준 감독처에 취직한 주인공! 왕도적인 열혈 스토리가 끝내준다는 평판이었어~."

"줄거리를 알면서도 아직 안 본 봤구나?"

"그래봤자 애니잖아~ 싶어서 말이야. 유행하는 거 보고 관심은 갔지만, 계기가 없었어~."

오오. 역시 『귀가의 칼날』인걸. 흥행수입이 300억이나 되면 세간의 반응도 달라지네.

세대와 성별과 교내 계급 제도까지 뛰어넘은 그 히트 작품은, 그런 면에서도 정말 존경스러웠다.

"흥미가 있으면 원작을 빌려줄까?"

"뭐? 이로하, 가지고 있어?!"

"실은 내가 아니라 선배가 말이야. 선배, 전권 가지고 있죠?"

"그래. 우리 집에 있어."

네가 보고 싶다고 해서 사둔 거지만 말이야.

히트한 애니메이션을 접하면, 원작에서 어떤 식으로 그려진 캐릭터를 프로 성우가 애니에서 어떤 식으로 연기했는지, 그리고 자기라면 어떤 식으로 연기할지, 이로하는 공부한다.

그러기 위한 교재가 될 것 같으면, 나는 그녀가 원하는 만화를 사준다.

……뭐. 이 녀석이 내 방 침대에 벌러덩 드러누워서 만화책을 보는 모습을 보면, 공부를 핑계 삼아 만화를 즐기는 것 같지만 말이다. 하지만 결과적으로 연기에 도움이 된다면 딱히 상관없다.

"우와! 전권 다 있어?! 대박, 소름! 좋은 의미에서 소름!"

"좋은 의미란 말을 붙이면 괜찮을 거라고 생각 마. 듣는 사람 입장에서는 상처받는다고."

"되게 섬세하네~."

"토모사카. 너의 스토커 짓거리는 좋은 의미에서 소름이야."

"너무해! 왜 갑자기 험담하는 거야! 좋은 의미를 붙이면 괜찮을 거라고 생각 마!!"

"부메랑 한 번 고속으로 날아오네."

방금 자기가 한 말을 벌써 잊은 거냐. 무슨 닭대가리냐고.

뭐, 사사라의 이런 내로남불 스타일은 어제오늘 시작된 게 아니고, 지금 중요한 건 그게 아니다.

"아무튼, 보고 싶으면 빌려줄게. 어쩔래?"

"빌릴래, 빌릴래, 완전 빌릴래!"

"흐음, 망설임이 없네. 오타쿠 남자애의 만화책 따위는 만지기 싫어~ 같은 소리를 할 줄 알았거든."

"오오보시 선배 거라면 딱히 신경 쓰이지 않아~."

"호오. 나도 꽤 성장했는걸. 처음 만났을 때만 해도 너한테 불합리한 소리를 들었던 것 같은데 말이야."

"내가 오타쿠를 싫어하는 건 건강이 안 좋고 비위생적인 것을 자기정당화하며 자기 단련을 안 하면서, 우리 같은 여자한테 묘한 편견을 가지고 있어서야. 오오보시 선배가 딱히 그런 타입이 아니라는 건 알고, 청결한데다, 내가 가르쳐 준 피부 관리법을 꾸준히 이어갈 만큼 성실하다는 것도 알거든."

좋은 평가를 받아서 솔직히 기쁘지만, 묘한 편견이란 부분은 너한테도 적용되거든?

그래도 달걀이 먼저인지 닭이 먼저인지 같은 건가. 오타쿠와 인싸녀의 편견 문제는 한쪽에서 먼저 일을 벌인 게 아니라 자연스럽게 발생한 것이리라. 인간이 영원히 전쟁을 관두지 못하는 이유도 거기에 있는 듯한 느낌이 들었다.

그렇게 일반인도 좋아할 만한 스타일리시한 애니송을 들려주고, 일반인도 받아들일 수 있는 히트 만화를 포교하기로 약속을 해서, 사사라 오타쿠화의 첫걸음을 떼는 것에 성공했을 즈음…….

이제 저녁이라고 해도 될 시간이 되자, 사사라는 앗 하고 작게 비명을 질렀다.

"큰일났다. 통금 시간이 다 됐네. 빨리 안 돌아가면 엄마한테 혼나."

"통금이 있구나."

"당연하잖아. 고등학생이면 보통은 다 있지 않아?"

"보통은 있지만, 너는 한밤중에도 놀러 다닐 듯한 이미지
거든."

"나는 그런 날라리가 아니거든~? 1학년 넘버원 우등생을
얕보지 마."

"삐~! 거짓말~! 넘버원은 저예요~!"

"큭, 대화 도중에 자연스럽게 어필할 생각이었는데! 교실
에서는 『순위 같은 건 신경 안 써요~』 같은 얼굴이면서~!"

"신경 안 쓰지만, 지적할 권리는 있거든. 2위가 1위라며 우
쭐대는 걸 보면 짜증나잖아?"

"큭……. 미리 말해두겠는데, 네 천하는 다음 정기 시험까
지야!"

"그래, 어디 1위 탈환해봐. 올해야말로 네가 응원하는 구
단이 우승하길 빌어줄게."

"이미 자력 우승 가능성은 소멸했어, 젠자아아아아아앙!"

"너희들, 무슨 이야기를 하는 거야……."

"프로야구예요. 사사라가 응원하는 팀은 엄청나게 약한
걸로 유명하거든요."

"으, 윽……. 매년 우승을 채가는, 그 민머리 독수리 같은
구단만 없으면……."

"아니, 종합적인 실력에서 밀리는 거잖아. 능력 있는 매는 발톱을 숨기려 해도 못 숨긴다, 라는 새로운 속담이 만들 듯한 그 팀이 없더라도 사사라네 팀은 우승 못 할걸~."

"친구가 된 지 얼마 안 되면서, 되게 위험한 대화를 나누 네……."

프로야구와 정치와 종교 이야기는 친구 사이에도 하지 말 라고 배운 적이 없는 걸까.

구체적인 구단명을 언급하지 않아서 그나마 다행이지만, 허튼소리를 하지나 않을까 싶어서 가슴을 졸였다.

"그것보다 통금 시간이라며? 어물쩍거려도 되는 거야?"

"앗~! 맞다! 돈 얼마 나왔어?!"

사사라는 허둥지둥 가방을 뒤지면서 지갑을 꺼내려 했다.

그 모습을 본 나는 잠시 생각에 잠긴 후…….

"……아, 괜찮아. 오늘은 내가 낼게."

"뭐? 무슨 소리 하는 거야. 일방적으로 얻어먹는 취미 같 은 건 없거든?"

"아무 문제 없어. 경비로 처리할 거야."

"경비?"

사사라는 영문을 모르겠다는 듯이 눈을 깜빡였다.

모르는 게 당연했다.

하지만 이것은 《5층 동맹》의 앞으로의 활동과 연관된 교 류다.

팀의 예산으로 처리해도 될 것이다.

"역시 선배는 배포가 크다니까요! 뱃살은 그다지 없으면서 배포는 끝내줘요!"

"움켜잡지 마, 바보야. 가죽이 당겨지니 아프다고."

"이로하도 왜 당연시하는 건데? 경비? 어, 혹시 경영자야?"

납득을 못한 것 같지만, 자세한 설명은 아직 피하고 싶다.

이 자리에서 내가 《5층 동맹》의 리더라는 것과 『검은 염소』의 제작자라는 것이 들통나면, 즉시 거부 반응을 보일 게 뻔하다.

오타쿠 알레르기를 점점 누그러뜨리면서 이 바닥 없는 늪에 완전히 빠뜨린 후, 느긋하게 정체를 밝히고 싶다.

이런 녀석은 석 달 정도면 자기가 뭘 싫어했는지도 까맣게 잊고, 이쪽 장르를 좋아하게 되거든.

"설명은 다음에 해줄게. 남들에게 말 못 할 사업을 하고 있거든."

"완전 수상하거든?! 어. 나, 괜찮은 거지? 자기도 모르는 사이에, 얽히면 안 되는 사람과 얽혀서 주간지에 실리며 입방아에 휘말리는 거 아니지?!"

"당연하잖아. 뒤가 구린 짓 같은 건 안 한다고."

"그럼 괜찮지만…… 하다못해 힌트라도 줘. 그 사업을 색깔에 비유한다면, 어떤 색이야?"

"검은색."

"괜찮지 않잖아!!"

아니, 우리가 만드는 게임의 타이틀은 『검은 새끼 염소가 우는 밤에』거든.

그렇게 세밀하기 그지없는 유도 신문을 하는 쪽이 나쁘다고…….

결국 돈을 내겠다며 고집을 부리는 사사라를 통금을 인질 삼은 타임 오버 작전으로 무너뜨린 끝에, 오늘 계산은 내가 하는 것에 성공했다.

참고로 내가 위험한 사업을 한다는 의혹은 해소된 것 같지만…… 저 녀석이 머릿속으로 내가 무슨 일을 한다고 생각하는 건지, 솔직히 모르겠다.

그러고 보니 미도리 부장에게는 스미레의 요상한 자기소개 탓에 헐리우드의 프로듀서란 오해를 받는 것 같은데……. 이런 식으로 정체를 숨기거나 대충 둘러대다 보면 나중에 생각지도 못한 트러블이 발생하잖아……. 뭐, 그때 일은 그때 가서 생각하자.

그렇게 서둘러 돌아가는 사사라와 헤어진 후…….

나와 이로하는 어두워진 하늘 아래에서, 천천히 맨션을 향해 걸어갔다.

"에잇, 이얍, 하앗."

"뭐하는 거야."

"가로등이 비치는 곳을 피하는 거예요. 거기 들어가면 한 번 죽는 거고요."

"초딩이냐."

양손을 벌린 이로하가 좌우로 점프하며 나아가는 모습을 본 나는 쓴웃음을 머금었다.

이로하는 빙글 돌아서더니, 비아냥거리듯 웃었다.

"─만족했어요? 바라시던 대로~, 선배 이외의 애한테 NOT 청초한 면을 보여주고 있는데요."

"그 답은 네 안에 있어. 네가 만족이면 나도 만족이고, 네가 불만이면 나도 다음 수를 생각해야겠지."

"우와, 땡~이 없는 답변이네요. 약은 거 아니에요?"

"퀴즈라면 반칙일 거야."

시종일관 내가 바라는 건 동료들의 최대 행복뿐이다.

나 자신의 자기만족에는 아무런 가치도 없다.

이 녀석이 만족한다면, 그때야 비로소 나도 만족할 수 있다.

"뭐, 저런 친구가 있으면 즐겁긴 하지만요. 그리고 불만을 느꼈다면, 선배한테 확 풀어버렸을 거예요☆"

"그랬겠지. 얼마 전에 친구가 된 사이답지 않게 친해 보였어. ……이게 인싸의 거리감이라는 건가. 정말 대단해. 그야말로 축지법이야."

"슈파파파파!"

"초딩이냐."

이로하는 효과음을 입으로 내며 눈에 보이지 않는……다는 설정의 공격을 날렸다.

초등학생 시절에 자주 본 광경 베스트5에 들어가는 모습이다.

"그건 그렇고, 그 녀석은 친구 삼으면 꽤 재미있는 애네. 보기와 다르게 통금 시간도 지키는 데다, 취미가 프로야구구나."

"아버지의 취미라나 봐요. 같은 구단을 응원한대요."

"흐음. 아버지와 사이가 좋나 보네."

냄새나, 징그러워, 다가오지 마, 하며 아버지를 멀리하는 타입의 여자애인 줄 알았다.

……뭐, 사사라에 대한 편견이 심각하다는 건 자각하고 있다. 고쳐야겠다.

"부모님과 사이가 좋나 봐요~. 동생과는 견원지간이라고 했지만 같이 축제에 왔잖아요. 남친 있는 척을 하기 위해서라고 했지만 진짜로 사이가 나쁘다면 그런 짓은 절대 안 할걸요?"

"하하. 그건 그래. 챠타로도 반항기 같았지만, 실은 좋은 애였어. 사이 좋은 가족일 거라는 건, 짐작이 돼."

"……좋겠다~."

"……윽."

무심결에.

정말 무심결에, 이로하의 입에서 흘러나온 말.

그것이 의미하는 바를, 나는 바로 눈치채고 말았다.

코히나타 가.

이로하의 집에서 살고 있는 건, 이로하와, 오즈와, 오토하 씨…… 뿐이다.

아버지의 존재에 관해서는 코히나타 가의 누구에게서도 들은 적이 없으며, 어머니가 자식들을 대하는 방식 또한 비정상적이다.

그 사실에 무관심에 가까운 태도를 일관할 수 있는 건, 오즈처럼 특별한 성미를 지닌 녀석뿐이다.

이로하가 평범하게 사이좋은 가족을 동경하는 건, 지극히 당연한 일이리라.

"…………"

"…………"

우리는, 아무 말도 하지 않았다.

서먹한 분위기 속에서, 그저 걸음만 옮겼다.

"…………"

"…………"

그런 거북한 분위기를…….

"……우랴."

"……우냣?!"

나는, 함부로, 무턱대고, 서슴없이, 박살 냈다.

"어, 갑자기 뭐 하는 거예요. 여자애의 머리카락을 함부로 만져도 된다고 생각하는 거예요?"

"그렇게 생각하지 않지만, 3분 동안 적당한 말이 생각나지 않았거든."

강아지에게 하듯이.

아니, 어머니가, 아버지가, 오빠가, 그러듯이.

쓸쓸해 보이는 이로하의 머리를 거칠게 쓰다듬어줬다.

"다른 사람이 이랬으면 성희롱으로 고소했을 거예요. 법의 심판을 받게 했을 거라고요."

"싫지는 않은 것 같아서 다행이네."

"선배한테는 제가 사적 제재를 가해도 되니까요~. 이 답례는 철저하게 해주겠어요☆"

"법률을 완전히 무시해버리네."

"그것보다, 저 말고 다른 사람한테는 이런 짓 하지 마세요. 만화 같은 데선 주인공이 여자애 머리카락을 쓰다듬어줘서 호감 사는 묘사가 나오지만, 현실에서는 머리카락이 흐트러지기 때문에 싫어하거든요? 동정인 선배는 모르겠지만요."

"아, 그건 알아."

"거짓말~. 모르면서 아는 체하지 말라고요~."

"진짜거든? 토모사카의 핀스타로 패션에 대해 공부하다 알았어."

"아~, 그렇군요……."

"응. 미스 콘테스트 우승자를 얕보지 마."

"그 직함, 너무 강력한 거 아니에요?"

뭐, 나 말고는 가진 사람이 흔치 않은 직함이라고 생각한다. 남자 중에서는 특히 말이다.

이력서에 적어봤자 취직 활동에 전혀 도움이 되지 않을 것 같아서 슬프다.

아, 의외로 도움이 될까? ……뭐, 아무래도 상관없네.

"오늘은 돌아가서 밥 먹고 목욕하고 자기만 하면 되잖아. 머리카락이 흐트러져도 문제없네."

"너무해~. 문제 있는지 없는지 정할 사람은 저거든요~?"

"그럼 묻겠는데, 민폐였어?"

"YES! ……일 리가 없다는 걸 알면서 물은 거니까, 선배는 참 심술궂어요."

이로하는 입술을 삐죽 내밀었다.

"제가 원하는 타이밍에 정확히 위로해주는 거, 안 좋다고 생각하거든요? 좋은 의미에서요."

"좋은 의미, 란 말을 붙이면 뭐든 괜찮다는 이론이야? ……결국, 좋은 건지 나쁜 건지 감이 안 오네."

"안 가르쳐줄 거예요. 그것보다~ 알게 되면 곤란해지는 건 선배니까, 순순히 제 말에 구워삶아지라고요☆"

"오호라, 모르겠어."

"그게 정답!"

그렇게 말한 이로하는 고개를 흔들어서 자기 머리를 쓰다듬는 내 손아귀에서 벗어나더니, 튕기듯 앞으로 걸음을 내디뎠다.

쓸쓸해 하다가도 신경을 써주면 손아귀에서 도망치려 하는 게 꼭 고양이 같다.

하지만 그걸로 됐다.

표정이 밝아지고, 내 농담에 가볍게 대꾸하는 걸로 충분하다.

이로하가 진심으로 만족한다면, 나도 만족하니 말이다.

*

『이래놓고 아직 사귀는 게 아니라니, 말도 안 되지 않아?』

『아니, 그게 말이야. 이건 가족 간의 사랑 같은 거라고.』

『뭐, 아키가 그런 부분을 맡아줘서 고맙긴 해. 나한테는 무리거든.』

『마음먹으면 할 수 있을 거잖아.』

『아하하. 뭐, 그 이야기는 다음에 해줄게.』

"『데스 말미잘의 사체가 에메랄드 그린빛 해저에서 붉게
빛나는 모습을 올려다보는 백설공주의 눈은, 왠지 안타까
움에 젖어 있었다.』‥‥‥엔, 터‥‥‥!"

온 힘을 다해 검지로 엔터키를 치는 것으로, 마시로는 두
시간가량 이어진 타이핑의 마지막을 장식했다.

맨션 근처, 아키와 오래간만에 재회했던 그 패밀리 레스
토랑. 전기를 이용할 수 있는 구석 자리.

방과 후, 서둘러 귀가해서 노트북 컴퓨터를 들고 이곳에
온 후, 드링크바만 시키고 작업에 집중했는데‥‥‥.

"드디어 끝났어‥‥‥. 지옥에서, 졸업‥‥‥."

집중 상태 해제. 동시에 온몸에서 힘이 빠져나간 마시로
는 좌석 등받이에 몸을 맡겼다.

원고 완성 직후의 고양감 때문에 머릿속이 멍했다.

스스로 생각해도, 이번에는 무모했다.

원래 다음 달 중순이 마감이었던 원고를 이번 달 안에 끝
낸다는 건 무모하기 그지없는 짓이다.

카나리아 씨는 「뭐, 마감만 지켜준다면 아무래도 상관없
어쨌」이라고 말해줬지만, 스스로 내린 마조히스틱한 결정에

스스로가 「뭐하는 거야」 하고 딴죽을 날리고 싶었다.

하지만 어쩔 수 없어. 수학여행 전에 일을 전부 끝내고 싶었는걸.

딱히 남이 재촉한 것이 아니라, 스스로 결정한 일이다.

수학여행은, 처음으로 이로하 양이 완전히 배제되는 학교 이벤트다. 마시로가 모르는 장소에서 이로하 양만 아키에게 접근해 어필한다…… 같은 일이 벌어질 수 없는, 마시로만 영원히 아키에게 대시할 수 있는 보너스 스테이지인 것이다.

약아빠진 걸까? 라는 생각이 들었지만, 이로하 양만 자신의 무기를 이용해 자신의 환경 속에서 온 힘을 다해 자신의 매력을 아키에게 보여주며 멋진 추억을 쌓아 올렸다.

그리고 서로를 원망하지 말고, 정정당당히 싸우자고 둘이서 약속한 것이다.

그러니 마시로는 이번 수학여행에서 확 앞서나갈 생각이다! ……그러기 위해서도 수학여행을 가서도 마감에 쫓기는 일 없이, 아키와의 시간에 집중하고 싶다.

그렇게 마음을 먹은 후로 이 며칠 동안, 아키와 일시적으로 거리를 두면서까지 원고에 집중했다. 그 성과가 바로, 「끝」이라는 글자로 마무리된 이 텍스트 파일이다.

"아아…… 따뜻한 커피가, 지친 뇌를 치유해줘……. 초밥 먹고 싶어."

입안에서 희미하게 감도는 쓴맛과 향기. 사고능력 제로라

지적인 발언을 할 수 없기에, 식욕만이 솔직하게 입 밖으로 새어 나왔다. 그런 멍청하기 그지없는 혼잣말마저도 용서될 듯한 압도적인 행복감에 사로잡혔다.

원고를 완성한 이 순간은 정말 행복했다.

"……좋아. 여유가 생겼어. 이제 조금 더 아키를 도와줄 수 있을 거야."

아키가 『검은 염소』를 다음 단계로 이끌어 가려 한다는 건, 교실에서 언뜻 들었던 아키와 오즈와 대화를 통해 충분히 알 수 있었다. 《5층 동맹》의 그룹 LIME에서도, 무라사키 시키부 선생님이 그림을 그릴 수 없는 상황에서도 실행 가능한 작전을 짜느라 고심하는 것 같았다.

여유가 생긴 지금이라면, 도움을 줄 수 있을지도 모른다.

지금도 집에 틀어박혀서 끙끙거리고 있을 아키를 상상하며, LIME으로 메시지를 보내려던 바로 그때였다.

"어. 어머? ……아키?"

패밀리 레스토랑 밖의 도로를 걷고 있는 아키의 모습이 창 너머로 보였다. 교복 차림이었으며, 그 옆에는 황금색 머리카락의 여자애가 있었다.

"이로하 양도 있어……. 이런 시간에, 단둘이…… 교복 차림으로……?"

무심코 볼을 부풀렸다.

아무리 생각해도 하교 도중에 어디 놀러 갔다가 이제부터 집으로 돌아가는 것 같았다.

　바쁜 것 아니었어?

　왜 이로하 양과 같이 있는 거야?

　……넘쳐흐를 듯한 불만과 응어리진 질투가 느껴졌지만, 가슴을 움켜쥐며 억눌렀다.

　……예전의 마시로라면, 이대로 부정적인 감정에 사로잡혔을지도 모른다. 하지만 지금은 다르다.

　아키가 뭘 하는가. 이로하 양이 뭘 하는가. 그런 건 상관없다.

　마시로가 뭘 하는가. 그게 중요할 뿐이다.

　아키를 꾸준히 도우며, 그와 한결같이 사이좋게 지낸다. 그렇게 하면, 언젠가 분명 자신을 돌아봐 줄 것이다.

　"안 질 거야."

　맨션 방향으로 사라지는 두 사람의 모습을 쳐다보며, 마시로는 결의를 입에 담았다.

© tomari

친구 여동생이
나한테만
짜증나게
군다

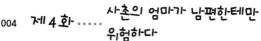

욕조에 들어가 뼛속 깊은 곳까지 열기를 스며들게 하자, 굳어 있던 뇌가 1초 간격으로 흐물흐물해지는 것이 느껴졌다.

목욕은 아이디어 창출에 있어 최고의 발상 장치다.

머리와 함께 손을 끊임없이 움직이기 때문인지, 그 외의 다른 할 일이 없는 입욕 시간은 나에게 있어 릴렉스된 상태에서 생각에 집중할 수 있는 귀중한 한때였다.

이로하와의 현실도피 노래방 다음날.

심야.

오늘도 온종일 무라사키 시키부 선생님의 일러스트를 대체할 방법을 생각했지만, 결국 아무런 성과도 얻지 못한 채 허무함 속에 젖어들고 말았다.

하지만 초조함에 사로잡혀선 안 된다.

초조하면 할수록 판단이 둔해져서 어설픈 수단을 선택하고 만다.

인생은 선택의 연속이며, 천재가 아닌 나에게는 잘못된 선택을 할 여유 따위 없다.

휴우 하고 입김을 토하듯 차분한 숨결을 내뱉었다.

"……아무 생각도 안 나."

릴렉스해봤지만, 한숨은 한숨에 불과했다.

말 그대로 아무런 아이디어도 얻지 못한 상태에서 목욕을 마친 나는 수건으로 젖은 몸을 닦았다.

바로 그때, 바구니에 넣어둔 스마트폰이 타이밍 좋게 진동했다.

LIME으로 연락이 왔다.

연락을 준 상대는 오즈였다.

『모여봐요 무라사키 시키부 랜드』

……이 괴문서는 뭐야.

＊

"영문 모를 초대 메시지를 받고 와봤더니, 이 지옥도는 대체 뭐야?"

몇 분 후.

목욕을 마쳤는데도 불구하고, 남들 앞에 나서기에 부끄럽지 않은 옷으로 갈아입은 나는 옆집의 옆집— 무라사키 시키부 선생님, 그러니까 카게이시 스미레의 집으로 향했다.

하지만, 그런 나를 기다리고 있었던 건…….

"어머~. 참 잘 마시는 군요~. 저도 질 수야 없죠~."

"흑…… 으흑…… 안 되는데……. 이렇게 바쁜 시기에, 술을 입에 대면 안 되는데……. 마음 약한 나를 용서해줘어어."

"하느님께, 애원, 불필요해요. 술 마시고, 먹이는 순간, 최고니까요."

쌓여가는 캔, 병, 캔, 병.

카게이시 가, 미도리 같은 친족이 갑자기 찾아온 상황에 대비해 오타쿠 굿즈가 전혀 놓여 있지 않은(그런 것들은 침실과 작업실이란 이름의 성역에 소중히 보관되어 있다) 일반 사회인 여성의 상식적인 이미지의 거실.

좌탁 위에 죄의 증거가 쌓여가고, 세 명의 성인 여성은 만취해 있었다.

오토하 씨는 표정 하나 바뀌지 않은 채, 느긋하게…….

미즈키 씨는 볼을 살짝 붉힌 채 텐션이 상승한 상태에서 마이페이스하게…….

그리고 스미레는…… 이유는 모르겠지만, 목놓아 울고 있었다.

"자, 울지 마세요~. 위스키, 맛있죠?"

"마시써요오오오! 하지만, 아키를 배신한 죄책감이 너무 쎄요오오오오!"

엉엉 울면서, 잔에 담긴 액체를 호쾌하게 들이켰다.

사과를 하든 술에 취하든, 한쪽만 해줬으면 좋겠다.

뭐, 나도 악마는 아니다. 일을 취소해야 할 만큼 바쁘더라

도, 반주 삼아 마시는 한잔이나 스트레스 해소를 위한 음주를 참을 것까지는 없다. 마음의 건강을 위해서라도 그런 루틴은 유지해줬으면 하는데……

"대체 뭐가 어떻게 된 거야……."

"내가 설명해줄게."

"오즈, 있었구나."

"응. 안줏거리가 떨어졌다고 셔틀 취급당했어. 우리 집에서 이것저것 가지고 온 참이야."

오즈는 과자가 들어있는 봉지를 들어 보이며 쓴웃음을 흘렸다.

이 녀석도 비생산적인 부탁에 시간을 낭비하는 짓을 하는구나.

아니면 이게 바로 어머니의 압력이란 걸까.

"부탁한 걸 가져왔어."

"어머어머. 고마워~. 오즈마도 같이 한잔할래~?"

"아하하. 부주의한 소리 마, 엄마. 누가 방금 발언을 녹음해뒀다가, 미성년자에게 술을 먹이려 했다며 주간지에 찌르면 어쩌려고 그래."

"우후후. 괜찮아~. 재판은 자신있거든~."

참 사이좋은…… 아니, 무시무시한 모자간의 대화다.

웃는 얼굴로 되게 무시무시한 이야기를 나누네.

그 부모에 그 자식, 이란 말은 이럴 때 쓰면 되는 걸까.

"그런데 오즈. 어쩌다 이런 상황이 된 건지 알면 설명해줘."

"엄마가 갑자기 술과 안주를 들고 스미레 선생님의 집에 찾아갔어. 나를 중개인 삼아서 말이지."

"……왜?"

"이웃끼리 친목을 도모하자는 의도 같아. 그러면서 츠키노모리 양의 어머니도 끌어들여서 술판을 벌이지 뭐야."

"아니, 이상하잖아! 스미레 선생님은 이웃이긴 해도, 이 세 사람은 거의 초면일 텐데……."

"초면인 사람과 즐겁게 술 마시는 것도, 사교계에서는 당연한 일이에요~."

오토하 씨가 느긋한 목소리로 우리의 대화에 끼어들었다.

저 사람이 대화에 끼어들면 기묘한 압력이 느껴져서 흠칫하게 된다.

겁쟁이라고 말하지 마라. 이 사람은 진짜로 무섭다고.

"─그럼, 하던 이야기를 계속 할까요~."

오토하 씨는 나를 향하고 있던 시선을 스위치를 돌리듯이 자연스럽게 스미레 쪽으로 돌렸다.

아무래도 내가 오기 직전까지 나누던 이야기를 계속 나누려는 것 같았다.

"이로하가 다니는 학교의 선생님이면서, 오오보시 군의 게임 제작도 돕고 있다면서요? 그게 교사로서 용납되는 행동인가요?"

"······윽?!"

그딴 크리티컬한 대화를 나누고 있었던 거냐아아아아아앗?!

비밀이 많은 《5층 동맹》이지만, 대외적으로 알려져선 안 되는 비밀 1순위가 바로 무라사키 시키부 선생님의 본업이다.

우리 코자이 고교는 사립이기에, 스미레는 공립 학교처럼 지방 공무원의 법규정에 따른 겸업 금지 대상이 아니다.

하지만 사립이라고는 해도, 상근 교사는 학교의 취업 규칙에 따를 필요가 있다. 규칙 내용은 학교에 따라 다르며, 경우에 따라서는 부업이 인정되는 경우도 있지만······.

하아, 이 서론만으로도 감이 올 거다.

그래요. 룰 위반이에요.

이로하라면 위의 말끝에 「☆」을 붙여도 될 듯한 텐션으로 말했을 것 같다.

······지금은 친구 여동생의 짜증스러운 얼굴을 떠올릴 때가 아니다.

스미레 녀석, 치명적인 정보를 흘린 건 아니겠지?!

"요, 요요요, 용납되는지 안 되는지를 따질 경우, 그것이 용납되지 않는다면, 그것은 곧 용납되지 않는 행동을 뜻하므로······."

정치가 뺨칠 만큼 높은 수준의 순환 논법이었다.

아니, 자기가 일러스트레이터라는 사실마저 실토한 걸까.

그건 조심성 없는 행동이란 생각이 드는데······ 술 때문에 머리가 제대로 돌아가지 않는 걸까?

"하지만, 힘들죠?"

"어어?"

오토하 씨의 목소리가 갑자기 상냥해졌다.

그 낙차에 놀라 어리둥절한 스미레에게, 오토하 씨는 성모처럼 자애로운 눈길을 보내면서 마음의 고통을 표현하듯 가슴에 손을 댔다.

"교사와 크리에이터의 양립. 그런 쪽으로는 비전문가인 저도, 그게 얼마나 힘든 일일지 쉬이 상상할 수 있어요."

"이로하…… 코히나타 양의, 어머님……!"

오, 대단하네. 평소의 허물없는 호칭을 안 쓰고 고쳤잖아.

술에 취해 방금 기름칠한 톱니바퀴처럼 혀가 빙글빙글 돌아가나 했더니, 최후의 끈처럼 실낱같은 이성을 거머쥐고 있는 것 같았다.

그건 그렇고, 비전문가, 라.

천하의 텐치도 사장이 표정 하나 바꾸지 않고 저런 소리를 잘도 늘어놓는걸.

"맞아요오오오오오오~. 무지 힘들어요오오오오오오오!"

"후후. 드디어 약한 소리를 했군요~."

오토하 씨는 눈물이 엉망이 된 스미레를 청춘 만화의 한 장면처럼 상냥히 쓰다듬어줬다.

하지만 기다려줬으면 한다. 그건 약한 소리를 하지 않으며 힘내는 녀석이 하니 고귀한 것이며, 툭하면 약한 소리만 늘어놓는 녀석이 해봤자 전혀 드라마틱하지 않다고 생각하는데…….

"착한 아이군요~. 후후."

"꼬히나따 양의 어머니이이이이이이이임!"

"그런데 오오보시 군은 이로하와 마시로 중에 누구한테 진심인 걸까요?"

"그건 쩌도 알고 시퍼요오오오오오오!"

"무슨 소리를 하는 거예요?!"

자연스럽게 나한테로 총알이 날아왔다.

코히나타 오토하, 참 무서운 사람…… 아니, 아마치 오토하! 스미레의 입이 최대한 가벼워진 순간에 정보를 캐내려고 한 거냐!

"엄마가 딸의 교제 상대 후보에 대해 알고 싶어 하는 건 당연한 일 아닐까요? 츠키노모리 씨라면 제 마음을 이해하죠~?"

"네. 동의. 공감해요. 마시로와 연애, 진지, 진심인지 확인. 요청해요."

"아니, 저는 딱히 그런 건……."

"본인의 진술을 들을 생각 없거든요~? 당신은 범죄를 저질렀나요? 란 질문에 YES라고 답하는 인간은 없으니까요~."

"자, 선생님. 토해 주세요. 구토도, 진실도, 토해버리면 편안. 해져요."

"어버버~ 아니 그게…… 아아, 미인 사모님들한테서 좋은 향기가 나~."

스미레는 두 사람 사이에 끼어서 좋아죽으려는 것 같았다.

역시 무라사키 시키부 선생님. 외모는 미녀, 머릿속은 사춘기 남자애. 미인계에 완전히 걸려든 놈 같은 표정을 짓고 있다.

심문 내용이 내 연애 관련 같은 아무래도 상관없는 일이라는 게 그나마 다행일까.

이로하의 정체처럼 알려지면 위험한 것은 무라사키 시키부 선생님에게 가르쳐주지 않았으니까, 딱히 문제는 없을 것이다.

스미레의 인간성을 신용하지 않는 건 아니지만, 이렇게 지략이 뛰어난 인간의 표적이 되어서 의도치 않게 정보를 누설할 가능성이 있어서 비밀을 알려주지 않은 건데…… 그 판단이 옳았다고 확신하는 날이 올 줄이야. 가능하면 평생 오지 않기를 바랐다.

"으으, 실은—."

W엄마의 압력에 짓눌린 스미레는 눈이 빙글빙글 도는 상태에서 입을 열었다.

"오오보시 군은…… 아키는…… 《5층 동맹》을 키울 생각만, 하느라…… 지금은 그 외의, 연애나, 청춘 같은 것에, 관심이 없는 것 같아요오오오오!"

말해버렸다.

……뭐, 딱히 알려져도 문제 될 건 없으니 괜찮지만 말이다. 그것보다, 들은 쪽이 더 곤란해지는 정보잖아.

"…………(지그시~)."

"…………(지그시~)."

그거 봐, 오토하 씨와 미즈키 씨도 실망 섞인 눈길로 나를 쳐다보잖아.

그래. 꿈과 목표에 집중하기 위해 연애는 생각도 안 합니다, 같은 건 제삼자한테는 재미 하나도 없는 소리일 거야.

"오오보시 군, 뭐 하나 물어봐도 될까요~?"

"아, 네. 그러세요."

"목표와 연애를 양립하면 되지 않나요?"

"네?"

지당하기 그지없는 말을 들은 듯한 느낌이 들었다.

잠깐만, 그래도 말이야. 나한테는 나만의 이론이 있어서, 연애나 청춘을 멀리하는 거라고.

카나리아의 조언을 듣고 다소는 자기 인생을 되돌아보고 있다. 하지만 허니플레 소속의 일류 팀과의 가혹한 경쟁에서 이기고, 재능 넘치는 동료들에게 인정받으며 앞으로 나아가기 위해서는 사적인 시간을 필요 이상으로 가질 수는 없다.

그런 내용을, 말을 골라가면서 설명하자…….

"허니플레의 팀에 소속된 분들도, 연애나 결혼을 할 거라고 생각하는데요~?"

"큭......!"

듣고 보니, 맞는 말이다.

"그, 그건 제 능력의 문제예요. 재능 있는 이들을 이끌기에 저는 역부족이에요. 연애에도 그다지 재능은 없을 테고요. 그걸 양립하려 한다면, 한쪽에 건성이 될 것 같지 않나요?"

....

....

어.

"아닌가요?"

"아하, 동정이군요~."
"미경험, 버진 남자애, 흔한 감성. 이네요."

"으아아아아아아, 잘은 모르겠지만 부끄러운 소리를 한 것만은 왠지 알 것 같아요오오오오!"

단말마를 지른 후, 머리를 감싸 쥐고 버둥거렸다.

동정이란 사실을 성인 여성 두 명에게 확인 사살을 당한 다고 하는 극도의 수치 플레이에, 내 정신은 오버킬급 특대 대미지를 입고 무사히 사망했다.

"사랑의 형태, 다양. 전형적, 커플, 꽁냥꽁냥. 만이 연애, 아니에요."

"아, 아하."

츠키노모리 미즈키 선생님의 연애 강좌가 시작되자, 나는 무릎을 꿇고 앉아서 경청했다.

여배우가 사랑에 대해 이야기하니, 묘하게 설득력이 있었다.

"예를 들자면, 저는 가출 중. 마코토 씨, 분명 걱정. 불륜남, 헌팅, NTR. 일주일 후, 영상 편지 받을 각오, 공포에 떨고 있어요."

"그렇게 극단적인 걱정까지는…… 아니, 했어요. 무지 하고 있었어요."

"물론 저는, 불륜, 바람, 피울 마음 없어요. 한결같이 사랑, 쏟아요. 하지만 일부러, 연락 끊어서, 걱정, 끼쳐. 끼치고 있어요."

"아니, 연락은 하세요. 괜한 트러블이 일어날 거예요."

"안 해요. 왜냐하면."

미즈키 씨는 요염하게, 자기 입술을 핥으며 말했다.

"저를, 걱정하는 동안, 마코토 씨의 감정, 전부 저한테 향해요."

"그건 그렇지만……."

"빌어먹게, 큰, 감정, 전부 향해요."

"왜 욕지거리를 섞는 건데요. 감정이 향하는 건 일지만, 그게 어쨌다는 건데요?"

"애정, 실감. 가슴 뛰며, 흥분돼요. 그래서 가출, 정기적으로 해요."

"가출이 플레이의 일환?!"

이 사람, 상상 이상으로 문제가 많다.

정상이 아니다.

사랑의 형태가 다양하다는 걸 넘어, 완전히 비틀려 있다.

"참고로 여섯 달만의, 12회째 가출이에요."

"무슨 명예로운 상이라도 받는 것처럼 말하네요. 그런 말에 안 속거든요? ……그것보다, 상대방에게 미안하지는 않나요?"

괜히 걱정을 끼쳐서, 자기를 돌아보게 한다.

그런 식으로 사람의 마음을 컨트롤하는 건, 악당이 할 짓 같은데 말이다.

"으음~. 하지만 그 사람, 바람, 불륜, 일상다반사. 저울, 균형, 잡혔다. 고, 생각해요."

"아……."

납득하고 말았다.

그것보다, 평소의 악행이 전부 들통났던 걸까.

완전 범죄라도 저지르는 듯한 표정을 지어댔으면서 들킨 것으로 모자라 이런 복수에 휘둘리고 있는 것이다. 대기업 사장 주제에 너무 꼴사납잖아, 삼촌…….

하지만 생각하기에 따라서는 그 남편의 그 아내라고 해야 할까. 어찌 보면 잘 어울린다는 생각이 들었다.

그런 부모님한테서 마시로처럼 거짓말을 잘 못 하는 솔직한 애가 용케도 태어났다 싶었다.

아니면 내가 모를 뿐, 마시로도 비밀이 있는 걸까.

……관두자. 의심하기 시작하면 끝이 없을 것 같다.

"애정의 형태는 사람마다 제각각, 생활 스타일도 제각각이죠. 그러니 오오보시 군의 페이스로, 상대방과 사귀면 될 뿐이랍니다~."

"그래요……. 미즈키 씨의 케이스를 보니, 뭐든 오케이란 느낌이 들어요……."

"어머어머. 그럼 우리 이로하와 츠키노모리 씨 네의 마시로 양. 어느 쪽이 좋은지, 이 자리에서 결정해주시겠어요~?"

"스미레 선생님, 포함. 세 사람 중에서의 선택, 허용할게요. 세 마리 중에 하나. 인기 몬스터 게임의 왕도, 패러디. 모방할게요."

관두세요, 소송당한다고요. 그 게임의 권리를 가진 임금님—텐치도의 사장이 눈앞에 있다고요. 좀 봐주세요.

딱히 지적할 마음은 없는 것 같지만, 딴죽도 날리지 않으며 가늘게 뜬 눈으로 방긋방긋 웃고 있는 오토하 씨는 정말 무섭다.

"사람마다 제각각이면 저는 그냥 내버려두세요. 저를 제외한 《5층 동맹》의 크리에이터는 전부 천재예요. 저 같은 범골은 온 힘을 다해야 겨우겨우 그들을 이끌 수 있다고요. 그러니까—"

"애초에 말이죠~."

논문의 허점을 지적하는 대학 교수처럼 한 손을 든 오토하 씨가 질문을 던졌다.

"어째서 그렇게까지 천재를 중시하는 건가요~?"

"……그 말은 어떤 의미죠?"

"엔터테인먼트에 관한 천재, 그건 자기 청춘을 희생시키면서까지 지켜야 할 대상일까요~?"

"…………."

소박한, 이라고 표현하기에는 악의가 진하게 섞여있는 질문이었다.

이딴 질문의 대답은 당연히 YES다.

하지만 그렇게 바로 답할 수 있을 만큼 단순한 상황이 아니라는 게 문제였다.

"천재가 없더라도 작품은 만들 수 있고, 작품이라는 공간이 주어지지 않더라도 천재라면 고독하게 살아갈 수 있지 않을까요~?"

"……때와 상황과, 사람에 따라 다르지 않을까요."

"일부 천재에게 의존한 제작만큼 위태로운 비즈니스는 없다고 생각하는데 말이죠~. 그런 방식을 취하다가는 계획이 파탄 나서, 그들의 성장을 저해하는 날이 언젠가 찾아올 거예요. ……우후후. 실은 이미 찾아온 것 아닐까요?"

"…………윽."

한순간, 감정을 겉으로 드러날 뻔했다.

목소리에서 냉정함이 묻어났기 때문일까?

예전에도 들었던 철저한 합리주의의 편린. 크리에이터를 장기말로만 여기고, 개인의 재능을 전부 부정하는 듯한 태도.

만약 잘 알지도 못하는 수상한 경영자가 이런 소리를 했다면, 아, 네, 그런 식으로 생각할 수도 있군요, 하고 흘려넘기며 다시는 얽히는 일 없이 굿바이했을 것이다.

하지만 이로하의 인생에 간섭하고, 미래의 가능성을 부당하게 빼앗아온 인간이 이런 식으로 말하니 정말 마음에 안 들었다.

하지만 그 감정을 이 자리에서 지나치게 노출해선 안 된다.

오토하 씨가 이로하의 성우 활동을 눈치챘다면, 차근차근 진행해온 기습 준비가 수포로 돌아간다.

……솔직히 말해, 아픈 곳을 찔려서 분했다.

소리 높여 반론하고 싶지만, 그럴 수 없었다. 실제로 300만 DL로 끌어올리자는 생각을 한 직후, 무라사키 시키부 선생님의 스케줄을 확보하지 못하는 사태에 직면한 것이다.

하지만 그렇다고 해서 오토하 씨의 가치관에 찬동할 생각은…… 눈곱만큼도, 없다.

"……죄송한데, 슬슬 돌아가 볼게요. 목욕 직후라 감기 걸릴 것 같네요."

"그렇구나. 불러서 미안해, 아키."

"아냐. 괜찮아."

방금 괜찮다는 말에는 두 가지 의미가 담겨 있다.

감기에 걸리지 않으며, 감정도 폭발시키지 않는다.

"고마워, 오즈."

그리고, 방금 고맙다는 말에도 두 가지 의미가 담겨 있다.

내 몸을 걱정해줘서, 그리고 머릿속이 끓어오르려고 하는 타이밍에 말을 걸어줘서 고맙다.

"그럼 저는 이만 돌아가서 잘게요. 스미레 선생님도 음주는 적당히 하세요."

"으, 응. 내일 봐, 아키…… 오오보시 군."

"네. 내일 봐요."

속사정은 모르지만 거북한 분위기를 감지한 스미레가 어색하게 손을 흔드는 가운데, 나는 카게이시 가의 거실을 나서려 했다.

……어? 뭐야. 거실문이 반쯤 열려 있네.

오즈가 들어오면서 제대로 닫지 않았던 걸까.

정밀기계처럼 정확하게 행동을 재현하는 오즈답지 않은 행동이라 생각하면서, 나는 현관에서 신발을 신은 후에 맨션의 공용 복도로 나갔다.

"앗."

"응? 어라, 뭐 하고 있는 거야?"

그리고 그곳에는, 실내복 위에 가운만 걸친 마시로가 서 있었다.

마시로는 허둥지둥 손을 내저으며 말했다.

"오, 오해하지 마. 몰래 훔쳐본 건, 아냐. 엄마가 스미레 선생님의 집에 가서 돌아오지 않으니까, 어쩌고 있나 보러 왔어. 그, 그런데, 들어가기 어려운 분위기라서, 밖으로 나온 거야."

"아…… 들었구나."

그래서 거실문이 반쯤 열려 있었던 건가.

"으, 응. 훔쳐 들은 것처럼 됐네. 미안해. 하지만, 아키가, 왠지……."

"무서운 분위기, 였어?"

"……미안해."

응, 이라 말한 것이나 다름없는 심플한 대답이었다.

역시 나는 아직 교섭 쪽 레벨이 낮은 것 같아.

오토하 씨의 가벼운 도발에, 멀리서 보고 있던 마시로마저 눈치챌 만큼 노골적인 반응을 보였으니 말이야.

"이로하 양의 어머니는, 정체가 뭐야. 방금 한 말만 봐도, 평범한 주부는 아냐."

"텐치도의 사장이야."

"흐음, 텐치도. 카스텔라 가게 같은 이름이네. …………어. 텐치도?"

"그래, 텐치도. 카스텔라 가게도 아니고, 육상으로 유명한 대학도 아니라, 바로 그 게임 회사야. 세계에서도 최정상급의 게임 회사 말이지."

"……에이. 말도 안 돼. 말도 안 되거든? 그런 사람이 실존할 리가 없잖아."

"그 논리야말로 이상하다고."

설령 오토하 씨가 텐치도의 사장이 아니더라도, 실존하기는 할 거잖아.

"그리고. 네가 의심하면 어떻게 해. 네 부모님의 스테이터스를 잊은 거야? 엄청난 사람 편차치를 뽑자면 거의 동급이거든?"

"그러고 보니, 우리 부모님도 엄청난 사람이었지……. 성격이 그 모양이라 깜빡했어."

본인이 들었다면 눈물로 베개를 적셨을 발언이다.

……주로 아버지 쪽이 말이다.

"하지만, 그런 엄청난 사람과…… 아키가…… 왠지, 이상한 분위기였어."

"……리더로서의 사고방식이 절망적일 만큼 안 맞거든."

불안에 사로잡힌 마시로와 이대로 헤어지는 것도 좀 그럴 것 같았기에, 나는 솔직하게 이야기해줬다.

나와 오토하 씨의 견해 차이.

그리고 그녀가 지적한 것처럼 한정된 천재의 힘에 의존해

온 결과, 숫자를 더 늘려야 하는 이 중요한 타이밍에 제자리걸음을 하고 있다는 사실.

내 말을 조용히 듣고 있던 마시로는…….

"절충안은, 어떨까?"

"구체적으로 어떻게 말이야?"

"으음. 무라사키 시키부 선생님의 힘은, 소중히 여기는 거야. 하지만 이럴 때는 도우미로서 다른 일러스트레이터분에게 도움을 받는 건 어때?"

"『검은 염소』의 세계에, 다른 일러스트레이터를……. 마키가이 나마코 선생님은 어떻게 생각하려나?"

"전혀 개의치 않아."

"뭐?"

"아, 으음. 예상, 어디까지나 예상이거든? 마시로도 아마추어지만 소설을 쓰고 있잖아. 자기는 어디까지나 문장의 프로니까, 일러스트에 관해서는 아키만 괜찮다면 불평할 권리가 없다……라고 생각하는 게 보통 아니려나, 싶네. 응. 어디까지나 일반론이야."

"그래, 일반론이구나. 마키가이 나마코 선생님 본인인 것처럼 단언하니까, 깜짝 놀랐어."

"에, 에이, 그럴 리가, 없잖아?"

"맞아."

마키가이 나마코 선생님은 대학교에 다니는 호감형 청년

이잖아.

하지만 두 사람 다 카나리아를 편집자로 두고 있으니 가치관이 비슷할 가능성은 충분히 있다. 그리고 그 사람은 나만 오케이한다면 다른 일러스트레이터의 참가도 허락해줄 것 같은 느낌이 들었다.

도우미로서, 다른 일러스트레이터를······.

무라사키 시키부 선생님 이외의 사람이 그린 캐릭터가 『검은 염소』의 세계에서 움직이는 모습을······ 그것을 본 유저의 반응을, 감정을, 머릿속으로 상상해봤다.

확실히 그림을 그리는 인간에게 여유가 없다면, 새로운 사람을 투입하면 된다. 그것이 논리적으로 올바르며, 언뜻 보면 효율적인 것 같기도 했다.

하지만, 그렇지 않다. 이 의사 결정에는 신중함이 필요하다.

팬은 운영의 일거수일투족을 꼼꼼히 살핀다. 판단을 실수하면 《5층 동맹》은 순식간에 신용을 잃을 것이며, 『검은 염소』를 향한 열기는 그대로 실망으로 바뀔 것이다.

신용을 얻는 데는 오랜 시간이 걸리지만 잃는 건 한순간이다.

생각해라. 정말 그래도 괜찮을지······.

······이제까지 살아오면서, 이렇게 상상력을 발휘한 건 처음일지도 모른다.

이로하가 자기 역할에 몰입할 때도 이런 느낌일까? 그런 생각이 들었다.

　그렇다면, 정말 힘들겠는걸.

　타인의 생각을 상상해 표현하는 것을 매번 그렇게 완벽하게 해내잖아. 역시 그 녀석은 대단해. 틀림없는 천재야.

　"……천재, 라."

　"아키?"

　고민할 것도, 없다.

　내 가치관으로 쌓아 올린 『검은 염소』가 신용을 얻었기 때문에, 팬으로부터 지금의 평가를 받았다.

　그러니 내가 믿은 천재들의 재능을 집대성한 작품을 보고 싶다고, 유저들도 생각할 것이다.

　"초지일관, 인가. 역시 외부 일러스트레이터의 참가는 안 되겠어. ……무라사키 시키부 선생님한테 시간이 날 때까지 기다릴래."

　"……하지만 그동안은 신 캐릭터와…… 추가 카드 일러스트가……."

　"복각 이벤트나 신규 소재를 이용하지 않고 실행 가능한 기획을 열심히 고안해볼래. 무라사키 시키부 선생님이 가능한 한 빨리 복귀하기를 기대하면서, 나와 오즈가 어찌어찌 버텨보겠어. ……어쩌면, 마키가이 나마코 선생님한테도 부탁을 드려야 할지도 모르겠어."

　"으, 응. 그건 괜찮을, 거야. ……하지만, 300만 DL…… 빨리 달성하고 싶지? 새로운 일러스트가 있으면, 더 화제가 될 텐데……."

"그래. 이제까지도 『검은 염소』 공식 계정에서 신규 일러를 올리거나 신캐릭터를 투입했을 때가 널리 알려지면서 유저가 크게 늘었어. 그건 데이터로 확인 가능하니 틀림없겠지."

"그럼……."

"하지만, 다른 사람의 그림을 써도 괜찮을 거란 생각은 안 들어."

아니, 정확히는…….

"이 세상에는 재능이 넘치는 사람이 많고, 다른 사람의 그림을 올려도 대다수가 좋아해 줄 거야. 그리고 DL수도 늘겠지. 하지만, 『검은 염소』의 세계는 무라사키 시키부 선생님이 혼자 그려나가는 게 정답이야. 정답이라고, 나는 믿어."

"아키……."

"괜한 집착일지도 몰라. 비효율적인 판단. 불필요한 생각에 얽매였을 뿐일지도 몰라. 하지만……."

"응. 괜찮다고, 생각해."

손이, 차가운 감촉에 감싸였다.

자연스럽게 내 손을 감싸 쥔 마시로가 흩날리는 눈발 같은 미소를 머금었다.

"아키의 결정이니까, 그게 정답이야. 마시로는, 그렇게 믿어."

"……네가 그렇게 말해주니, 위로가 돼."

누구 한 사람이라도 자기 가치관을 긍정해준다면, 그것만으로도 앞으로 나아갈 원동력을 얻을 수 있다.

마시로의 손을, 꼭 움켜쥐었다.

"고마워, 마시로."

"……윽."

마시로의 어깨가 움찔거렸다.

나를 향한 이 녀석의 감정을 생각하면, 오해를 살 수도 있는 행동을 취하면 안 될 것이다. 그런데도, 감사의 마음을 담아 그녀의 손을 꼭 움켜쥐고 싶었다.

아무리 사춘기 남자애일지라도, 이런 순간에는 흑심에 휩싸이지 않았다.

"벌써 시간이 이렇게 됐네. 슬슬 돌아가서 잘래. ……마시로도, 감기 걸리지 않도록 따뜻하게 자."

"으, 응. 아키도, 배 내놓고 자면 안 돼."

"그런 적 없으니 걱정하지 마."

나는 쓴웃음을 머금으며 가볍게 손을 흔든 후, 집으로 돌아갔다.

……어디 보자.

일러스트레이터는 무라사키 시키부 선생님뿐. 이 조건을 유지 하면서의 성장 전략, 어떻게 하는 게 최선이자 최고 효율일까.

온힘을 다해 지혜를 쥐어짜야겠다.

『옆집 인어 님께 무심코 어리광을 부린 건.』

『오즈.』

『미안해. 그래도 이 농담을 써먹을 더할 나위 없는 타이밍 같았거든…….』

『심정은 이해해.』

마키가이 나마코
> 시키부, 잠깐 나 좀 봐.

무라사키 시키부 선생님
> 응? 이런 꼭두새벽에 무슨 일이야?

마키가이 나마코
> 수학여행에 관한 일 중에 내가 도울 건 없어?

무라사키 시키부 선생님
> 어, 그게 무슨 소리야. 미남 보이스로 나를 꼬시려는 거야?!

마키가이 나마코
> 의미불명.

마키가이 나마코
> 왜 내 정체를 알면서 그런 반응 보이는 건데? 이해가 안 되네.

무라사키 시키부 선생님
> 마키가이 나마코 선생님을 호남형 미남 작가라고 착각했던 시기가 길었으니 어쩔 수 없잖아!

마키가이 나마코
> 호남형과 미남… 중복 표현 아니야?

무라사키 시키부 선생님
> 역시 작가 선생님, 일본어 실력 좋네!

마키가이 나마코
> 어이, 교사 선생. 일본어 실력이 별로라도 괜찮아?

무라사키 시키부 선생님
> 수학 선생이니까 괜찮아요~.

마키가이 나마코
> 애냐.

마키가이 나마코
> 뭐, 됐어. 아무튼 수학여행 일을 도울게.

© tomari

마키가이 나마코
내가 도와서 부담이 줄면, 일러스트를 그릴 시간이 생길지도 모르잖아?

무라사키 시키부 선생님
아~, 그래서구나…. 아하~.

무라사키 시키부 선생님
마음은 고맙지만, 그럴 순 없어.

마키가이 나마코
어째서?

무라사키 시키부 선생님
학생한테 떠넘길 순 없거든.

무라사키 시키부 선생님
내 일은 교사가 책임감을 가지고 완수해야만 하는 거야.

무라사키 시키부 선생님
마시로도, 학생으로서 순수하게 즐겨줬으면 좋겠거든.

마키가이 나마코
어이어이어이어이어이, 그 이름으로 부르지 말랬잖아!

무라사키 시키부 선생님
괘, 괜찮아! 그 채팅방에서는 절대 실수 안 할게!

마키가이 나마코
심장이 철렁했다고….

무라사키 시키부 선생님
걱정하지 마, 나마코 선생님.

무라사키 시키부 선생님
수학여행이 끝나면 내 일도 끝! 다음 달에는 업무에 복귀할 수 있어!

마키가이 나마코
다음 달… 너무 늦은 건 아닌지 모르겠네.

© tomari

무라사키 시키부 선생님

？

 마키가이 나마코

아키, 300만 DL을 서두르는 것 같거든.

 마키가이 나마코

요즘 허니플레가 스마트폰 게임보다 컨슈머의 성적이 좋거든.

 마키가이 나마코

그러니 인맥을 떠나 인정받기 위해서라도, 서둘러 DL 숫자를 늘리고 싶은가 봐.

 무라사키 시키부 선생님

아키, 그런 생각을 하고 있구나….

 무라사키 시키부 선생님

그래. 그럼 한 달은 너무 길겠네.

 마키가이 나마코

그러니 내가 할 수 있는 일은 뭐든 하자고 생각했어.

 마키가이 나마코

일러스트 담당을 늘리는 게 어떻겠냔 제안도 해봤는데, 『검은 염소』는 무라사키 시키부 선생님의 그림만으로 꾸리고 싶대.

 마키가이 나마코

그럼 내가 선생님의 일을 도우면 되지 않을까… 싶었어.

 마키가이 나마코

하지만, 말도 안 되는 소리였네.

 마키가이 나마코

미안～.

 무라사키 시키부 선생님

아항～.

 무라사키 시키부 선생님

흐～음.

친구 **여동생**이
나한테만
짜증나게
군다

제5화 ..... 도서실의 성녀와 내가 밀회

"1위, 제육천마왕 오다 노부나가…… 2위, 밀장(密葬)의 천사 나이팅게일…… 3위……."

코자이 고교 도서실에는 어떤 그럴듯한 소문이 돌고 있다.

도서관의 깊디깊은 곳, 책장의 숲에 숨겨져 있는 것처럼 햇빛이 닿지 않는 장소.

그곳에는 열린 창문을 통해 불어 들어온 바람에 황금색 머리카락을 휘날리며, 단아하게 독서를 즐기는 청초한 소녀 유령이 있다고 한다.

―도서실의 저주받은 성녀 유령.

우리 학교에 전해져 내려오는, 총 일곱 개가 있긴 한 건지 불명확한 7대 불가사의 중 하나다.

"으음~……. 이런 인기 투표의 순위는 캐릭터의 실제 인기를 파악하는데 그다지 도움이 안 돼……. 추리 파트에서의 뛰어난 능력만으로 선정되기도 하잖아."

그 소문을 믿는 사람은 많지 않지만, 그래도 소문이 지닌 힘 자체는 강렬했다.

딱히 볼일이 없다면, 가지 말자…… 같은 생각이 들게 했다.

무의식적으로 마인드 컨트롤된 개인이 한 명이라도 있다

면, 그 감각은 서서히 전염되면서 어느새 집단 무의식에 침투한다. 그리고 어느새 소문을 퍼트린 인간에게 유리한, 남이 다가오지 않는 조용한 공간이 완성되는 것이다.

"팬 아트 숫자가 가장 많은 건…… 노발 충천의 양아치, 고쿠도 타이시구나. ……아, 역시 이 녀석은 여성 팬이 많네."

그리고 아까부터 이곳에서 혼잣말을 중얼거리고 있는 도서실의 성녀……가 아니라, 남자가 한 명 있었다.

그렇다. 바로 나다.

책장에 기대앉아서 무릎 위에 올려둔 노트북 컴퓨터 화면을 노려보며 키보드를 쉴 새 없이 두들겼다.

"코어 팬이 많은 사일런트 마죠리티도 무시할 수 없겠어. 은근히 인기가 있는 건…… 빙각(氷刻)의 살인 메이드, 키리에구나. 마키가이 나마코 선생님의 다크한 작풍과 잘 어울려서 그런지, 이런 쿨 계열 중2병 캐릭터는 전체적으로 인기가 좋아."

학교에 노트북 컴퓨터를 가지고 와도 되냐고? 당연히 안 되지. 걸리면 혼날 게 틀림없다.

그렇기에, 남들에게 들키지 않을 환경을 갖추기 위해 **7대 불가사의를 은근슬쩍 늘려둔 것이다.**

하지만 학교 교칙을 어긴다고 해서 위법은 아니다.

그렇게 따지자면, 학교 안에서의 스마트폰 사용도 긴급할 때 이외에는 금지다.

하지만 누구도 그걸 지키지 않는다.

……정정하겠다. 진짜로 성실하고 근면한 일부 학생을 제외하고 말이다.

그들의 진지함을 무시하면서까지, 나 같은 녀석의 행위를 정당화하는 건 옳지 않다.

"으음. 하지만…… 얘들 말고도, 더 어울리는 녀석이 있을 것 같은 느낌이 드는데……."

"선배~☆ 인적 없는 음침~한 곳에서, 혼자 몰래 뭘 하는 거예요~?"

"아, 실은 어느 캐릭터의 복각 이벤트를 할지 고민 중이야. 무라사키 시키부 선생님이 돌아올 때까지의 틈을 메우기 위한, 새로운 기획을 몇 개 짜두고 싶거든."

"와아~, 평범하게 성실한 대답~. 재미없어~."

"어떤 대답을 기대한 건데?"

"어~. 예를 들자면~. 수업 중에 성욕이 끓어올라서, 저를 상상하며 센시티브한 짓을 하고 있었다, 거나☆"

울컥☆

뇌의 섬세한 혈관이 이 짜증 보이스를 듣고 끊어지는 환청(진짜로 끊어지면 죽는다)이 들려왔고…… 거기에 촉발된 건지, 전류가 흐르는 것처럼 아이디어가 떠올랐다.

"그거야! 복각 이벤트의 대상 캐릭터는 이 녀석으로 해야겠어!"

"어? 잘은 모르겠지만, 저 덕분에 좋은 생각이 났나 보네요. 고마워하세요!"

"그래, 고마워!"

"그런데, 어느 캐릭터의 복각 이벤트를 할 건데요?"

"코쿠류인 쿠게츠."
"어, 걔는 최근에 투입한 캐릭터 아닌가요?(정색)"

"맞아, 그랬지……. 큭. 모든 유저가 기뻐할, 두말할 여지 없는 최강 인기 넘버원 캐릭터는 이 녀석이 틀림없는데……!"

"선배, 완전히 데이터를 무시하며 객관적 시점을 망각했네요……. 그렇게 쿠게츠가 좋아요?"

"그래, 좋아해. 쿠게츠는 너무 귀엽다고. ……어라, 이로하. 너, 언제 온 거야?"

"이제까지 이야기해놓고 이제 와서 그런 소리 하는 거예요?! 선배는 일에 너무 몰입한다니까요!"

어느새 온 것일까. 인근 책장 뒤편에서 이로하가 고개를 빼꼼 내밀었다.

"그건 그렇고, 귀중한 점심시간에도 일하는 건가요. 선배는 정말 일중독자라니까요~."

이로하는 나에게 다가오더니, 내 앞에 앉아서 무릎을 끌어안았다.

나는 고개를 돌렸다.

짧은 치마를 입은 상태에서 저런 자세를 취하면, 그게, 여기저기가……. 이로하, 너는 왜 이렇게 가드가 허술한 거야.

"어이, 이로하. 남자 맞은편에 아무렇지 않게 앉지 마. 조신하지 못한 행동이라고."

"조신하지 못하다니, 선배는 대체 어느 시대 사람이에요~. 여자애의 치마를 하도 신경 쓰니까~ 신경 쓰이는 거라고요."

"딱히 그런 건……."

"슬쩍."

"윽?!"

이로하가 치맛자락을 잡고 들어올리……는 시늉을 하자, 나는 눈을 치켜뜰 뻔했다. ……아니다. 그런 게 아니다. 결코 치마 안을 뚫어지게 쳐다보려 한 게 아니라, 믿기지 않는 광경에 놀랐을 뿐…….

"슬쩍, 슬쩍."

"크아아아아아, 하지 마! 네가 무슨 노출증 환자냐?! 왜 셀프 치마 들추기 미수를 반복하는 건데?! 보일락 말락하게 절묘하게 컨트롤하면서 말이야!"

"그야~, 선배의 반응이 너무 재미있어서요☆ 뜨거운 시신~, 땡큐예요☆"

"인마……. 『도서실의 성녀』면 조금은 성녀답게 청초한 척

하라고."

그렇다. 위조 7대 불가사의, 『도서실의 성녀』의 정체는 바로 이 여자, 코히나타 이로하다.

이로하가 입학하기 전인 작년부터 나는 이 소문을 슬금슬금 퍼뜨렸는데, 이로하가 입학한 후로 도서실의 이 장소에 정착한 바람에 소문까지 정착하고 말았다.

황금색 머리카락을 지닌 청초한 소녀, 란 이미지는 올해부터 생겨난 것이다.

이 근처 책장은 BL요소가 있는 탐미주의 소설과 틈새 시작을 노리는 책들이 있으며, 이로하는 그것을 보려고 온 것뿐이다. 그래도 결과적으로 남들이 오지 않게 된 덕분에, 나도 때때로 여기서 작업을 할 수 있게 되어 매우 도움이 됐다.

아무튼 이 위조 7대 불가사의의 페이크 성녀는 현재, 청초 100%(경품 표시법 위반)인 태도로 불만을 드러내듯 입술을 한껏 내밀고 있었다.

"에이~. 선배가 저보고 짜증스러운 면을 드러내라고 했잖아요~. 문화제 때에 그렇게 열렬히 말이에요."

"윽……. 아니, 그렇다고 한도 끝도 없이 하란 의미는 아니었어. 시간과 장소와 상황을 고려해가면서 짜증스러움을 드러내 줬으면 하는데……."

"정말~ 선배는 자기 사정만 생각하며 떠들어댄다니까요."

맞는 말이다.

그 말에는 반론의 여지가 없기에, 나는 화제를 다른 쪽으로 돌리기로 했다.

"책이라도 읽으러 온 거야?"

"그럴 생각이었어요!"

"과거형?"

"스미레 쌤이 추천해준 책을…… 볼까 해서 왔는데, 선배가 있으니 계획을 변경하기로 했어요. 민폐형 미소녀 이로하 양의 NO약속 돌격 취재를 시작할래요."

"민폐형 미소녀는 수요가 없으니까 관둬. ……없겠, 지……?"

조금 불안이 밀려왔다.

"어, 누가 오네요. 컴퓨터, 숨기는 게 어때요?"

"……윽!"

이로하의 말을 듣고 고개를 들어보니, 책장 반대편에서 또각또각하고 날카로운 발소리가 명확한 의지를 머금은 채 가까워지고 있었다.

허둥지둥 노트북 컴퓨터를 덮고 엉덩이 뒤편에 숨겼다. 교사, 학생, 사서, 누가 와도 괜찮도록 무난한 표정을 지으며 대비하고 있을 때…….

"오오보시 군, 여기 있었구나. 잠시 실례할게……. 실례했습니다!"

"어, 잠깐만……."

힘차게 등장해놓고 한 턴 만에 도망치는 메탈 타입 몬스터 같은 거동을 보이는 여교사— 카게이시 스미레의 팔을 움켜잡았다.

"왜 도망치는 건데요!"

볼일이 있어서 온 거 아니었어?

그런데 왜 바로 도망치려고 하는 건지, 이유를 알 수가 없었다.

내가 그런 당연한 의문을 던지자, 스미레는 눈가에 눈물이 맺힌 상태에서 힘찬 어조로 말했다.

"그야 아키와 이로하는 밀회 중인 거지? 방해꾼이 되는 것만은 싫어. 그래선 커플충 실격인걸!"

정말 아무래도 상관없는 이유였다.

"그건 그렇고, 왜 점심시간에 일부러 찾아온 거예요?"

스미레를 어찌어찌 진정시킨 후, 도서실의 성녀 공간에 우리 셋이 모였다.

도서 대출 당번인 도서위원도 웬만하면 이 장소에 오고 싶어 하지 않는다고는 해도, 이렇게 많이 사람이 모여 있으면 들킬지도 모른다 싶어 가슴이 조마조마했다.

"전에 추천해준 책이 뭐였죠? 남자와 남자가 청춘의 땀을 흘리는 스포츠 작품 말이에요."

"아, 그거 말이구나! 그거라면 이 근처에~."

"무, 시, 하, 지, 마."

"아야야야야야! 아, 안 돼! 어깨 혈도 마사지는 완전 직빵이야아아아아!"

말 한마디 할 때마다 혈도를 눌러주자, 스미레는 내 손을 찰싹찰싹 소리 나게 두드리며 항복했다.

건강이 좋지 않다는 증거인 만큼, 건강 좀 챙겨줬으면 좋겠다.

……뭐, 그러지 못할 상황이라는 건 나도 알지만 말이다.

"나한테 볼일이 있는 거지? 빨리 본론에 들어가."

"아~, 맞아. 밀회 현장을 목격하고 충격받아서 까맣게 잊었네!"

"멋대로 밀회로 몰아가지 마."

이래서 망상병에 걸린 여교사는 문제다.

실존 인물인 나와 오즈로 BL 커플링 망상을 하는 것도 작작 해줬으면 싶지만, 남×녀일지라도 지나치면 지적할 수밖에 없다.

"에이, 괜찮잖아. 이 망상이 창작 파워로 이어지는걸! ……아무튼, 본론이 뭐냐면 말이야."

추천 도서가 있는 장소를 듣고 흥분한 표정으로 책장을 뒤지는 이로하를 힐끔 쳐다본 스미레는 멋들어지게 책장에 기대서며 말했다.

"나, 이번 달에도 일러스트 작업을 할래."

"……뭐?"

"발주를 스톱하지 않아도 된다는 말이야. 이 무라사키 시키부 선생님만 믿어!"

스미레는 자기 가슴을 손가락으로 가리키며 흐흥 하고 의기양양하게 웃었다.

역전의 용사 같아 보일 만큼 믿음직한 모습이었다.

솔직히 고마운 일이지만…… 그래도, 이상하잖아.

"고맙긴 한데 말이야. 하지만 이번 달에는 힘들다고 판단해서 발주를 멈춰달라고 부탁했던 거잖아? 정말 괜찮은 거야?"

"응, 괜찮아. 잘 생각해보니 나는 스스로에게 너무 물렀어~."

스미레는 볼을 긁적였다.

그 표정은 《맹독의 여왕》이라 불리는 무시무시한 여교사가 아니라, 가벼운 분위기의 무라사키 시키부 선생님이다.

"밤에 술을 마실 여유가 있다면, 그 시간에 그림을 그리면 되는 거잖아!"

"뭐, 그건 그렇지만……. 사전에 설정한 마감 직전에 만취했다면 몰라도, 평소의 반주 가지고 뭐라 할 생각은 없거든?"

"아키는 내 반주 시간이 얼마나 되는지 모르니까 그런 소리를 하는 거야! 그걸 줄이면 작업 시간이 무한정하게 샘솟아!"

"왜 나는 우쭐대며 늘어놓는 이딴 빌어먹을 소리를 들어야 하는 건데?"

"이름하여 시간의 매장금 작전! ……나도 《5층 동맹》의 일원인걸. 아키만 고생하게 둘 순 없어!"

"무라사키 시키부 선생님……."

촌스럽기 그지없는 작전명과 지금 나누는 이야기의 클라이맥스에 전혀 어울리지 않는 이유는 일단 제쳐두기로 하고…….

이 힘찬 발언을 듣자, 감동이 가슴 속에서 치밀어올랐다.

오늘은 아침부터 어느 캐릭터의 복각 이벤트를 할지, 하지만 그걸로는 화제성이 부족하겠지, 어떤 식으로 손을 쓰지, 같은 식으로 지혜를 계속 쥐어 짜냈다.

서서히 시간이 흘러가는 가운데, 머릿속에 떠오른 책략이 전부 차선책에 지나지 않는다는 사실을 깨달으며 초조함을 금할 수 없었다.

자기가 할 수 있는 일의 한계를 깨달았다, 고도 말할 수 있다.

무라사키 시키부 선생님에게 기대면 이렇게 손쉽게 해결되지만, 혼자서는 이렇게 무력하다.

그러니 그녀의 작업 재개 제안이 기뻤고, 솔직히 말해 안도했다.

……하지만, 정말 괜찮은 걸까?

항상 약한 소리를 늘어놓으면서도, 지킬 수 있을지 확실치 않은 마감에 과감히 도전한 끝에 패배했다.

항상 아슬아슬했던 것이다.

그런데도 의뢰 자체를 스톱해달란 말은 하지 않았던 그녀가 진심으로 스케줄 때문에 상의를 한 건, 이번만큼은 진짜로 힘든 거라고 생각했는데…….

평소 마감 직전에 늘어놓던 약한 소리와 별반 다르지 않았다……고 여기면 될까.

"그러니까, 발주서를 정리해서 보내줘. 전 인류가 발정날만큼 에로에로한 캐릭터를 선보일게~. 훗후후후~♪"

"스토어의 심사에서 탈락할 수 있으니까, 적당한 수준에서 부탁해요……."

그리고 학생 앞에서 그런 음담패설을 늘어놓지 마. 도서실의 성녀(설정)도 이 자리에 있단 말이다.

"우와핫~! 이게 대체 뭐예요?! 학교에 이런 걸 둬도 되는 거예요?!"

"……오! 문제의 장면에 도달했구나!"

"네. 시합에 진 주인공을 라이벌이 위로해주는 건 고사하고 매도하는 장면이에요. 하지만 그건 주인공의 성격을 완벽하게 파악하고 있기에 가능한 완벽한 커뮤니케이션이자, 주인공을 진정으로 갈구하는 발언! 존귀하기 그지없는데요!"

"맞아~! 완전 동감이야~! 나, 발매 당시에 그걸 보고 승천했다니깐!"

"성불해주세요~. 나무아미타불~."

"나무아미타불~."

이로하와 스미레는 BL담론을 나누면서, 장난스레 불공을 드렸다.

여자 오타쿠 토크를 나누는 스미레의 모습은 평소와 다름 없어 보였기에, 나는 한숨을 내쉬며 고개를 푹 숙였다.

괜한 걱정……인 걸까?

으음~. 스미레 본인의 말만으로는 판단을 내리기 어렵네.

그녀가 진짜로 한계인데도 그것을 무시하며, 무리하게 의뢰를 맡으려 하는 가능성도 부정할 수 없다.

………….

어쩔 수 없다. 방과 후에 확인을 해봐야겠다.

*

그날 방과 후, 내가 향한 곳은 특별교실관에 있는 교실 중 하나다.

코자이 고교의 문화제— 금륜제 시즌에는 금륜제 실행위원의 활동본부로 쓰였던 교실이다.

지금은 수학여행 실행위원이 활동 거점인 것을 보면, 원래 그런 용도로 주로 쓰이는 것 같았다.

이곳에 온 이유는 바로 스미레의 상태를 확인하기 위해서다.

순조롭게 일이 진행되고 있다면 그걸로 됐다.

하지만 만약 생기가 없거나 지친 기색이 역력하다면, 내 쪽에서 일러스트 의뢰를 중지할 생각이었다.

교실의 문은 닫혀 있었다.

안에 있는 사람들이 눈치채지 못하도록 신중하게, 문을 반만 열고 안쪽을 살펴보았다.

그러자…….

"—겐지모노가타리와 연관 있는 곳을 돌아보는 건 어떨까?"

가장 먼저 들려온 것은 최근 들어 여러 이벤트에서 자주 듣게 되는 여자애의 목소리였다.

2학년 전교 1등. 정기 시험에서 매번 전 과목 만점. 몬스터 급의 우등생.

요즘 들어서는 보건 체육 쪽도 완비된 미도리피디아, 두뇌와 IQ가 반비례, 사랑스러운 만담 캐릭터라는 불명예스러운 칭호도 획득한 여자애— 그녀의 이름은 카게이시 미도리.

미도리를 중심으로, 성실해 보이는 여러 명의 학생이 둘러앉아서 논의를 하고 있었다.

"교토 수학여행의 루트치고는 흔치 않겠지만……. 미도리 양은 겐지모노가타리를 좋아해?"

"응. 여러 고전 중에서 가장 좋아해. 미의식이 확 와닿거든."

"흐음. 그러고 보니 교토에는 작가인 무라사키 시키부의 무덤도 있잖아."

"맞아! 기왕이면 거기도 가보고— 따, 딱히, 사심으로 정하려는 건 아니거든?"

"아하하. 사심이 있어도 괜찮은데 말이야."

미도리는 여전히 사랑받고 있는걸.

하지만 그녀가 고전 작가 중에서 무라사키 시키부를 가장 좋아한다는 말에서 운명 같은 것이 느껴졌다.

스미레의 펜네임이 무라사키 시키부 선생님인 것은 자매라서 취향이 비슷해서거나, 아니면 함께 생활하면서 어떤 식으로 영향을 받은 걸지도 모른다.

"아~, 제안이 있어~."

"아, 오토이 양. 의견 있으면 얼마든지 들려줘!"

오토이 씨도 있구나.

문화제 때는 미도리에게 협력을 요청받아서 실행위원을 했는데, 설마 수학여행 관련 업무도 돕고 있을 줄이야.

어차피 문화제 때처럼 달콤한 먹거리가 무한 제공되니까, 같은 꿍꿍이속이 있을 것 같지만 말이다.

"사찰 순례는 뺄 수 없을 거야~. 수학여행의 역할은 학생들이 일본 문화와 역사를 접하며 풍부한 마음을 기르게 하는 정서교육적 측면도 지녔거든~. 그렇지? 카게이시~."

"그래…… 오토이 양이 말이 옳아. 유서 깊은 건물에 관해 배우는 거야말로, 우리 같은 고등학생에게 올바른 자세야. 교토 수학여행에 있어 왕도 중의 왕도야!"

"응~. 바로 그거야~."

오토이 씨가…… 멀쩡한 의견을…… 내놨어……?

믿기지 않는다.

미도리의 일을 도와주면서 봉사 정신에 눈뜬 걸까.

！！

"연애에 효험이 있는 걸로 유명한 키요미즈데라에 가면, 연애 생각으로 머릿속이 꽉 찬 녀석들이 재미있는 행동을 보여줄 거잖아. 그건 음악 제작에 있어 좋은 자극이 될 거야~."

"어? 방금 뭐라고 했어?"

"학생의 본분은 학업 어쩌고 저쩌고~."

"뭐야~. 불성실한 발언을 한 것 같아서 깜짝 놀랐잖아."

"그런 소리를 왜 해~. 이래 봬도 스스로 실행위원에 입후보할 만큼 성실한 사람인데~."

"그래. 맞아. 문화제 때는 내가 음향 쪽을 부탁했었지만, 이번에는 오토이 양이 입후보해줬잖아."

"그래~. 실행위원에 카게이시가 있으니까, 설렁설렁해도 뒷일은 카게이시가 전부 처리해줄 거잖아~. 그러면서 자기 의견을 통과시키기 쉬운 최고의 환경이라는 걸 깨달았거든~."

"응? 저기, 방금 뭐라고 했어? 잘 안 들렸어."

"카게이시는 성실하고 믿음직한 여자애야, 라고 말했을 뿐이야~."

"뭐엇?! 저, 정말, 그만 좀 해. 진지한 자리에서 농담하지 마."

봉사 정신 따위에 눈뜬 게 아니었다. 오토이 씨는 여전히 오토이 씨였다.

미도리의 일을 도와주면서 기생 정신에 눈뜬 것 같았다.

그것보다 미도리는 자기가 이용당하고 있다는 의심조차 하지 않는 것 같네…….

솔직하게 착한 애이기는 하지만, 저러다 진짜 나쁜 사람에게 속지나 않을지 걱정된다.

대학 입학과 동시에 테니스를 안 하는 테니스 서클에 들어가지는 마. 진심으로 하는 말이야.

"—얼추 의견이 다 나온 것 같네. 슬슬 정리해주겠니?"

내가 우등생의 장래를 걱정하고 있을 때, 여교사의 목소리가 느슨해진 분위기에 긴장감을 부여했다.

"아, 네! 언니…… 아니, 카게이시 선생님. —그럼, 교토의 전통 사찰을 차례대로 돌아보는 투어에, 반대하는 사람 있어?"

"""이의 없어~."""

"—좋아. 사찰이 많은 지역을 중심으로, 가능한 한 많은 곳을 돌아볼 수 있는 호텔을 찾아볼게."

"가, 감사해요. 하지만, 정말 괜찮겠어요?"

"뭐가 말이지?"

"학생들의 회의로 결정을 내려도 될지……. 2학년 전원이 묵을 수 있는 호텔을 새로 알아보는 것도 어려울 거잖아요. 가보고 싶은 장소의 의견을 모은 후, 가능한 한 많은 곳에 가볼 수 있는 숙박지를 알아보겠다니……."

"학교 측에서 정해서 학생들에게 강요하면 될 일이라는 거야?"

"응……. 그러는 편이 언니─ 카게이시 선생님의 부담이 적을 거라고 생각해요."

"후후. 나도 얕보였나 보네."

"어. 아니, 그런 게 아니라……."

"알아. 미도리─ 카게이시 양은 상냥하니까, 나를 걱정해 주는 거지?"

"으, 응. 안 그래도 예년과 다른 숙박지를 수배하는 건 힘든 일이잖아."

"고마워. 하지만 걱정하지 마."

걱정하는 미도리의 머리카락을 쓰다듬어준 후, 스미레는 쿨뷰티의 가면 위에 상냥한 언니의 얼굴을 드리웠다.

그리고, 곧《맹독의 여왕》으로 되돌아갔다.

"학업도 행사도 완벽하게. 그것이야말로 내 교육의 진수야. 어느 한쪽도 어중간하게 할 수는 없어. ……실행위원 제군!"

"아, 네."

"최고의 수학여행을 실현하기 위해, 전력을 다하도록 해. 루트가 확정되면 필요한 예산 산출, 미리 신청이 필요한 시설 확인, 당일용 책자 작성에 들어가. 카게이시 양, 누구에게 어떤 작업을 맡겼는지, 매니지먼트는 당신에게 맡기겠어. 내 신뢰에 멋지게 부응해줬으면 해."

"아…… 네! 저, 최선을 다할게요!"

등을 꼿꼿이 편 미도리가 경례를 했다.

미도리다운 행동에 만족한 것처럼 고개를 끄덕인 스미레는 노트북 컴퓨터를 꺼내서 어떤 작업을 시작했다.

실행위원을 감독하면서, 동시에 원래의 교사 업무도 처리하고 있는 것이다.

확실히 효율적이었다.

무라사키 시키부 선생님 모드일 때는 못난 면만 부각되기 때문에 그 편린을 느낄 수 없지만, 이렇게 교사 업무에 몰두한 모습을 보면 그녀가 우수한 인간이라는 것을 깨닫게 된다.

미도리가 동경하는 것도 이해가 됐다.

지금도 그녀의 눈은 꿈속에 있는 것처럼 멍했으며, 언니가 쓰다듬어준 머리를 행복한 듯이 만지고 있다.

"……일단은, 괜찮으려나?"

전부 자기 업무라 여기며 혼자 해결하려 드는 게 아니라, 가능한 범위 안에서 학생들에게 권한을 넘겨주고 있다.

작업을 정리해가면서 자신만이 해결할 수 있는 일에만 집중하는 것 같으며, 이대로라면 스미레가 아까 자기 입으로 말한 것처럼 일러스트 작업을 의뢰해도 될 것 같았다.

안도한 나는 교실 안에 있는 이들에게 들키지 않도록 문을 닫은 후, 발소리를 죽인 채 그 자리를 벗어났다.

당면한 문제는 해결됐다.

하지만 300만 DL을 위한 시책을 무라사키 시키부 선생님 한 명에게만 떠맡길 수는 없다.

일러스트는 물론이고, 새로운 기획도 고안해야만 한다.

그렇게 생각한 나는 이렇게 학교에 남아 있어봤자 아무것도 안 된다……고 여기며 서둘러 입구로 향했다.

부활동을 하지 않는 학생은 대부분 돌아간 후이기에, 조용한 복도를 걷는 건 나 한 사람뿐이다.

학생들로 북적이던 복도에서는 스쳐지나가는 학생이나 근처에 서 있는 학생의 얼굴은 쳐다보지도 않고, 의식하지도 않는다.

하지만 이렇게 인기척이 거의 없는 복도에서는 특별한 일 없이 그저 서 있을 뿐인 학생이나, 복도에 앉아있는 학생의 모습이 괜히 눈에 들어온다.

—그렇다. 지금처럼 말이다.

2학년 신발장 앞에 도착한 순간, 복도에 앉아있는 두 여학생의 모습을 본 나는 무의식적으로 그녀들을 주시했다.

"아! 선배, 드디어 왔군요! 정말~, 어디를 그렇게 쏘다닌 거예요?"

게다가, 그 녀석은, 아는 사람이었다.

정확히는, 친구 여동생이었다.

"볼일이 좀 있었거든. 그것보다 너는 내가 오길 기다리고 있었던 거야?"

"YES! 사소한 사건이 터져서요. 선배와 상의할까 했는데, LIME 확인을 안 하길래 여기서 매복하고 있었어요."

"LIME? ……아, 진짜네. 메시지가 와있어."

스마트폰을 확인해보고 이해했다.

작업에 집중하고 싶을 때, 나는 일과 상관없는 LIME 그룹의 알람을 꺼둔다.

아, 이로하와는 LIME으로 업무 연락을 주고받는데도 예외적으로 그녀의 메시지도 알람을 끈다. 이 녀석은 정신없이 바쁠 때만 골라서 쓸데없는 메시지를 연속으로 보내거든…….

이로하의 레코딩 스케줄은 완벽하게 파악하고 있는 데다, 알람을 꺼놔도 괜찮은 타이밍을 알기 때문에 그래도 된다.

"그래서 신발장 앞에서 기다리고 있었던 거냐. 내가 아직 학교에 있다는 걸 용케 알았네."

"아직 신발이 있었거든요."

"아~, 그래. 하긴, 그러면 알 수 있겠네."

"선배 신발에 장난칠 타이밍을 항상 엿보는 덕분이죠☆"

"엿보지 마, 멍청아!"

끔뻑☆ 하고 이로하는 윙크를 날렸다.

잠깐만. 잠깐만, 잠깐만, 잠깐만. 스톱.

나는 이 녀석에게 짜증스러움을 권장하지만, 그래도 이건 교육적 지도가 필요한 장면이다.

"잘 들어. 요즘은 방송에서의 심한 장난이나 몰카가 시청자에게 불쾌감을 주면서, 문제화되는 케이스가 늘고 있어. 너도 연기자를 꿈꾼다면, 깨끗하고 올바르며 건전한 짜증스러움만을 추구하도록 해. 들통나면 악플이 쇄도할 법한 짓은 자제—"

"앗! 선배, 그 말은 지뢰예요!"

"뭐?"

이로하의 프로듀서로서, 세이프인 짜증스러움과 아웃인 짜증스러움의 경계를 교육해주고자 설교 모드에 들어간 바로 그 순간이었다.

어찌된 건지 이로하가 저질러 버렸네요, 하고 말하는 듯한 어처구니없는 표정을 지었다.

그것과 거의 동시에······.

"우에에에에에에에에에엥! 다 싫어어어어어어어어어!"

고등학생쯤 되면 웬만해선 들을 일 없는, 초등학생 수준의 한심한 목소리가 들려왔다.

그러고 보니 신발장 앞의 복도에 앉아있던 건, 여학생 **두 명**이었다.

이로하의 옆에, 한 사람이 더 있었다.

새파랗게 질린 얼굴로 머리를 감싸 쥔 채, 절망에 찬 신음을 흘리고 있는 건······.

토모사카 사사라.

이로하의 절친이 된 여자애이자, 좀 괴짜이긴 해도 일류 수준의 미적 센스를 지녔으며, 인기도 좋은, 일류 핀스타그래머다.

"토모사카?! 너, 안색이 왜 그래? 무슨 일 있어?"

"으, 으흑~, 오오보시 썬빼……!"

사사라는 한심해 보일 정도로 눈물 콧물을 줄줄 흘리면서 나에게 매달렸다.

카리스마를 어딘가에 두고 온 것처럼 펑펑 우는 그 모습에 당황한 나는 이로하를 힐끔 쳐다보았다.

"무슨 일이야. 실연……한 거야?"

"설명해드릴게요. 실은 말이죠—."

갓난아기를 달래듯 사사라의 등을 쓰다듬어준 이로하는 한숨을 푹푹 내쉬며 자초지종을 설명했다.

나 같은 아싸와 정반대 속성을 지닌 사사라가 이렇게 흐트러질 정도의 사건이라면 나와는 인연 없는, 분명 사춘기 여자애다운 그렇고 그런 일이겠지…… 하며, 안 됐지만 남일이라고 여기며 귀를 기울였다.

"실은 사사라의 핀스타에 악플이 쇄도 중이에요."
"자세하게 이야기해줘."

남일처럼 여기며 넘어갈 일이 아니잖아.

*

『토모사카 양이라면 언젠가 저지를 거라고 생각했어.』

『오즈, 그런 말 마.』

『그럼 아키는 공격력에서 올인해서 방어력이 종잇장인 토모사카 양이 평생 악플 쇄도 사태를 겪지 않으며 평온하게 활동할 거라고 생각했어?』

『아니, 그건…….』

『오타쿠를 향한 편견과 착각을 대놓고 입에 담는 타입의 애가, 덜컥 지뢰를 밟는 사태가 평생 일어나지 않을—.』

『……미안해. 까놓고 말해, 언젠가 사고칠 거라고 생각했어.』

『그렇지?』

『하지만 아직 토모사카한테 잘못이 있다고 단정 지을 수 없으니까, 일단 신중하게 행동해줬으면 해. 부탁이야.』

『어쩔 수 없네. 그럼 이야기를 마저 들어보도록 할까.』

"으으…… 괴로워…… 맛나…… 괴로워…… 맛나……."

"울든지 먹든지 하나만 해."

사사라는 눈물을 흘리면서도, 접시 위에 놓인 팬케이크를 계속 먹었다.

역 앞의 세련된 카페.

가게 안에는 방과 후의 중고생으로 보이는 여자애가 잔뜩 있었으며, 즐겁게 수다를 떨고 있었다.

SNS에서 화제인(듯한) 팬케이크로 유명한 가게다.

안 그래도 남자가 적어서 나는 거북한 상황인데, 테이블의 분위기가 다른 곳보다 2킬로그램 정도 무거운 탓에 더 겉돌고 있는 느낌이 들었다.

뭐, 분위기를 가볍게 만드는 환한 아우라를 뿜는 녀석이 한 명 있는 덕분에, 그나마 중화되고 있지만 말이다.

그 한 명은 말할 필요도 없겠지만, 바로 이로하다.

"응~♪ 맛있어라~. 아, 선배. 블루베리 남겼네요. 제가 먹어줄게요~☆"

"잇, 그건 남긴 게 아니라 맛있어 보여서 나중에 먹으려고 아껴둔 거야!"

"이미 늦었어요! 좋아하는 건 빨리 먹어버리지 않으면, 이렇게 빼앗겨버린다고요!"

"너희들, 위로와 염장 중에 하나만 하란 말이야~⋯⋯. 훌쩍."

3분의 2가 시끌벅적하면, 그나마 덜 겉돌까⋯⋯?

사사라도 말은 저렇게 하면서도, 팬케이크를 계속 먹고 있으니 말이다.

"⋯⋯핀스타의 댓글과 DM으로 악플이 빌어먹게 날아온다는 건 알겠는데, 이 사태의 계기는 뭐야?"

달콤한 음식으로 배를 채운 덕분에 사사라도 이야기를 나눌 수 있을 만큼 회복된 것 같았기에, 나는 드디어 본론에 들어갔다.

"실은 기업 PR로, 미네랄워터의 선전을 했는데⋯⋯."

"기업 PR⋯⋯."

뜨끔, 했다.

그와 동시에, 시간을 할애해서라도 이야기를 들어보자는 결정이 옳았다고 확신했다.

자신도 사사라에게 『검은 염소』의 홍보를 요청할 생각을 하고 있었던 만큼, 이런 PR과 얽힌 트러블은 남일이라 할 수 없다.

"무슨 일이 벌어진 거야?"

"실은 『미네랄워터 회사가 CF에 기용한 연예인이 불륜을 저질렀고, 그런 연예인을 기용한 회사는 쓰레기니까, 그런 쓰레기 회사의 상품을 소개한 이 여자도 쓰레기가 틀림없다』며, 비난을……."

"뭐?"

말도 안 되는 소리를 들은 느낌이 들었다.

혹시나 해서, 다시 물어봤다.

"미안한데, 제대로 못 들어서 그러는데 다시 말해줄래?"

"『미네랄워터 회사가 CF에 기용한 연예인이 불륜을 저질렀고, 그런 연예인을 기용한 회사는 쓰레기니까, 그런 쓰레기 회사의 상품을 소개한 이 여자도 쓰레기가 틀림없다』야. 안티의 말을 몇 번이나 늘어놓게 하지 마. 떠올리기도 싫단 말이야."

"잘못 들은 게 아니었구나……."

아연실색했다.

사사라 자신이 불륜을 저질렀다면 백보 양보해서 이해되지만, 이건 불합리하게 튄 불똥이다.

신경 쓸 필요가 전혀 없는 날벼락 사태, 라고 말하면 딱 잘라버리면 마음 편할 것이다. 하지만 사사라가 마음에 상처를 입은 것 같으니 뭐라고 말하면 좋을지 고민하고 있을 때…….

"뭐, 안티가 전부 쓰레기일 뿐인 거잖아요. 사사라가 신경 쓸 이유가 너무 없어서 웃길 지경이라니까요. 푸핫~!"

저질렀어—!! 이로하 녀석, 대놓고 저질러버렸다고!

어쩌면 사사라는 보기보다 섬세한 편이며, 잘못이 없는데도 자기를 질책하는 타입일지도 모른다. 그렇다면 이런 장난스러운 격려가 역효과를 낳을 가능성도 부정할 수 없다.

"나도 입 다물고 그냥 당하기만 한 건 아냐…… . 제대로 반론했거든?"

"반론? 뭐라고 했는데?"

"『남의 불륜 따위 아무래도 상관없지 않아? 성가시니까 신경 꺼줄래?』……라고 말이야."

"불에 기름을 들이부은 격이잖아!"

"풉…… 아하하하하하하하하하하!"

"이로하, 웃지 마…… ."

"미, 미안해. 그래도, 진짜 사사라다운 에피소드잖아."

이로하는 배를 잡고 웃으면서 눈가의 눈물을 손가락으로 훔쳤다.

사사라가 울먹거리면서 어깨를 주먹으로 때렸지만, 이로하는 웃음을 그치지 않았다.

"정말…… 나는 진짜로 침울한데…… ."

"미안하다니까 그러네. 자, 내 팬케이크를 한 입 줄게. 이걸로 용서해줘~☆"

"어린애 취급하지 마…… ."

"그럼 안 먹을 거야?"

"먹을래…… . 우물…… 맛나…… ."

내민 포크를 주저 없이 입에 넣는 것을 보면, 걱정해야 할

쩍…

© tomari

만큼 대미지를 입지는 않은 것 같았다. 기운이 있는 것 같아 다행이다.

뭐. 불에 기름을 붓는 발언을 하긴 했어도 자기가 잘못을 저지른 게 아닌 만큼, 사사라의 발언도 비난받을 건 아니다.

상처가 오래 남을 일도 아니라고 생각한다.

……그건 그렇고…….

이로하와 사사라의 훈훈한 행동을 곁눈질하며 스마트폰을 조작해서 이 사건에 대해 알아보니, 얼추 그녀의 설명대로인 것 같았다.

유명인의 불륜에 관심 있는 사람이 많은지, 오늘 꽤나 화제가 된 것 같았다. 이렇게 간단히 끓어오르는 세간의 반응을 보니, 숨쉬듯 불륜을 저지르는 츠키노모리 사장이 얼마나 위험한 줄타기를 하고 있는지 새삼 알 것 같았다.

하지만 이 악플 소동을 몰랐던 내가 제삼자의 시점에서 볼 때, 대부분의 이들은 불륜 사건과 무관계한 사사라에게 악플을 보내는 게 번지수가 틀린 행동이라 여기는 것 같았다.

이 소동을 이용해 사사라— 핀스타그래머 SARA를 욕하고 있는 건, 예전부터 그녀를 마음에 안 든다고 말하며 싫어하던 이들이다. 원래 팬들은 대부분 SARA를 옹호하고 있었다.

"대부분의 팬은 신경 안 쓰는 것 같네."

"하지만 일부는 실망했대……. 악플을 계기로 그 남자 배우의 연애 편력이 드러났거든. 여자의 적이란 소리를 들어. 그리고 아무 근거도 없으면서 나까지 그 배우와 수상한 관계일 거라며……."

"그런 소리를 하는 녀석도 있지만, 그건 네 팬이 아냐. 어느 코멘트야?"

"이거야. ……『그딴 발정남을 옹호하는 걸 보면, 당신도 그 인간과 그렇고 그런 사이인가 보네요. SARA 씨의 팬이었지만, 실망했어요』라잖아!"

"아니, 이건 네 팬이 아닌 녀석이 쓴 거야."

"정말?! ……그래서 코멘트란에서 한 번도 못 본 이름인 거구나……."

바보인 거냐, 순수한 거냐. 마음속으로 그런 딴죽을 날렸다.

사사라는 흔한 온라인 악플에 익숙하지 않은 건지, 전부 진짜로 받아들이고 있었던 것 같았다.

"하지만 팬이 아니더라도, 충격이긴 해……."

"흠?"

"나는 내 핀스타를 보고 예뻐졌다~ 거나 긍정적으로 변했다~ 하고 여자애들이 기뻐하는 걸 보면 기분이 참 좋아져."

"그건 이해해."

나도 『검은 염소』가 플레이어의 현실을 호전시켰다는 걸 알면, 순수하게 기뻤다.

오타쿠 취향의 게임도, 리얼충 취향의 핀스타도, 근본적인 기쁨은 공유하고 있을 것이다.

"팬이 아니더라도, 더 많은 여자애에게 내 활동이 전해졌으면 했거든? 그런데 여자애한테『너는 여자의 적이다』,『걸레는 꺼져라』같은 말을 들으니 우울해지지 뭐야……."

"아~, 그건 그럴 거야……."

나도 기본적으로는 스토리와 캐릭터를 사랑하는 사람에게 전력을 다해 게임을 전해주려 한다. 오타쿠가 아닌 이들에게 모에 캐릭터 따위에겐 흥미 없다고, 쓰레기야~ 같은 말을 듣더라도 네~ 입에 안 맞다니 아쉽네요~ 부디 딴 데로 확 꺼져버려주세요~ 하며 웃고 넘길 것이다. 하지만 순수한 게임 팬한테도 재미없다는 말을 듣는다면 대미지를 입는다.

나는 프로듀서이기에 그 의견을 받아들일지 말지 검토하고, 방침을 긍정적으로 고려한다…… 라는 식으로 감정을 떼어놓고 처리할 수 있지만, 작품을 창조한 크리에이터 본인은 힘들 것이다.

"그런데, 그 여자애가 올린 코멘트는 어느 거야?"

"이거야.『나는 여자인데, SARA라는 그 난잡한 걸레는 원조교제 같은 걸 할 게 뻔해ㅋ』."

"남자잖아."

"뭐?! 정말?! 어, 어, 하지만, 여자라고 적어놨잖아!"

"잘 들어, 토모사카. 인터넷에서 『나는 여자인데』라고 적는 녀석은 대부분 남자야."

"모, 몰랐어……. 으으…… 거짓말이라니……. 거짓말하는 사람이 이해 안 돼……."

"어머나~. 그러는 사사라도 남친 있다고 클래스메이트한테 거짓말했지 않나요~☆"

이로하가 대화에 끼어들었다. 사사라를 손가락으로 가리키면서 초등학생처럼 장난스럽게 지적했다.

아, 나도 그 말 할 생각이었어.

"으……. 그건 딴 애들이 부러워했으면 해서…… 이득을 보려고 그런 거야! 하지만 인터넷에서 여자 행세 해봤자 득 될 게 없잖아!"

"뭐가 득인지는 사람에 따라 다른 거야. 타인은 모르는 이익도 있는 거지."

나와 사사라의 활동을 이해 못 하는 사람도 있을 것이다.

하지만 인기인인 사사라는 이 정도로 타인의 악의를 느낀 것은 현실과 SNS를 통틀어 처음일 것이다.

불안에 사로잡혀 풀이 죽는 것도 무리는 아니다.

"뭐, 안심해. 대처해달라고 의뢰해뒀거든. 금방 해결될 거야."

"뭐? 내처라니…… 뭘 한 거야?"

"없애버릴 거야. 짜증나는 녀석들을 말이지. ―뭐, 손을 쓰는 건 내가 아니라 내 친구니까, 잘난 척은 못하겠네."

실은 아까 스마트폰을 조작할 때, 악플 사건을 조사하는 것만이 아니라…….

내 믿음직한 파트너— 오즈와 LIME 메시지를 주고 받았다.

의뢰라고 해도, 그렇게 대단한 건 아니다.

『이 SARA라는 애를 씹어대는 녀석을 일단 삭제하고, 여차할 때에 대비해 소송용으로 개인 정보도 확보해줘.』

『오케이.』

그런 일상적인 짤막한 대화를 주고 받았다.

"오오보시 선배의 친구?"

"코히나타 오즈마라고 하는데, 알아? 2학년 사이에선 꽤 유명한 미남이야. 그 녀석이라면 이런 문제는 순식간에 해결할 수 있어."

"아~, 우리 반에서도 화제가 된 적 있어. 아마 이로하의—."

"응. 우리 오빠야."

"맞아! 미남미녀 남매라는 소리를 듣는 걸 보고, 무지 부러워했던 게 기억나. ……어, 그 사람이 손을 써주는 거야?"

"써주는 게 아니라, **이미 썼어.**"

"뭐? ……어라?! 진짜네! 악플이 줄었어……. 검색 엔진의 자동 완성에서도 이상한 단어가 같이 표시되지 않게 됐잖아?!"

"오즈라면 하룻밤이 아니라 10분이면 이 정도는 거뜬하거든."

방법은 모른다.

딱히 캐물은 적도 없다. 원리와 방법은 모르지만 어떻게든 해준다. 코히나타 오즈마란 천재라면 그 정도는 아무것도 아니라 여기고 있다.

"뭐~, 오빠라면 그 정도는 금방 해낼 거예요. 여전히 장난 아닌 사람이라니까요."

"뭐……?! 이로하, 혹시 오빠라면 금방 해결할 수 있다는 걸 알고 있었던 거야?! 아까부터 계속 히죽댄 거도 그래서구나!"

"딩동댕~☆"

"으으윽…… 그, 그럼 왜 네 오빠한테 나를 바로 데려가지 않은 거야? 오오보시 선배는 필요 없지 않아?"

"토모사카. 너, 말 좀 조심해……."

마음에 상처 입는다고.

그리고 입은 화의 근원, 이라는 속담의 본보기 같은 소동에 휘말린 직후니까, 앞으로는 좀 더 신경을 써줬으면 싶었다.

"필요 없지는 않거든~."

사라라의 말을 들은 이로하가 손가락을 까딱거렸다.

"오빠의 최애는 오오보시 선배니까, 내가 부탁하는 것보다 선배가 부탁하면 더 확실하게 처리해주거든요~. 선배, 제 말 맞죠?"

"어, 어어? 이로하네 오빠의 최애가, 오오보시 선배……? 그건, 좋아한다는 의미지? 아이돌 오타쿠 같은 애들이 쓰는 말이잖아."

"맞아. 오빠는 선배 부탁이라면 듣자마자 승낙해."

"그건 완전 절대복종 관계 아냐?! 어, 영문을 모르겠네. 두 사람, 사귀는 거야?"

"그런 사이 아냐~. 리얼충이란 놈들은 뭐든 연애와 이어 붙이려고 한다니깐. 시야가 되게 좁아."

"왜 내가 이상하다는 것처럼 이야기하는 건데?! 아무리 생각해도 내 반응은 상식적이거든?!"

아무래도 나와 오즈의 관계는 사사라의 상식에서 벗어나는 것 같았다.

"참, 악의적인 글을 자동으로 판단해 표시 안 되게 해주는 툴도 만들어 주겠다고 하네. 일단 이걸로 당분간은 이상한 녀석들한테 시달리는 일도 없을 거야. ……마음 푹 놓고, 맛있는 거 먹어."

"으, 응. ……고마워."

심적으로 약해져서 그런지, 사사라는 순순히 팬케이크를 입으로 가져갔고…….

"으음~…… 맛나~♪"

곧 볼을 씰룩이는 그녀의 눈에 하트 마크(물론 기분 탓)가 떠올랐다.

행복해 보여서 다행이다.

"그건 그렇고, 사사라는 그렇더라도 당사자는 불륜 발각으로 연예인 생명이 끝장이겠네요~. 유명인은 참 힘들겠어요~."

"많은 사람에게 사랑받는 건, 그에 버금갈 만큼 미움받는다는 거잖아."

"으음……."

이로하는 입술을 삐죽 내밀더니, 말없이 생각에 잠겼다.

현재는 엄연한 남 일이지만, 언젠가는 틀림없이 자기 일이 될 것이다.

정체를 숨긴 채 활동하는 이로하가 아직 직면하지 않은, 자신의 재능을 꽃피워 세상에 널리 알린 결과에 따라 일어날지도 모르는 사태의 부정적 측면.

그것을 보며, 무슨 생각을 할까.

사사라의 관심이 온통 팬케이크에 쏠려있는 것을 확인한 후, 나는 이로하에게만 들리도록 귓속말을 했다.

"걱정하지 마. 그 어떤 문제에 휘말리더라도, 너는 무시하며 계속 뛰어나가면 돼. 귀찮은 일은 전부 나한테 떠넘겨."

"선배……."

"천재를 뒷받침하는 게, 나 같은 범골의 역할이거든."

"……프로듀서로서, 인가요?"

"그래."

"……………………."

"……그리고 오늘 본 토모사카처럼 네가 힘들어한다면, 도와주고 싶어지는 게 당연하잖아."

"……윽! 흐, 흥. 좋은 마음가짐이네요, 선배."

어찌 된 건지 얼굴을 새빨갛게 붉힌 이로하가 상기된 목소리로 그렇게 말했다.

하지만 곧 자기 볼을 손바닥으로 때린 이로하는 평소처럼 장난기 섞인 미소를 머금었다.

"아하~. 그럼 스캔들을 얼마든지 일으켜도 되겠네요☆"

"그렇지는 않거든? 절도를 지키라고, 바보야."

"속보! 프로듀서와의 열애 발각! 신진기예 인기 연기자의 충격 결혼?!"

"네 트러블에 나를 끌어들이지 마! 그런 소동에서 내가 너를 지키려 한다면, 불에 기름이 끼얹는 정도가 아니라 유전에 불을 붙이는 격이잖아!"

"어, 그럼 그때는 지켜주지 않을 거예요?"

"……아니, 지켜주긴…… 할 건데…….."

"아하~. 그럼 열애 발각이란 전제를 받아들인다…… 이로하 님과 스캔들을 저지를 뜻이 있다, 는 거군요?!"

"그렇게는 안 되거든? ……들러붙지 마. 토모사카한테 들키면 어쩌려고 그래."

"므흐흐~. 어쩔 수 없네요~. 이번에는 이쯤에서 용서해줄게요."

실컷 짜증스럽게 치근덕거리더니, 만족하자마자 바로 떨어졌다. 정말 속 편한 녀석이다.

한순간 멋쩍은 반응을 보인 것 같았지만, 바로 평소 모습으로 돌아온 것을 보면 아마 기분 탓이리라.

....

방금 대화, 사사라가 듣지는 않았겠지?

완전히 눈을 떼고 있었던데다, 꽤 큰 목소리를 냈는데 말이다.

나는 머뭇거리며 사사라를 쳐다봤다.

"으흠~♪ 생긴 것도 귀여운데 맛까지 최고~. 진짜 빠져들겠어~♪"

아직도 팬케이크에 빠져 있다.

게임에 비유하자면, 먹이를 주면 일정 시간 행동 불능 상태가 되어 샌드백 신세가 되는 타입의 몬스터다.

……하지만 이로하가 느낀 불안을 고려해보면서 그녀들의 관계를 살펴보니, 두 사람이 친해져서 다행이라는 생각이 들었다.

유명인이 되면 겪게 될 대부분의 문제를, 사사라가 먼저 체험해주고 있다.

장래에 사사라는 이로하의 좋은 상담 상대가 될 것 같았다.

……또한, 나한테 있어서도 말이다.

반면교사(反面敎師)라는 말이 생각났다. 사사라의 문제는 《5층 농맹》에 있어서도 결코 강 건너 불구경이 아니다.

다행히 사사라 본인의 팬에게 미움받을 일이 아니라 다행이지만, 만약 진짜로 사고를 친다면 크리에이터와 콘텐츠는 순식간에 신용을 잃는다. 일반 유저와의 대화 및 커뮤니케이션은 중요하다.

그것은 『검은 염소』도 예외는 아니다. 게다가 성가시게도 운영 측의 메시지가 유저에게 솔직하게 전해질 거라 단정할 수 없다는 점이다.

무라사키 시키부 선생님의 부업 때문에 일러스트 추가가 불가능합니다. 타협적인 콘텐츠로 시간을 끌겠습니다─ 그런 잘못된 메시지가, 운영 측의 뜻과는 상관없이 전달될 수도 있다.

운영 측의 사정 같은 건, 유저가 알 바 아니다. 사정을 헤아려줄 의리 같은 건 없는 것이다.

무라사키 시키부 선생님이 복귀해줘서 정말 다행이다.

교사와의 겸업이 힘들다는 건 알고 있지만, 가슴을 펴고 허니플레의 새로운 일원이 될 수 있는 필요 최소한의 숫자─ 300만 DL을 돌파할 때까지는 힘내줬으면 한다.

"잘 먹었슴다~!"

"잘 먹었습니다~☆"

생각에 잠기다 보니 순식간에 시간이 흘렀고, 사사라와 이로하가 깨끗하게 비운 접시 위에 포크를 내려놓는 소리가 들려왔다.

"이야~, 걱정 끼쳐서 정말 미안해! 오오보시 선배와 이로하한테 폐를 끼쳤으니까, 이번에는 내가 살래."

"땡큐~!"

마음이 풀린 사사라가 그렇게 말하자, 이로하는 즉시 그렇게 답했다.

사사라는 방약무인한 편이지만 이번 일로 꽤 충격을 받은 건지, 이런 기특한 제안을 했다.

"네 마음도 이해하지만, 신경 쓰지 않아도 돼. 후배한테 얻어먹는 것도 좀 그렇거든."

《5층 동맹》의 경비로 처리하면 되거든.

……이 말은 입에 담지 않았다.

"얕보지 마. 나, 웬만한 여고생보다 부자야. 이 정도는 여유롭게 낼 수 있어."

"확실히 인기 핀스타그래머라면 이 정도는 아무것도 아니겠지만, 그런 문제가……."

"아~, 됐어. 설교 같은 건 됐거든~? 여기 계산요~!"

고집을 부리는 나를 향해 한 손을 내밀며 말린 사사라는 점원을 불렀다.

결국은 자기가 계산하려는 것이다.

세련된 가게에서, 한턱낸다. 최첨단을 달리는 대인기 핀스타그래머인 그녀가 그러니, 꽤 어울렸다.

연예계의 선배 같은 아우라를 온몸에 두르고 있는 것처럼 보였다.

"계산서, 가져왔습니다. 금액 확인 부탁드립니다."

"땡큐~. 자, 얼마나 나왔을……까…… 윽?!"

"어? 토모사카, 왜 그래?"

계산서의 금액을 확인하며 가방 안을 뒤지던 사사라는 갑자기 흠칫하면서 움직임을 멈췄다.

뒤적…… 뒤적…….

왼쪽으로~ 오른쪽으로~. 가방 안의 손을 움직였고…….

빙글…… 빙글…….

좌회전~ 우회전~. 가방 안에서 소용돌이를 그렸다.

펄럭펄럭펄럭펄럭!

그러다 갑자기 가방을 뒤집어서 들더니, 안에 든 내용물을 테이블 위에 쏟았다.

여자가 남자보다 가지고 다니는 물건이 많다는 정설을 증명하듯, 눈에 익지 않은 물건들이 테이블 위를 점령했다. ……아. 저건 화장품 세트다. 여성스러움을 갈고닦는 교육을 받은 덕분에 그걸 알아볼 수 있게 된 것은 다행일까, 불행일까.

한편 자신의 소지품을 하나하나 자세히 살펴본 사사라는…….

점점, 얼굴이 새파랗게 질려갔다.

눈에는 눈물마저 맺혀 있었다.

"지갑, 집에 두고 왔어……."

"토모사카…… 너란 애는 정말……."

결국 계산은 내가 하게 됐고, 사사라는 몇 번이나 고개를 숙이며 필사적으로 사과했다.

……아, 연예계의 선배 같은 아우라란 부분은 편집해줘.

취소하고 싶거든.

*

『요즘은 인터넷상의 비방에 대해 법적 조치를 취하는 허들이 내려간 것 같아.』

『오즈가 웃으면서 그런 소리를 하니까, 안티들을 오버킬할 것 같아 무서워.』

『안 해. ……아키와 《5층 동맹》을 표적으로 삼지 않는 한 말이야.』

『아, 그때는 인정사정없이 해치워버려도 돼.』

친구 **여동생**이
나한테만
짜증나게
군다

위이이잉······.

베갯머리에 둔 스마트폰이 진동한 순간, 나는 눈을 떴다.

침대 안에서 이불을 걷으며 얼굴 옆으로 손을 뻗은 후, 스마트폰의 화면을 터치했다.

자명종 기능, 정지.

평소와 같은 시간에, 같은 느낌으로 일어났다. 지극히 안정되고 효율적인 생활 루틴을, 오늘도 실현할 수 있을 것 같다.

요즘 들어 어머니의 눈길 탓인지, 이로하가 우리 집에 쳐들어오지 않았다.

딱히 이로하를 싫어하는 건 아니지만, 이른 아침부터 그녀에게 시달리면 체력을 괜히 소모하기에 잘 됐다 싶었다.

침대에서 일어난 후, 수면 중에 굳은 몸을 가볍게 스트레칭해줬다.

"자—."

나는 평소처럼 컴퓨터의 전원을 켠 후, 침실에서 세면장으로 이동했다.

손을 씻고, 입을 헹군 후, 세수를 하고, 피부 관리를 했다.

피부 관리는 미스 콘테스트를 위해 시작한 일과지만, 문화제가 끝난 후에도 매일 이어가고 있다. 미용에는 전혀 관심이 없지만, 피부가 건강하면 일의 능률도 좋아지는 느낌이 들었다.

……어디까지나 정신론이지만 말이다.

교복으로 갈아입은 후, 아침 식사인 젤리를 먹으며 컴퓨터 앞으로 이동했다.

『검은 염소』의 최신 플레이 상황과 여러 수치의 움직임을 관찰하고, 문제없이 순조롭게 가동된다는 것을 확인한 후에 메일을 체크했다.

"어, 왔네. ……역시 무라사키 시키부 선생님이야. 실력 발휘만 하면 정말 빠르다니깐."

일러스트가 첨부된 메일이 와있었다.

지난 주에 발주한 초기 인기 캐릭터의 신규 이벤트용 일러스트다.

원점 회귀. 초기부터 버팀목이 되어준 팬들의 추억이 어린 캐릭터에게 새로운 매력을 부여하고, 초기에 플레이했지만 최애 캐릭터의 비중이 줄어서 한동안 플레이를 안 한 휴무 유저를 다시 일깨운다.

그에 맞춰 시작한 SNS의 팔로우 캠페인을 트렌드화해서 분위기를 띄워서, 신규 유저도 획득한다…… 무라사키 시키부 선생님의 일러스트 덕분에 가능해진 일이 확 늘어나면서, 새로운 발상이 연이어 샘솟아났다.

자, 그 일러스트의 완성도는…… 오오, 역시 대단해.

초기 멤버는 그냥 그린 게 아니라, 1년 전과는 다른 색상을 사용하면서 아트의 트렌드를 반영해서 시대에 조화시켰다.

사사라 악플 소동으로부터 약 일주일이 흐른 현재, 기획이 본격적인 형태를 띠기 시작한 것을 실감할 수 있었다.

"최고의 일러스트를 그려주셔서 감사합니다……."

메일로 감사와 납품 완료 연락을 보낸 후, 나는 컴퓨터의 전원을 껐다.

양치질을 비롯한 남은 등교 준비를 마친 나는 학교로 향했다.

오늘도 목표 달성을 위한, 평온하면서 효율적인 하루를 보내는 것이다.

그런 내 마음은 등교하자마자 박살났다.

"으음~. 오늘은 카게이시 선생님이 학교를 쉬게 되셔서, 부담임인 제가 대신 조례를 맡겠어요. 으음, 당번은 인사를 해주세요. 아~, 평소와 같은 느낌으로 부탁할게요."

올해 들어 모습을 거의 본 적 없는 이 반 부담임인 젊은 여성 교사가 익숙하지 않은 태도로 교단에 서 있었다. 지금 자기가 이 자리에 있는 것 자체가 당혹스러운 것처럼 불안 섞인 표정을 지으면서도, 열심히 학생들을 추스르려 하고 있었다.

교실 안이 술렁거렸다.

이상하다.

나만이 아니라, 《맹독의 여왕》의 교육을 받은 학생들 전원이 그런 느낌을 받고 있었다.

교사의 병결 자체는 딱히 드문 일이 아니다.

하지만 카게이시 스미레란 여교사가 그 대상이라면 이야기가 달라진다. 타인에게 엄격하고, 자기에게도 엄격하기에—자신의 컨디션을 철저하게 컨트롤하며 관리해오는 사람이다. 적어도 교사인 스미레는 그렇게 여겨지고 있으며, 실제로 병결을 한 적이 단 한 번도 없다.

뚜껑을 열어보면 그저 생명력이 강할 뿐, 생활 자체는 엉망진창이지만…… 어쨌든 한 번도 학교를 빼먹지 않을 만큼 건강하던 담임 교사가 결석을 했으니, 비상사태를 상상하는 게 당연했다.

그런 술렁거림 속에서 진행된 조례가 끝난 후…….

"오오보시 군. 잠시 나 좀 봐."

부담임 여성이 나에게 말을 건넸다.

"네. 무슨 일이죠?"

"여기서 이야기하긴 좀 그러니까, 교무실 쪽으로 가자."

"……네."

스미레에 관한 이야기라는 걸 직감했다.

학생들의 시선을 피해 교실을 나선 나는 부담임 여성을 뒤따르며 교무실 쪽으로 걸어갔다.

주위에 학생이 거의 없다는 것을 확인한 후, 그녀는 심각한 목소리로 작게 말했다.

　"오오보시 군은 카게이시 선생님과 같은 맨션에 살지?"

　"어, 알고 계셨군요."

　"응. 전에 카게이시 선생님한테 들었어."

　"딱히 친분이 있는 건 아니지만, 이웃이긴 해요."

　《5층 동맹》과 관련된 정보를 학교 관계자에게 알려줄 수는 없기에, 가능한 한 무난하게 들리도록 이야기했다.

　그러자 부담임 여성은, 그럼 모르겠네……, 하고 운을 떼며 말을 이었다.

　"아까는 몸이 안 좋아서 쉰다고 말했지만, 실은 그렇지 않아."

　"아니라고요?"

　"응. 학생들에게 걱정을 끼치지 않기 위해 무난한 이유를 대기로 직원회의에서 결정되어서, 그렇게 말한 건데……. 아, 오오보시 군도 이 일은……."

　"물론 다른 애들에게 말하지 않을게요. 말할 상대도 없고요."

　소문 같은 걸 좋아하는 녀석들한테 나란 남자는 공기 같은 존재거든.

　그런 슬픈 진실이 숨어 있단 걸 알 리 없는 부담임 여성은 가슴을 쓸어내리며 말을 이었다.

　"실은 말이지. 카게이시 선생님과…… 연락이 안 돼."

　"연락이요?"

"교무실에 나타나지 않아서 전화해봤는데 받지를 않아…….
그렇게 성실한 사람이 무단결석을 했으니, 트러블에 휘말린
건 아닌가 싶어서 다들 걱정하게 있어. 오오보시 군은 이웃이
니까 혹시 아는 게 없니?"

"……윽! ……아뇨, 아는 게 없어요."

반사적으로 스마트폰을 꺼내고 싶은 심정을 억누르며 고
개를 저었다.

"그렇구나……. 괜히 걱정하게 해서 미안해."

"아뇨, 옳은 행동이라고 생각해요. ……그럼, 저는 이만 가
볼게요."

나는 고개를 숙인 후, 빠른 걸음으로 그 자리를 벗어났다.

그리고 복도 모퉁이를 돌자마자, 스마트폰을 꺼내 들었다.

손가락이 떨렸다.

땀이 터져 나왔다.

시야가 빨간색으로 깜빡거렸고, 폐 안에서 공기가 날뛰고
있는 것처럼 숨쉬기 어려웠다.

몇 번이나 문자 입력을 실패하면서도, 무라사키 시키부 선
생님에게 LIME 메시지를 보냈다.

읽음 표시가, 뜨지 않았다.

전화를 걸어봤다.

신호는 갔다.

1초, 2초…… 10초…… 계속 신호만 갔다.

신호만 갈 뿐, 전화를 받지 않았다.

"말도…… 안 돼……!!"

심장이 불길한 소리를 내며 날뛰었다.

마지막으로 무라사키 시키부 선생님의 소식을 확인한 건, 오늘 아침에 도착한 일러스트 납품 메일이다.

그 메인이 발송된 것은 새벽 세 시경이다.

내 머릿속에는 최악의 이미지가 떠올랐다. 지칠 대로 지친 크리에이터가, 누구의 목소리도 닿지 않는 고독한 방에서, 조용히 숨을 거둔 모습…….

"젠장……!"

나는 달렸다. 내 스마트폰 케이스는 키홀더를 겸하고 있다. 집 열쇠라면 있다.

우리 집 열쇠만이 아니다. 《5층 동맹》 멤버는 이웃사촌이기도 하다. 만약에 대비해 교환해둔 서로의 열쇠도 있다.

바로 **이럴 때**에 대비해서 말이다.

"어머, 오오보시? 곧 수업이 시작되잖아."

내가 신발장에 가서 허둥지둥 신발을 갈아신으려 할 때, 누군가가 나를 불렀다.

평소에는 내 행동을 신경 쓰는 이가 없었는데, 왜 하필 이럴 때 나를 부르는 걸까. 그런 불합리한 불만을 품으며 고개를 돌려보니, 나를 부른 이는 바로 카게이시 미도리였다.

"어, 으음, 조퇴하게 됐거든."

"가방도 안 들고 말이야?"

"으……."

아픈 곳을 찔렸다.

우등생 중의 우등생. 학급 반장 중의 학급 반장. 한 손을 허리에 댄 미도리가 손가락을 세우면서 설교 스타일로 말했다.

"혹시 1교시 수업을 땡땡이치려는 거야? 그러면 안 돼."

"그런 게 아냐."

"그럼 뭔데?"

"그게……."

설명하기, 어렵다.

언니에게 무슨 일이 있는 건지도 모른다는 사실을 알면, 미도리는 충격을 받을 것이다.

얼마나 심각한 사태인지 모르지만, 일단 상황을 정확하게 파악한 후에 미도리에서 전달하는 편이 낫다.

"아무튼, 지금은 바빠. 이렇게 어영부영하다간, 돌이킬 수 없는 일이 벌어질지도 몰라."

"오오보시…… 아, 아무리 그래도, 룰은 지켜야……."

틀렸다. 논리적으로 설명해도, 미도리는 물러서지 않았다.

이 고집 센 반장의 입을 다물게 할 방법은 단 하나뿐─ 끝까지 우기는 수밖에 없다!

"미도리!"

"으, 응?!"

부장이란 직함을 붙일 마음의 여유 따위는 촌각을 다투는 나에게 존재하지 않았다.

그녀의 어깨를 세게 움켜쥔 후, 진심 어린 눈길로 그녀의 눈을 똑바로 응시하며 말했다.

"너를 위한 일이기도 해. 부탁할게…… 이대로 보내줘!"

"나, 나를…… 위한? 어, 어엇? 잠깐만, 영문을 모르겠…… 어, 얼굴이, 너무, 가까……."

미도리 입장에서는 무슨 일인지 짐작조차 안 될 것이다.

하지만 내가 할 수 있는 것이라고는, 진지하게 마음을 전하는 것뿐이다.

"부탁이야. 아무것도 못 본 걸로 하며, 나를 보내줘."

"네…… 알았어요."

내 호소가 전해진 건지, 미도리는 어깨에서 힘을 빼며 고개를 끄덕였다.

왜 존댓말을 하는 거지? 같은 생각을 할 여유는 없었다.

"고마워, 미도리 부장."

나는 그 말을 남기며 돌아선 후, 건물 밖으로 뛰쳐나갔다.

*

걸어서 돌아갈 시간조차 아까웠기에, 도중에 택시를 잡아 타고 서둘러 맨션으로 향했다.

교통비를 아낄 때가 아니다.

지금은 1분이라도, 1초라도 빨리 스미레에게 가봐야 한다.

교복 차림으로 택시를 잡는 나를 본 운전사는 놀랐지만, 범상치 않은 일이라는 걸 눈치챈 건지 아무 말 없이 태워줬다.

맨션 앞에 도착하자마자 스마트폰의 전자 결제로 계산을 한 나는 그대로 건물 안으로 뛰어 들어갔고, 엘리베이터를 기다리는 시간조차 아깝게 느껴졌다. 젠장, 서둘러, 빨리 와, 같은 말을 쓸데없이 늘어놓으며, 평소보다 몇 배는 멀게 느껴지는 5층으로 향했고……

그리고, 스미레의 집— 504호실을, 비상용 열쇠로 열고 뛰어 들어갔다.

"스미레 선생님!"

현관…… 없다.

세면장…… 없다.

부엌…… 없다.

거실…… 없다.

그렇다면, 침실………………… 있다!

"스미레 선생님! 살아있어요?!"

여성의 개인적 공간, 같은 소리를 늘어놓을 때가 아니다.

만약 잠겨 있다면 부수고 들어갈 작정으로, 힘차게 문을 열어젖히며 들어갔다.

그러자, 그곳에는, 침대 위에 쓰러진 채, 꿈쩍도 하지 않는 인간이, 한 명 있었다.

아니, 방금, 희미하게, 손가락 끝이 움직였다.

"아…… 이 목소리, 아키…… 아야, 야야…… 으으~……."

"왜 그래?! 아픈 거야?!"

"으~~~…… 조, 좀, 안 좋……네……."

얼굴을 찡그리는 것을 보면 진짜로 괴로운 것 같았다.

침대로 다가가서 몸을 부축해주며 살펴보니, 그녀는 거친 숨을 내쉬며 식은땀을 흘리고 있었다.

"실례할게요. 열……이 있는 건 아니네요."

이마에 손을 대봤지만, 열은 없었다.

땀도 거친 숨결도, 기관지가 나빠서가 아니라, 고통을 참는 데서 비롯된 결과처럼 보였다.

"아키…… 학교는, 어떻게 한 거야?"

"스미레 선생님이 무단결근을 했다는 말을 들었는데, 어떻게 학교에서 수업이나 듣냐고요."

"아…… 미안, 해. 걱정 끼쳤네……. 아침에 일어나보니, 아파서, 움직일 수가 없었어. 스마트폰도, 책상에서 충전 중이라, 연락 못 한 거야."

뒤를 돌아보니, 스미레의 작업용 책상이 눈에 들어왔다. 그림을 그리는데 필요한 기자재가 갖춰져 있으며, 콘센트에 연결된 케이블이 스마트폰에 연결되어 있었다.

"병원에 가죠. 구급차를 부를게요."

"아냐, 아마 괜찮을 거야."

"괜찮을 리가 없잖아요. 정체불명의 고통 탓에 움직이지 못한다니, 비상사태라고요."

"아냐, 원인은 알 것 같아. 아야, 아야야⋯⋯!"

스마트폰을 꺼내서 전화를 하려고 하는 나를 말리려고 몸을 일으킨 순간, 스미레는 고통을 느낀 건지 다시 침대에 쓰러졌다.

누가 봐도 정상이 아닌 상태이기에 빨리 병원에 데려가고 싶지만, 그래도 짚이는 구석이 있다면 알아두는 편이 좋겠다 싶어서 물어보았다.

"그 원인이 뭔데요?"

"요통, 이랄까⋯⋯."

"⋯⋯⋯⋯. 아⋯⋯."

나는 납득했다.

"내장에 문제가 생겨서 발생한 통증이 아닌 걸 알 수 있거든. 딱, 허리가 아파. 삐끗 직전인지, 선은 넘은 건지, 둘 중 하나일 거야."

"돌아누울 수 있겠어요?"

"으, 응. 그 정도는⋯⋯."

괴로운 듯이 허리를 움켜잡은 스미레가 침대 위에서 돌아누웠다.

대충 걸친 잠옷 자락이 살짝 걷어 올라가면서, 등의 속살이 드러났다.

……상황이 상황이라 눈치 못 챘는데, 이 사람은 지금 꽤 무방비한 복장을 하고 있네.

……아~. 어이, 관둬. 오오보시 아키테루, 이 멍청한 놈아.

아무리 사춘기 남자애라도, 고통스러워하는 여성을 상대로 한순간이나마 그런 생각을 하는 건 너무 쓰레기 같은 짓이잖아. 괜찮아, 번뇌 따윈 없어. 버려. 지워. 좋아, 사라졌어.

"등과 허리를 만질게요."

"으, 응……. 사, 상냥하게 해줘."

"조신한 척 좀 하지 마세요."

평소와 같은 태도였다면 전혀 의식하지 않았을 텐데, 저렇게 조신한 목소리로 말하니까 괜히 의식하게 된다.

눈을 감고 정신통일. 사념을 떨쳐내고, 손가락 끝에 집중하자.

등과 허리에 손을 대고, 살며시 눌러봤다.

"아얏~?!아야야야?!"

"딱딱해! 이게 뭐야…… 철판? 강철?"

"잠깐만, 아키, 상냥하게 해달라고, 말했는데에에에에에."

"농담이 아니라 진짜로 아주 약간만 힘을 줬다고."

달걀도 깰 수 없을 정도의 힘만 줬는데, 이런 반응을 보였다. 게다가 감촉 또한 무시무시하게 딱딱했다.

틀림없다.

굳을 대로 굳은 근육과 비틀린 골격이 신경을 압박하면서, 스미레가 움직이지 못할 정도의 극심한 통증을 안겨 주고 있다.

"꽤 심각하네요. 저도 응급 처치는 할 줄 알지만, 고통이 좀 가라앉으면 병원에 가보죠."

"벼, 병원…… 그, 그건 관두자. 응……?"

"다 큰 어른이 병원을 무서워하지 말라고요."

"하지만 무서운걸! 만약 수술이 실패한다면 그대로…… 부들부들덜덜덜."

"아, 이 정도로는 수술하진 않을 거예요. 설령 받더라도, 실패할 가능성이 큰 수술은 아닐걸요? ……아마도요."

"아마도, 라고 말했어~!"

"수학 교사니까 확률로 생각해 보세요. 웬만하면 실패 안 한다고요."

"성공 아니면 실패니까 50% 확률이잖아아아아아아아?!"

"대사가 완전히 문과 쪽 사람 같거든요? 당신, 진짜로 수학 교사 맞아요?"

나는 딴죽을 날리면서 한숨을 내쉬었다.

뭐, 이렇게 병원을 질색하는 것을 보면 일단은 걱정 안 해도 될 것 같다.

학교에서 스미레와 연락이 안 된다는 이야기를 들었을 때만 해도 최악의 결말을 맞이할 가능성마저 상상했던 만큼,

평소와 다름없는 그녀의 태도를 보니 마음이 훈훈해질 정도였다.

"자, 그만 포기하고 응급 처치를 받으세요."

"으……."

스미레는 내키지 않는 눈치였지만, 저항 의사는 보이지 않았다.

받아들일 결심을 한 것이리라. 그럴 거면 처음부터 내가 시키는 대로 하란 말이다.

"그럼 시작할게요. 서서히 누를 테니까, 아프면 말해요."

"응……."

"우선 손가락 끝으로 살며시 누르는 느낌으로……."

"아앗."

"이 정도도 아픈 거예요?"

"……약간 아파."

"그런가요. 그럼 우선은 긴장부터 풀어줘야겠네요."

마사지 기술서에 따르면, 근육 상태는 정신 상태의 영향도 받는다고 한다.

교직원과 일러스트레이터를 겸업하면서 양쪽 다 완벽한 퀄리티로 해내기 위해 오락을 끊으며 정신을 긴장시켜온 것이, 등과 허리를 망가뜨리는 방아쇠 역할을 했을 가능성이 컸다.

현재 스미레의 등과 허리는 굳을 대로 굳었으며, 회복에 효과 있는 혈도를 누를 수도 없는 데다, 골반 위치를 조정

하는 것도 힘들다.

손바닥으로 원을 그리듯 상냥히, 상냥히, 등과 허리의 근육을 풀어줬다.

"앗, 으응…… 이거, 기분 좋아……♪"

"그럼 다행이네요. 아프지만 기분 좋아, 정도로 서서히 세게 해주면서 딱딱하게 굳은 뼈와 근육을 풀어줄게요."

"흐응, 아아…… 끝내줘♪"

"요염한 목소리를 내지 말아줄래요?"

"뭐, 어째서야~. 마사지의 답례 삼아 미녀의 신음을 들려주는 거니까, 마음껏 즐기면 되잖아."

"여유 있어 보이니까 세게 할게요."

"하아악?! 아야야야! 좀 상냥하게 해줘~!"

"하아…… 정말. 『미녀』다운 면모 좀 보이지 말아요. 가능하면 의식하지 않으려고 노력하고 있단 말이에요."

"아하하, 미안해. 움직일 수가 없어서 완전 큰일이네~ 싶은 순간에 아키가 와줘서 말이야~. 나도 네가 『히어로』처럼 느껴졌지 뭐야."

그런 거창한 표현이 우습게 느껴진 건지, 스미레는 웃음을 흘렸다.

그런 식으로 농담을 할 수 있는 정도가 적당한 세기일 거라고 판단한 나는 정성 들여 마사지를 해줬다.

스미레도 점점 나에게 몸을 맡겼고, 긴장이 풀린 건지 말

수가 줄었다.

침묵이 뇌에 생각의 여지를 만들어줬다.

지금 내가 생각하는 건 당연히, 무라사키 시키부 선생님에 대해서다. 아니…….

카게이시 스미레 선생님에 대해서다.

"정말 미안해. 이건, 내 책임이야."

나는 마사지를 멈추지 않은 채, 마음속에서 샘솟은 감정에 따라 사죄했다.

스미레가 쓴웃음을 흘렸다.

"정말, 무슨 소리를 하는 거야. 아키한테는 아무 잘못 없어."

"선생님이 한계를 넘어설 정도로 바쁘다는 건 눈치채고 있었어. 그런데도 일을 의뢰한다는 선택을 하고 만 거잖아……. 명백한 매니지먼트 실패야."

"내가 할 수 있다고 말했는걸. 자업자득이야."

"솔직히 말해, 살았다, 하고 생각했어. 무라사키 시키부 선생님이 새로운 일러스트를 그려준다면 300만 DL도 금방 달성할 수 있어. ……그런 생각에, 네가 무리한다는 걸 알면서도 응석을 부린 거야……."

자기 자신이 쓰레기처럼 느껴졌다. 리더라면 억지로라도 스미레를 쉬게 했었어야 한다.

나한테 능력이 더 있었다면.

일러스트에 의지하지 않고도 팬을 확대할 아이디어를 내놓을 수만 있다면.

동료가 쓰러지는 일이 없을 것이다.

"그렇지 않아."

"아뇨, 맞아요. 당신이 무리하고 있다는 걸 알면서도 모른 척했기 때문에, 이렇게 된 거예요. 그러니까—."

"그러니까 그 생각 자체가 잘못된 거라니까 그러네. 『검은 염소』의 성공은 아키만의 목표가 아냐. 《5층 동맹》의 목표잖아? 즉, 내 목표이기도 해."

"그건, 그렇지만……."

그 말 자체는 이해가 된다.

내가 자기 자신을 탓하지 않도록, 스미레가 배려해주고 있는 것도 이해한다.

하지만 그렇지 않다. 문제의 본질은 거기가 아니다.

동료들은 《5층 동맹》을 자기 일처럼 여겨주고 있다. 그런 선의는 때로는 멈춰야 할 순간을 망각하게 하고, 결과적으로 한계를 돌파하게 만든다.

열정 페이, 라는 말을 뉴스에서 본 적이 있다. 당사자가 아닌 인간으로서 그 화제를 접했을 때는 참 너무한 회사도 있다고 여기며 넘어갔다. 그런 악의에 찬 회사에 붙잡히는 건 크리에이터에게 재난이다. 자기 동료들이 그런 일을 겪게 하지 않겠다고 생각했다.

하지만 그렇지 않았다. 이 순간, 나는 『열정 페이』라는 말의 진짜 의미를 이해하고 말았다.

본인이 하고 싶어 하는 마음을 무한히 허락하는 것.

선의, 가 아니다.

하고 싶은 일을 하니 행복하며, 그 행복을 느끼기 위해 크리에이터는 계속 활동한다.

매니지먼트 측도 일반 업무의 범위를 넘어선 과도한 공헌으로 이익을 얻기 때문에 손해를 보지 않으며, 서로에게 행복하기에 그것을 허용한다.

그런 톱니바퀴가 영원히 맞물린 채, 고장 나지 않으며 계속 돌아간다면 미담이 된다. 그리고 고장이 나서 치명적인 파탄을 맞이하면, 『열정 페이』라는 낙인이 찍히며 비난의 대상이 된다.

아마, 그런 것이리라.

"정말…… 죄송합니다. 무라사키 시키부 선생님."

"아키……."

나의 연이은 사죄가 그녀에게 어떻게 전해졌을까.

확인하는 것조차 두려운 나머지, 나는 그저 묵묵히 응급처치에 전념했다.

《마시로》 미안해, 아키…….

《AKI》 갑자기 무슨 소리야?

《마시로》 마시로, 스미레 선생님한테 괜한 소리를 했어.

《AKI》 괜한 소리?

《마시로》 AKI가 300만 DL를 서두르는 것 같은데

《마시로》 무라사키 시키부 선생님의 일러스트에 집착하며, 소중히 여긴다고…….

《마시로》 마시로가 그런 소리를 한 바람에, 선생님이 무리를…… 정말, 미안해…….

《AKI》 그렇지 않아. 마시로의 책임이 아냐. 전부 내 책임이야.

《AKI》 다행히 큰일은 벌어지지 않았어. 그러니까, 너는 괜히 마음 쓰지 마.

심야. 자정이 지났을 즈음.

베란다에서 밤바람을 쐬면서, 나는 마시로에게 답장을 보낸 후에 스마트폰의 전원을 껐다.

응급 처치를 마친 후에 스미레를 부축해 병원에 데려가서 진찰을 받게 했는데, 수술이나 입원할 필요는 없으니 진통제 처방과 한동안 일을 쉬며 안정을 취하라는 말만 듣고 귀가했다.

지금쯤 스미레는 자기 방에서 곤히 잠을 자고 있을 것이다.

"……사고 쳤어……. 진짜로, 사고 쳤어……."

난간에 올려놓은 팔에 얼굴을 묻은 채, 작은 목소리로 중얼거렸다.

큰 문제로 발전하지 않은 것은 불행 중 다행에 지나지 않는다. 내가 이번에 내린 의사 결정은 최악의 경우, 돌이킬 수 없는 결과를 초래했을 것이다.

아무리 스미레가 용서해주더라도 내가 스스로를 용서할 수 없다— 아니, 용서하면 안 된다고 생각한다.

그렇게 자기혐오에 빠져 있을 때, 옆방에서 드르륵 하며 창문이 열리는 소리가 들려왔다. 옆 베란다에서 인기척이 느껴지더니, 곧 예상대로 짜증나는 목소리가 들려왔다.

"고민 중인가 보네요, 선배~♪"

"이로하구나. ……내가 여기 있다는 걸 어떻게 알았어?"

"이웃사촌이 베란다로 나오는 기척은 잘 느껴지는 법이거든요."

"그렇구나. 그래도 베란다 너머로 이렇게 말을 건네는 건 드문 일이잖아."

평소 같으면 비밀의 구멍……이 아니라, 사고로 뚫린 비상 칸막이를 통해 이쪽 베란다로 넘어왔을 것이다. 구멍을 막는 짐이 그대로 놓여 있었으며, 이로하 또한 이쪽으로 넘어오려 하지 않았다.

"홋홋홋. 이로하라고 생각했어요? ……유감이에요☆"

"뭐? 무슨 소리를 하는 거야. 이로하 목소리가 맞잖아."

"아뇨, 그 애 엄마랍니다."

"윽?!"

베란다 칸막이 너머에서 고개를 빼꼼 내민 이는, 나한테만 짜증나게 구는 후배 여자애……가 아니라, 그 애와 닮은 외모와 압도적 유부녀 아우라를 겸비한 성인 여성이었다.

그녀는 바로 친구 어머니, 코히나타 오토하였다.

"오토하 씨?! 어, 아니, 하지만, 방금 목소리는……."

"모녀니까요~. 텐션만 맞추면 목소리가 비슷할 거라고 생각했어요~. 진짜 이로하는 지금 목욕 중이랍니다."

"목욕……."

"아, 방금 상상했죠? 어머나. 제 사랑하는 딸로 대체 어떤 상상을 한 건가요~?"

"아, 안 했어요."

이 사람, 뭐야. 목소리는 서글서글하지만, 말꼬리 잡는 말투는 영락없는 이로하다.

아무리 모녀라도 이런 부분까지 닮는 걸까?

그것보다, 타이밍이 너무 나빴다.

지금은 이로하의 하이 텐션에 맞춰줄 기분이 아니고, 오토하 씨의 독설을 냉철하게 받아넘길 여유도 없다.

나 자신의 냉철하지 못한 마음이 묘한 반응을 보이기 전에 이 자리를 벗어나야만 한다.

"저기, 이만 방으로 돌아가 볼게요. 안녕히 주무세요."

"어머나. 도망칠 것까진 없잖아요~. 당신도, 소수 정예의 천재에게 의지하는 시스템의 취약함을 드디어 깨달은 거죠?"

"……윽!"

돌아서려던 몸이 움직임을 멈췄다.

멈추고 말았다.

"아이들에게 들었어요. 카게이시 선생님이 과로로, 건강을 해쳤다면서요?"

"오토하 씨와는— 아마치 사장님과는, 상관없지 않나요?"

"너무 날을 세우지 마세요~. 아키테루 군은 저를 싫어할지도 모르지만, 이래 봬도 선배 경영자로서 당신에게 도움이 될 진심 어린 조언을 해주고 있는 거니까요."

"…………."

"아직 늦지 않았어요. 일러스트레이터를 늘려서, 안정적인 운영 체제를 구축하세요. 한 명의 천재를 신격화하지 말고, 의존하지 말고, 정해져 있는 필요한 일을, 필요 최소한의 인재에게 맡긴다……. 그걸로 괜찮지 않을까요?"

"그, 그래서야 공장이잖아요. 그 사람만이 만들 수 있는 결과물이 있는 만큼, 운영체제에 사람을 배치하기만 하면 성립될 리가—"

"그러면 안 되나요~? 좋잖아요, 공장. 멋지다고 생각해요

~. 크리에이티브한 일에 이상한 꿈을 품으니, 위화감을 느끼는 거죠. 지극히 일반적인 일과 뭐가 그렇게 다르죠?"

"센스와, 감성, 쌓아온 기술 같은⋯⋯."

"그런 것에 의존한 결과가, 지금 이 상황이 아닌가요?"

"⋯⋯그, 건⋯⋯."

대꾸할 말이, 없다. 있을 리가 없다.

오토하 씨는 밤이라 더 새하얗게 보이는 손가락으로 난간을 쓰다듬으며, 가늘게 뜨고 있던 눈을 아주 약간 크게 뜨더니⋯⋯.

"『천재』라는 단어는 독이 든 과일이에요. 달콤하고 맛있으며, 참 눈부셔 보이죠. 하지만 그걸 먹으면, 자기도 모르는 사이에 몸이 좀먹어 들어간답니다. 당신은 아직 젊어서, 그 독에 취했을 뿐이에요."

그 말은 차갑고, 선의 따위는 없었다. 하지만 악의 또한 담겨 있지 않았다.

그저 있는 그대로의 사실이 그녀의 입에서 흘러나왔다.

"한 명의 천재가 억지를 부리면 기획이 뒤집히고, 몸이 상한다면 전부 중단되고 말죠. ⋯⋯그게 정말 옳을까요?"

"⋯⋯아마치 사장님은, 그래서, 크리에이터의 재능을 경시하는 경영을 하는 건가요?"

"경시하는 건 아니랍니다~. 그저, 자기가 유일무이한 재능을 지닌 인간이란 착각에 빠져 평범한 이들을 경시하는 인간들을 배제할 뿐이죠. ……이렇게 말하면, 아키테루 군의 인상도 조금은 바뀌려나요~?"

"…………."

긍정도, 부정도 할 수 없다.

자신의 등골이 흔들리는 것이, 느껴졌다. 마음의 골반이, 어긋나고 있다.

무엇이 올바르고 무엇이 올바르지 않은지, 가슴을 펴며 자신의 의견을 주장하기 위한 근거가, 하나도 없다.

"백 명의 평범한 이의 힘이 한 명의 천재를 능가한다ー 적어도 저는 그렇게 믿으며, 그 생각에 어긋나지 않은 의사 결정을 해왔다고 생각해요~. 당신도 언젠가, 그것을 이해할 수밖에 없는 날이 올 것이다. 저는 그렇게 생각했죠~."

서글서글하고 상냥한 목소리는 성모를 연상케 했다. 그 말의 내용 또한 자애에 가득 차 있었다.

확실히 나는, 아마치 오토하란 인간을 오해한 것일지도 모른다.

크리에이터의 재능을 경시하는 사고방식, 내가 절대 이해하고 싶지 않았던 사고방식……. 그것은, 장기적인 면에서, 안정적으로, 고객을 기쁘게 한다ー 그것은 팀과 콘텐츠를 운영하는 데 있어 올바른 사고방식이리라.

내가, 틀렸다. 그래서 이번에, 무라사키 시키부 선생님을 위험에 처하게 했다.

처음부터 텐치도처럼 했다면.

아마치 오토하와 같은 방침으로 운영했다면, 이런 문제가 일어나더라도 급하게 대책을 강구하지 않아도 됐을 것이다.

나란 녀석은…… 비효율적이기 그지없는 짓을 해왔다.

…………………….

………….

방식을, 바꿀까…….

…………………….

………….

……아니다.

달려나가기 시작했던 머릿속의 내가, 갑자기 멈춰 섰다. 심장 가장자리가 무언가에 걸렸다. 말로 표현하기 힘든 기분 나쁜 느낌이 엄습했다.

논리가 아니다. 직감이다. 혹은, 감정이다.

『제가 이겼네요, 선배~☆』

이로하의 목소리를 흉내 내서, 아마치 사장이 그렇게 말한 듯한 망상이 머릿속에 떠올랐다. 현실의 그녀는 그런 말을 하지 않았지만, 아까 전의 성대모사 탓에 그 승리의 미소가 더욱 현실미를 머금었다.

그리고 이로하의 얼굴을 떠올리며, 최초의 감정을 떠올렸다.

그래. 아냐. 경영자로서의 방침 같은 게, 아냐.

내가 아마치 오토하란 인간에게 찬동하지 못하는, 가장 커다란 이유는…….

"이로하."

"……어머? 제 딸이, 어쨌다는 거죠?"

"이로하에게 그 가치관을 심어주려 하는 것도, 상냥함에서 비롯된 행동인가요?"

"…………."

이번에는 오토하 씨가, 긍정도 부정도 할 수 없게 됐다.

나는 이 침묵의 의미를 왠지 알 것 같았다.

신념과는 다를지라도, 우리 둘 다 논리에 따라 효율적으로 매사를 진행하려 하는 성질을 지녔다.

분명 방금 그 말은 그녀에게 있어 불리한 반격일 것이며, 머릿속으로 거기에 대항하기 위한 논리를 서둘러 짜고 있을 것이다.

잠시 후, 오토하 씨는 빙그레 미소 지었다.

"흐음, 그 점을 노리는 건가요~."

"당신은 이로하가 엔터테인먼트를 접하는 것을 금지하고 있어요. 경영자로서의 철학을 떠나, 한 여자애의 자유로운 선택을 제한하는 것은 정당화될 수 없는 일 아닐까요."

"그것이야말로, 아키테루 군과는 상관없는 일 아니려나요~?"

"상관一."

있어요, 하고 말을 이으려다 겨우겨우 참았다.

잘했어, 나.

이 자리에서 있다고 대답했다간, 이로하의 성우 활동이 들통날 우려가 있다.

눈치가 좋아 보이는 오토하 씨라면 이미 짐작하고 있을지도 모르지만, 짐작과 결정적 증거 포착은 하늘과 땅만큼 차이 난다. 무죄추정의 법칙이 지켜지는 이 나라에서는, 확정되지 않는 것이 가장 중요한 것이다.

"⋯⋯아!"

"⋯⋯윽."

바로 그때, 덜컹⋯⋯ 하는 희미한 소리가 반대편 베란다에서 들려오자, 나와 오토하 씨는 거의 동시에 그쪽을 쳐다봤다.

그 방향에 있는 건 마시로의 집이다. 지금은 마시로와 미즈키 씨가 있는 집의 베란다다.

혹시 누가 있는 건가? 그렇게 생각하며 머뭇머뭇 귀를 기울였지만⋯⋯ 누군가가 말을 걸어오는 기척도, 숨소리도 들리지 않았다.

그러고 보니 차가운 가을바람이 아까부터 세게 불고 있었다.

바람에 소리가 났을 뿐⋯⋯일까.

"후후. 낮말은 새가 듣고 밤말은 쥐가 듣는다고 했던가요. 수다 좀 적당히 떨라는 신의 계시일지도 모르겠군요~."

"⋯⋯그럴지도 모르겠네요."

"아키테루 군. 제가 한 말의 의미를 잘 생각해볼 것을 권할게요~."

오토하 씨는 그 말을 남기며 얼굴을 쑥 뺐다. 이어서 창문을 열고 방 안으로 들어가는 소리가 들려왔다.

기묘한 압력을 뿜는 오토하 씨의 모습이 사라지자, 갑자기 어깨에서 힘이 빠진 나는 하아 하고 한숨을 내쉬었다.

"백 명의 평범한 이의 힘이 한 명의 천재를 능가한다······인가."

오토하 씨가 남긴 말을 곱씹었다.

나는, 이제 선택을 내려야만 한다.

더욱 높은 곳으로 가기 위해서.

300만 DL를 달성해, 허니플레에 《5층 동맹》을 집어넣기 위해서.

＊

『이런 식으로 굴복해서 신념을 꺾는다면, 주인공이라고 부를 수 없을 거야.』

『나한테는 주인공이 될 자격 따위 없어. 이게 작품이라면, 오즈나 오토하 씨처럼 한 치의 흔들림 없고 멋진 사람이야말로 주인공에 어울릴 거야.』

『하지만 지금은 아키의 이야기를 하고 있잖아. 주인공답지 않은 주인공인 아키가 이제 어떻게 할 것인가, 라는 이야기를 말이지.』

『알아. 하지만 나한테 히어로다운 최고의 역전극^{리버스}을 기대해도 곤란해.』

『괜찮아, 아키. 아키에게 그런 걸 기대하지 않거든.』

『……그럼 뭘 기대하는데?』

『그야 물론, 아키다운 선택이야.』

위이이잉······.

베갯머리에 둔 스마트폰이 진동한 순간, 나는 눈을 떴다.

얼굴 옆으로 손을 뻗어서, 스마트폰의 화면을 터치하려 했다.

말캉.

······················어?

스마트폰 화면은 좀 더 평면적이고 맨들맨들할 텐데, 이 부드러운 감촉은 뭐지.

위이이잉······.

게다가 스마트폰의 진동음이 멎지 않았다. 자명종 기능이 꺼지지 않았다.

평소와 같은 시간에, 같은 느낌으로 일어났다. 지극히 안정되고 효율적인 생활 루틴을, 오늘이야말로 실현할 수 있을 줄 알았는데, 초장부터 변칙적인 일이 발생했다.

"으····· 으응?!"

천천히 눈을 떠보니, 어찌된 건지 눈앞에 마시로의 얼굴이 있었다.

내가 누르고 있는 건, 마시로의 볼이었다.

．．．．．．．．．．．．．．．．．．．．．．．．．．．

……어엇?!

이 뜻밖의 광경에 눈이 튀어나올 것처럼 충격을 받고만 나는 벌떡 일어났다.

왜 방금 잠에서 깬 내 눈앞에 마시로가 있는 거야?

여기는 내 방…… 맞지?

주위를 둘러보자 낯익은 벽과 낯익은 천장, 그리고 낯익은 작업용 책상이 보였다.

그리고 낯선 마시로의 잠든 모습 또한 눈에 들어왔다.

"무슨 일이 일어난 거야……? 어젯밤에 잠들기 전에, 내가 대체, 무슨 짓을……?!"

물음표로 가득 찬 뇌를 풀가동해서 기억을 뒤졌다. 나는 실수를 저지르고 만 것일까? 떠올려라. 무슨 일이 있었지? 이미지해라. 기억 속의 마시로를 떠올려라. 내 방에 온 마시로가 볼을 붉히며, 천천히 옷을 벗…… 아니다. 그건 회상이 아니라 망상이다. 그런 사실은 벌어지지 않았을 것이다.

"으…… 응……."

"……윽! 으음. 일어났, 어……?"

"아키…… 이런 건, 어때……. 기획, 재미있…… 쿨, 쿨……."

"기획…… 기획?"

부모 목소리보다 더 많이 접한 단어다. 부모 목소리 좀 더 들으라고 남이 말할지도 모르지만, 과장이 아니라,『검은 염소』를 운영하면서 수도 없이 접했던 단어다.

"앗."

그제야 생각났다.

유심히 보니, 나는 평소와 좀 다른 장소에서 자고 있었다.

평소에는 침대 위에서 이불을 덮고 자지만, 나는 오늘 바닥에 앉은 채 침대에 기댄 자세로 자고 있었다.

마시로도 바닥에 무릎을 모으고 앉은 상태에서, 침대에 엎드리듯 자고 있었다.

아무리 생각해도 침대 안에서 뜨거운 밤을 보낸 후에 참새 소리에 깨며 아침을 맞이하는 타입의 이벤트 이후의 분위기가 아니었다.

게다가, 내 주위에 흩뿌려져 있는 건 수많은 복사 용지였다.

지쳐서 잠든 마시로는 손에 펜을 쥐고 있었다.

떨어져 있는 종이를 한 장씩 주워서 보니, 거기에는 어젯밤에 나와 마시로가 야간 텐션 상태에서 남긴 흔적이 똑똑히 기록되어 있었다.

『인기 캐릭터의 버추얼 라이버화 기획.』

『총선거 인기 투표.』

『산양 머리 살인귀, 캄론 복각 이벤트 기획.』

『디저트 페스티벌, 콜라보 카페 기획. ~암흑의 저택에 어서 오세요~.』

…… ETC, ETC.

이것들은 무라사키 시키부 선생님이 신규 일러스트를 그려주지 않아도 가능한, 그리고 300만 DL 달성을 위한 기획을 필사적으로 짜려 한 우리가 남긴 노력의 결정이었다.

뭐, 이 결정은 하나같이 추진 과정에서 직면할 문제를 해결하지 못해서 폐기됐지만 말이다.

어젯밤의 기억을 정확하게 떠올렸다.

어젯밤. 오토하 씨와 베란다에서 이야기를 나눈 직후, 마시로가 우리 집에 찾아왔다.

『아키…… 부탁이야. 300만 DL를 위한 기획 작성, 마시로도 돕고 싶어……!』

마시로의 죄책감이 LIME 메시지에서도 묻어났다.

결과적으로 자신이 스미레를 부추긴 거라는 생각에, 가만히 있을 수가 없었을 것이다.

이 상황에서 그녀를 돌려보냈다간 마시로는 죄의식을 털어내지 못할 것이다……. 게다가 나도 다른 사람과 같이 있고 싶은 심정이었다. 무라사키 시키부 선생님이 자기 때문에 쓰러졌다는 사실에 직면한 상태에서, 홀로 작업에 집중할 수 있을 리가 없었다.

멘탈이 약해빠졌다며 비웃고 싶으면 그렇게 해라. 나는 픽션 속 주인공 같은 초인이 아니다.

하지만 마시로까지 무리하게 했다간 본말전도이기에 졸리

면 바로 잠자리에 든다는 룰을 세운 후, 우리는 둘이서 체력이 닿는 한『검은 염소』기획을 계속 짰다.

위이이잉…….

"으음…… 응…… 흠냐……?"

침대 위에서 계속 들려오는 스마트폰 진동 소리에 잠이 깬 건지, 마시로가 천천히 눈을 떴다.

"으응…… 아키……? 좋은 아침…… 흠냐……."

"응, 좋은 아침."

"응……. 오늘도, 날씨가, 좋네……. ………………어?"

반쯤 감고 있던 눈이, 몇 초 후, 힘차게 번쩍 뜨였다.

그리고 튕기듯 몸을 일으키더니, 방금 깬 사람답지 않은 기민한 움직임으로 자기 옷과 얼굴과 머리카락을 차례차례, 재빨리, 몇 번이나 만져봤다.

"우왓, 어어, 방금 깨서…… 방심…… 왜? 아키한테 이런 모습, 보여주기 싫은데……."

"너무 신경 쓸 거 없어. 이상한 잠꼬내는 안 했고, 잠든 모습도 이상하지 않았거든."

"바, 바보. 그런 문제가 아냐."

"그럼 어떤 문제인데?"

"부, 부끄럽단 말이야. 머리카락도 눌렸고, 화장도 엉망이야. 얼굴이 이상했을지도……."

"평범하게 귀여운 얼굴이었어."

"귀여……."

마시로의 새하얀 얼굴이 점점 빨개지자, 그제야 실수를 깨닫고 만 나는 허둥지둥 정정했다.

"아, 아냐!"

"어, 그래? 역시 마시로의 얼굴은 이상했단 거야……? 으으, 최악……."

"그그그, 그런 것도 아냐! 아니거든?!"

소득 없는 진흙탕 대화가 이어져갔다.

괜한 발언 한마디가 오해를 부르는 걸 보면, 대화란 커뮤니케이션은 참 어렵다.

자신에게 호의를 가지고 있다는 걸 아는 상대와의 대화는 특히 더 그렇다. 사정이 있다고는 해도 관계를 진전시킬 수 없는 상대에게 칭찬하는 뉘앙스의 말을 함부로 건네는 것의 잔혹함, 악랄함은 마시로의 아버지인 츠키노모리 사장을 반면교사 삼아 배웠는데 말이다.

하지만 이런 대화의 문맥에서 그래, 참 꼴불견이었어, 하고 말할 수도 없었다.

답 없는 선택지와 대면한 느낌이 들지만…… 그건 변명이다.

이성과 교류한 경험치가 부족한 탓에, 대화 상황에서 꺼내 들 카드가 부족한 나의 자업자득이다.

"으…… 으음……."

"마, 마시로. 내가 잘못했어. 잘못했으니까, 기분 풀어."

"마시로, 돌아갈래."

"으, 응. 그래봤자 옆집이지만 말이야."

"말꼬리 잡지 마. 바보~!"

그렇게 외친 마시로는 얼굴을 새빨갛게 붉힌 채 뛰쳐나갔다.

그리고 침실을 나서기 직전, 이 방의 문이 저절로 열렸다.

"선배~! 오늘은 많이 가라앉았을 것 같아서, 이 이로하님이 꼭두새벽부터 위로해주러 왔— 우와앗?!"

힘차게 문을 연 녀석— 코히나타 이로하의 옆을 스쳐 지나간 마시로가 JRPG의 원조라 불리는 모 시리즈의 메탈타입 몬스터처럼 그대로 뛰어갔다.

방금까지의 텐션이 순식간에 사라져버린 이로하는 방 안에서 멍하니 서 있더니, 곧 끼기긱…… 하는 소리가 날 듯한 느낌으로 나를 향해 고개를 돌리면서 의혹과 의심이 섞인 눈길을 보냈다.

"혹시, 저질렀어요?"
"신에 맹세하건대, 아무 일 없었습니다."

……나는 무교지만 말이야.

＊

"아하~. 그럼 어젯밤에는 마시로 선배와 밤새도록 기획 아이디어 회의를 한 거군요. 오호라~."

"그래. 그러니까 발칙한 망상을 하지 말아줄래?"

"이유야 어쨌든 간에 남녀가 단둘이 밀실에서 밤새도록 공동작업을 했고, 그대로 곯아떨어졌……는 것만으로도 발칙한 망상을 할 조건은 달성됐다고 생각하는데요~."

오늘은 토요일이다. 휴일이기에, 우리 집의 아침 식탁에서는 여유로운 시간이 흐르고 있었다.

아침 식사인 젤리와 기분 삼아 바나나를 먹는 내 앞에서, 마찬가지로 바나나를 입에 문 이로하가 삐친 듯한 표정을 짓고 있었다.

마주 보고 앉은 점을 악용해, 테이블 아래로 내 정강이를 퍽퍽 걷어차고 있었다. 힘을 주지는 않았기에 고양이의 장난을 받아주는 느낌이지만, 이런 약한 자극도 반복되면 짜증나기 마련이다.

"애초에 말이야. 그 정도로 발칙한 놈 취급을 당한다면, 무라사키 시키부 선생님은 이미 잡혀가야 하는 거 아냐?"

"하긴, 철야 마무리 작업을 할 때면 방에 쳐들어가서 감시하니까요."

"그런 거야. ……뭐, 그 방식이 잘못됐다고 생각하지만……."

목소리의 톤이 자연스럽게 낮아졌다. 계속 무리를 시킨 바람에, 이번 같은 사고가 터진 것이다.

더는 그것을 정당화할 수 없다.

"아……. 선배, 여전히 신경 쓰이나 보네요."

"그래. 크리에이터가 건강 문제로 쓰러졌다는 이야기는 간간이 들거든. 솔직히 말해, 연락이 안 된단 말을 들었을 때는 심장이 멎는 줄 알았어."

"《5층 동맹》의 멤버는 언제 쓰러져도 이상하지 않은 생활을 하잖아요. 선배는 전부터 그게 신경 쓰여서, 건강에 플러스가 되는 정보를 모았고요."

"나 자신을 위해 한 거, 겸사겸사 동료들에게 환원했을 뿐이야."

"몸에 좋고 맛도 좋은 토마토 주스를 찾아서 들려놓거나, 건강에 좋은 혈도를 공부하거나…… 게다가 직접 실천해본 후에 추천하니까 설득력 대박이에요."

"해보지도 않고 추천할 수는 없거든."

"그만큼 신경 쓰면 충분하다고 생각하는데요~. 결과적으로 쓰러지는 일이 벌어질지도 모르지만 말이에요."

하지만, 하고 말하며 내 정강이를 걷어차는 것을 멈춘 이로하가 내 무릎 위에 뒤꿈치를 슬며시 올려놨다.

"스미레 쌤은 아마 기뻤을 거예요."

"……기뻤을 거라고?"

"선배가 『검은 염소』는 무라사키 시키부 선생님의 일러스트만으로 간다고 결정해준 걸 말이에요. 그러니 자기도 힘내서 일러스트를 그려야지! 하고 생각했을 거예요."

"하지만 그 결과 쓰러지고 말았어. 그걸 긍정적으로는 도저히 받아들일 수 없어."

"그럼 거꾸로 스미레 쌤을 빼놓고 일을 진행한다면 어떻게 됐을 것 같아요?"

"그건……. 모르겠어. 본인만이 알 수 있는 거잖아."

"실은 알 수 있다고요."

이로하는 씨익 웃더니, 자기 얼굴을 손가락으로 가리켰다.

"천재 연기자인 코히나타 이로하, 역할에 빠져들기 위해 스미레 쌤을 철저하게 파악했거든요!"

"아니, 아무리 인격을 베끼더라도 네 필터를 통해 파악한 인격이잖아."

"들켰다~."

내가 매정하게 딴죽을 날리자, 이로하는 바로 항복했다.

나는 현명함과는 거리가 먼 어리석은 인간이지만, 그런 말도 안 되는 논리에 속아 넘어갈 정도로 바보는 아니다.

아무리 이로하가 연기의 천재일지라도, 그녀의 연기는 본인의 특성과 교양 및 감성에 영향을 받아 미묘하게 교정된다. 연기하는 대상자와의 공통점이 많을수록 더욱 깊이 빠져들어서 『빠져나오는 것』이 힘들어지는 것도 그 탓이다.

"뭐. 완벽하게 파악하는 건 무리더라도 꽤 정밀하게 파악했다고 생각하니까, 정답을 말해줄게요."

"……일단, 말해봐."

무라사키 시키부 선생님의 일러스트를 빼놓고, 300만 DL를 위해 이런저런 시책을 진행해서 성공한다면 어떻게 됐을까.

"뒤처진 것 같아서 쓸쓸하지 않았으려나요~."

"쓸쓸해?"

"물론 머리로는 이해할 거예요. 겸업이란 힘든 길을 선택한 건 자신이니까, 불평하거나 쓸쓸함을 느낄 자격은 없다고 여기겠죠. 하지만 이제까지 함께 『검은 염소』를 만들어온만큼, 무리하더라도 다른 멤버와 어깨를 나란히 하며 함께 뛰고 싶다…… 그렇게 생각하는 게 여자 마음일 거예요."

"여자 마음……과 관련이 있는 거야?"

"여자 마음을 모르는 둔감 동정 선배는 이해 불능이겠지만요☆"

"그렇게 말하니 반박을 못 하겠네……."

이로하의 주장을 듣고 울컥했냐고 누가 묻는다면 보디블로를 날려주고 싶은 심정이라고 답하겠지만, 그래도 사실 맞잖아요? 하고 지적을 받으면 인정할 수밖에 없을 것이다.

"그건 그렇고, 꽤 리얼하게 머릿속을 파악했는걸. 혹시 이로하도 그런 식으로 생각할 때가 있는 거야?"

"……뭐~, 그래요~."

잠시 생각에 잠긴 듯한 모습을 보인 이로하는 톡, 톡 하고 발꿈치로 리드미컬하게 내 무릎을 두드렸다.

"뒤처지는 쓸쓸함에 민감한 걸지도 몰라요~. ……이래 봬도, 후배인걸요."

"너, 역시……."

이로하가 불쑥 중얼거린 말이 어떤 의미인지, 나는 짐작할 수 있었다.

작년. 내가 아직 고등학교 1학년이던 시절. 내가 오즈와 함께 움직이면서 마키가이 나마코 선생님과 무라사키 시키부 선생님을 끌어들여 활동 기반을 닦는 사이, 이로하는 홀로 중학교에 남겨졌다.

『괜찮아요. 저는 인기 많거든요☆』

자기는 개의치 말고 앞으로 나아가라며 웃으며 우리의 등을 밀어줬지만…….

왠지, 가면을 썼을 때의 이로하의 미소와 겹쳐 보였던 것 같은 느낌이 들었다.

이로하가 최근 보인 태도. 짜증스러운 모습은 나 말고 다른 이에게 보여주지 않겠다, 고 할 만큼 나를 따른다는 사실. 캠프파이어 앞에서 춤을 출 때 보였던 표정, 그리고 때때로 마시로에게 보이는 질투 섞인 감정도 그런 쓸쓸함에서 기인한 게 아닐까?

"……아침부터 괜히 분위기가 무거워졌네요! 에이, 관두죠! 이 이야기는 끝."

"으, 응. 그래."

"분위기여 바뀌어라~. 세상을 짓누르고 있는 보이지 않는 저주여, 흩어져라. 하앗~!"

"그 주문은 또 뭐야."

뜬금없고 괴상한 주문 영창을 듣고, 무심코 쓴웃음을 흘렸다.

"분위기를 바꿔줄 일이 일어나게 하는 마법이에요! 코쿠류인 쿠게츠 양을 연기했을 때의 영향으로, 주문을 생각하는 게 재미있어졌거든요."

"아하하. 그건 또 무슨 소리야. 연기자의 귀감이라고도 할 수 있겠지만, 너무 영향을 받아서 중2병에 걸리진 마."

"너무해~. 귀여운 후배를 중2병 취급하는 거예요?! 마법이 실존하지 않는다고 단언할 수는 없잖아요. 어쩌면 딩동~하며 무슨 일이 일어날지도—"

이로하가 짜증스러운 클레임을 늘어놓으려고 한, 바로 그 순간이었다.

딩동~.

"—거봐요!"

"그런 바보 같은 일이 벌어질 것 같아? 손님이 찾아왔을 뿐이라고."

단순히 우연이 벌어졌을 뿐인데 우쭐대는 이로하의 머리를 손날로 살짝 때리며 딴죽을 날린 후, 자리에서 일어난 나는 인터폰을 확인하러 갔다.

하지만 이렇게 이른 아침에 대체 누가 온 거지? 하고 생각하며 화면을 보니, 현관 앞에는 실버 블론드의 미녀가 서 있었다.

미즈키 씨였다.

마시로가 귀가한 직후에 찾아온 것을 보면, 마시로를 이 집에서 묵게 한 것 때문에 꾸중을 들을지도 모른단 생각이 들었다.

그럴 만도 했다. 한창 나이대의, 소중한 딸일 테니 말이다.

"조, 좋은 아침이에요."

머뭇머뭇 현관문을 열고 얼굴을 내민 나는 눈앞의 미즈키 씨의 안색을 살피며 인사했다.

"봉주르. 좋은 아침, 기운찬, 하루네요."

"아, 네. 으음, 무슨 일이죠……?"

"중요한, 남녀간의, 교제 이야기, 하고 싶어. 하러 왔어요."

끝났다.

전혀 상관없는 이야기일 가능성에 모든 걸 걸며 아무것도 모르는 척 인사를 건네봤는데, 미즈키 씨의 말로 볼 때 예의 건에 관해 이야기하려는 게 틀림없다.

"따라 와. 와줬으면 해요. 어떤가요?"

그렇게 말한 그녀는 자랑하듯 자동차 키를 얼굴 옆에서 흔들어 보였다.

마시로에게 들리지 않도록, 다른 사람의 눈과 귀가 닿지 않는 차 안에서 차분하게 심문하려는 것 같았다.

"……알았어요. 이렇게 되면 각오를 다지겠어요. 믿어주지 않을지도 모르지만, 차근차근 진실만을 호소하겠어요."

"고마워, 메르시. 당당 그 자체. 사무라이. 감사해요."

"선배. 마시로 선배의 어머니와 어디 가는 거예요?"

현관에 간 후로 돌아오지 않는 내가 걱정된 건지, 이로하가 이쪽으로 걸어왔다.

미즈키 씨는 이로하를 보더니, 빙긋 미소 지었다.

"이로하 양, 봉주르. 이른 아침인데도, 귀여워, 눈 보양. 되네요."

"아하하. 그런 소리 마세요~. 진짜배기 미인 여배우한테 그런 칭찬을 들으면 부끄러워요♪"

약간 우등생 느낌의 태도로 방금 칭찬에 기뻐하는 기색이 섞인 그 반응은 나무랄 곳이 전혀 없었다.

이로하의 전력을 다한 호감 모드였다.

미즈키 씨는 그런 이로하의 눈앞에서 내 팔을 잡아당기며 윙크했다.

"그, 선배, 빌려, 갈게요. 중요한 이야기. 있어요."

"어? 으음, 네. 그러세요. 다 쓰고 나면 돌려주시고요."

"남을 간장 빌려주듯 이웃한테 빌려주지 마."

그것보다 왜 내가 네 소지품 취급을 당하는 거냐고.

그런 지극히 정당한 딴죽을 날릴 틈도 없이, 나는 끌려가 듯 미즈키 씨에게 연행당했다.

······아아, 끝났어······.

*

예술의 나라에 어울리는 디자인의 프랑스차의 타이어가 우아하게 도로 위를 굴렀다.

차 성능이나 운전사의 실력은 모르지만, 차체가 격하게 흔들리는 일은 없었다. 이 정도면 세간에서 일반적으로 쾌적한 드라이브라 부르는 수준일 것이다.

그렇다. 세간에서는 말이다.

하지만 나한테 있어서는 지옥 같은 시간이었다.

조수석에 앉은 나는 안전 벨트가 수갑처럼 느껴졌다.

운전석을 힐끔 쳐다보자, 마시로와 닮았지만 색기는 몇 배로 더 농축시킨 듯한 프랑스 미인이 가느다란 손가락으로 핸들을 쥐고 있는 모습이 눈에 들어왔다.

차 안에 장식된 소품과 장식은 센스가 있었으며, BGM 또한 클래식했다. 그리고 뇌를 녹일 듯한 정체불명의 좋은 향기가 차 안을 가득 채우고 있었다.

밀실인 차 안에서 미인과 단둘이 있다. 자초지종을 모르는 남자가 본다면 부러워하겠지만, 유감스럽게도 나에게는 그럴 여유가 없었다.

미즈키 씨의 운전이 시작되고 몇 분이 흐른 가운데, 언제 본론에 들어갈까 몰라 온몸이 딱딱하게 굳을 정도로 긴장한 상태에서 나는 때를 기다렸고…….

"아키테루 군. 어젯밤 일, 저는 알아요."

"정말 죄송합니다!"

—미즈키 씨가 입을 뗀 순간, 나는 즉시 사죄 카운터를 날렸다.

안전벨트 때문에 무릎을 꿇지는 못했지만, 마음속으로는 오체투지를 하고 있었다.

빨간 신호에 잡혀 차를 세운 미즈키 씨는 나를 힐끔 쳐다보더니…….

"……? 사죄, 왜? 이유, 몰라. 이해가 안 돼요."

고개를 갸웃거리면서 눈을 세 번 깜빡거렸다.

"네? ……마시로 때문에 이러는 거 아니에요? 어젯밤에 제 방에서 자고 가서……."

"아, 그거. 저, 파악. 이해해요. 딸의 청춘, 응원. 기정사실, 맛깔나요."

"알고 있었어요?! ……아, 기정사실이라 할 만한 일은 없었거든요?"

중요한 점이기에 무고함을 주장해뒀다.

아무튼, 그렇다면 무슨 이야기를 하려는 것일까? 일부로 나를 자기 차에 태워서 데리고 나오면서까지, 할 이야기가 대체 뭐지?

"으음. 그럼 어젯밤 일이 대체 뭔가요?"

"아키테루 군. 아마치 씨. 베란다. 밀회. 저 봤고, 들었어요."

"……네?"

그러고 보니 오토하 씨와 이야기를 나누고 있을 때, 마시로의 집 쪽에서 소리가 들렸다.

바람 탓에 난 소리인가 했는데, 설마 미즈키 씨가 거기 있었을 줄이야!

"아, 아니, 밀회가 무슨 소리예요?! 그런 짓 안 했어요!"

"남자와 여자, 한밤에, 단둘이 대화. 즉, 밀회. 틀렸나요?"

"그냥 대화만 나눴을 뿐이라고요!"

"네. 대화. 즉, 밀회. ……틀렸나요?"

"……죄송한데요. 아마 단어의 뜻에 대해 논의를 할 필요가 있을 것 같네요."

"흠……. 일본어 어려워. 난해. 지난하기 그지없어요."

그런 것치고는 미묘하게 난이도가 높은 말도 구사하는데 말이야. 지난하다는 말은 남의 입을 통해 들은 적이 거의 없다고.

신호가 파란색으로 바뀌자, 다시 차가 출발했다. 창밖에 펼쳐진 경치가 낯설게 느껴지기 시작했다.

국도를 통해 시외로 향하는 듯한 느낌이 들었다.

"으음. 그런데, 어제 저와 오토하 씨의 이야기를 들은 게, 어쨌다는 건가요?"

"저도 인내 무리, 참을 수 없게 됐어요. 젊은 애, 남자애. 초보자, 어쩌면 좋을지 몰라요. 그러니 어른, 누나의 역할, 딱지 떼주기. 이끌어줄게요."

"아마 그렇고 그런 의미는 아닐 거라고 생각하지만, 입에 담는 단어가 너무 불온하다고요! 저기, 빨리, 방금 한 말의 의미를 알려주면 안 될까요?!"

이럴 때는 단어 선정을 실수하거나 의미를 오해했을 가능성이 크기에 괜한 기대는 하지 않지만, 그래도 정조 관념에서 어긋난 행위를 할 가능성에서 한시라도 빨리 벗어나서 안심하고 싶다!

차도 인적 없는 으슥한 곳으로 향하고 있거든!

내 호소를 무시한 미즈키 씨가 이윽고 차를 세운 곳은 민가나 인적이 거의 없는, 한적한 도로 주차 공간이었다.

"저, 저기, 오해가 발생하면 안 되니까, 아까 한 말의 의미를……!"

조수석에서 몸을 비틀며 충고하는 내 얼굴 앞에 검지를 든 미즈키 씨는 쉿~ 하며 침묵을 권했다.

"저, 비밀 밝힐, 준비할 거예요. 준비 도중, 훔쳐보는 건,

엉큼. 문제 있어요. 한동안 어둠 속, 눈가리개 하고 있어요."

"엉큼…… 자, 잠깐만요! 농담하는 거죠?! 이런 짓하면 안 된다고요!"

미즈키 씨는 내 항의를 무시하면서, 눈가리개를 나에게 씌웠다.

손은 자유로웠기에 바로 벗으려 했지만…….

"그거 벗으면, 저의, 조신하지 못한 모습. 속옷, 알몸, 보게 돼요. 그래도, 보고 싶다. 볼 건가요?"

그런 말을 들었으니, 얌전히 군다는 선택지를 고를 수밖에 없었다.

큰일 났다. 어째서 이렇게 된 걸까.

나는 마시로와의 일로 설교를 들을 각오로, 자동차라는 밀실 안에 들어왔을 뿐이다. 그런데 이대로 미즈키 씨와 불륜 관계가 된다면 최악이다.

눈을 감은 채로 눈가리개를 벗은 후, 차량 밖으로 뛰쳐나갈까?

스륵…… 스르륵…….

어둠 속에서 들려오는 옷깃 스치는 소리. 이것은 분명 옷 혹은 몸에 걸친 무언가를 벗는 소리다.

눈을 감은 채, 이러면 안 된다고 생각하면서도 미즈키 씨의 모습을 상상하고 말았다.

마시로를 닮은 아름다운 얼굴로 음란한 미소한 미소를 머금고, 생채기 하나 없는 미술품처럼 아름다운 새하얀 피부를 과시하며, 농락하려는 듯이 나에게 다가오는 모습을⋯⋯.

으아아아아아아. 안 돼, 안 돼, 안 돼. 한순간 그런 이미지를 품는 것만으로도 저질 그 자체다!

─도망치자.

그렇게 결의한 나는 안전 벨트를 푼 후, 눈가리개를 벗었다. 그리고 눈을 꼭 감은 채 문을 열고, 힘차게 밖으로 뛰쳐나가려다⋯⋯.

"꺄앗."

"우왓?!"

─문 앞에 서 있던 사람과 부딪쳤다.

나는 조수석으로 튕겨 나며, 엉덩방아를 찧었다.

미즈키 씨일까? 어느새 문밖으로 나간 거지?

나는 감고 있던 눈을 떴다.

어둠 속에 느닷없이 빛이 스며들자, 시야가 새하얗게 물들며 깜빡거렸다.

겨우 빛에 눈이 익자, 방금 부딪친 상대의 얼굴이 내 눈에 어렴풋이 보였다.

물론 그 상대는 미즈키 씨⋯⋯.

⋯⋯일, 것이다.

그래야, 하는데, 어찌된, 건지⋯⋯.

"⋯⋯어?"

얼이 나가고, 말았다.

그 사람은 마시로를 닮은 프라스 미녀, 츠키노모리 미즈키가 아니었다.

그 이전에, 잘 아는 인물조차 아니었다.

"어? ……어라? 당신이, 왜…… 어엇?!"

하지만 **전혀 모르는 사람 또한 아니었다.**

솔직히 말해, 용케도 이 얼굴을 아직 기억하고 있는 나 자신에게 감탄했다. 아마 다른 사람이 나와 같은 인생을 살더라도, 그녀의 얼굴을 정확히 기억하지는 못할 것이다.

그 정도로 나와 저 인물의 인생이 교차된 것은 한순간에 지나지 않으며, 크게 주목하지도 않았다.

하지만 츠키노모리 사장과 진지하게 마주해왔기에, 강렬한 에피소드와 함께 저 사람을 기억하고 있었다.

"주문 확인하겠습니다. 이탈리안 햄버그 세트만 주문하시는 건가요?"

등을 꼿꼿이 편 그녀는 예의 바르고 성실하게, **집 근처 패밀리 레스토랑에서 항상 들려주는 목소리로**, 앞치마와 유니폼 차림을 한 채, 여성 점원의 전형적인 대사를 입에 담았다.

혼란에 빠진 뇌에 가장 먼저 떠오른 것은, 큰일났다, 라는 생각이었다.

왜냐하면 집 근처 패밀리 레스토랑에서 일하는 이 여성 점원은 츠키노모리 사장의 불륜 상대인 것이다.

미즈키 씨와 마주친다면, 무시무시한 사태가 벌어질지도 모른다.

그렇게 생각하며 차 안을 돌아봤지만…… 미즈키 씨의 모습이 보이지 않았다.

아니, 잠깐만 있어 봐. 그래. 이렇게 인적 없는 곳에, 유니폼을 입은 여성 점원이 느닷없이 나타날 리가 없어. 그리고 어둑어둑해서 잘 보이지 않지만, 이렇게 보니 예전과는 인상이 다른 듯한…….

이거, 혹시. 아니, 설마…….

"미즈키 씨……예요……?"

"뮤지컬 배우를 하면서 부업으로 패밀리 레스토랑에서 일하고 있는 츠키노모리 미즈키라고 합니다. 앞으로 잘 부탁드려요."

유창한 일본어를 구사하며, 성실하면서도 고지식한 말투로 그렇게 말하는 미즈키 씨(가칭).

하지만 곧 빙긋 웃더니, 목소리와 말투를 원래 미즈키 씨(본인)로 되돌렸다. 표정이 부드러워지면서, 얼굴 또한 눈에 익은 형태로 변했다.

"후후. 저의, 연기력 100점, 이에요. 그렇죠?"

그렇게 말하면서 가발을 벗었다. 그리고 컬러 콘택트렌즈

© tomari

를 벗자, 프랑스 미인의 푸른 눈이 모습을 드러냈다.

자연스럽게 흘러내린 저 실버 블론드는 미즈키 씨의 머리카락이 틀림없다.

—확정이다.

츠키노모리 사장이 유혹에 서서히 넘어가서, 야경이 보이는 호텔에서 우아하게 식사를 즐겼고, 마음껏 꽁냥거렸으며, 아마 갈 데까지 갔을 불륜 상대…….

"미즈키 씨였나요……. 츠키노모리, 사장님의, 바로 그—."

"네♪ 저, 마코토 씨의 아내. 그리고 불륜 상대. 바람. 피웠어요."

"그렇게 된 거군요……."

경악과 안도가 내 마음을 반씩 채웠다.

자신의 삼촌이자 초거대 기업의 사장이 불륜이나 저지르는 쓰레기인 거냐~, 하며 반쯤 체념하고 있었던 것이다.

그런데 그것이 아내와 즐기는 플레이의 일환이었다면, 오히려 훈훈하다고 해도 되지 않을까.

"우와, 깜짝 놀랐어요. 츠키노모리 사장님이 바람을 피운 게 아니었군요."

"Non. 바람 피웠어요."

"네? 아니, 하지만, 그 상대는 미즈키 씨잖아요?"

"네. 하지만 그 사람, 정체 몰라. 다른 사람으로, 착각한 채, LOVE하고 있어요."

"어, 어어……?"

그게 무슨 소리야. 영문을 모르겠다.

"마코토 씨, 이제까지 몇 번이나 바람, 불륜, 저질렀어. 하지만, 그 상대, 전부 저의 변장."

믿기지 않았다. 그 정도로 충격적인 진실이었다.

삼촌이 지조 없는 바람둥이라는 사실만으로도 충격인데, 그 상대가 전부 자기 아내였던 것이다. 정보량이 너무 많은 거 아냐? 이럴 때, 조카인 나는 어떤 표정을 지어야 하지?

"그 사람, 미인을 쳐다봐요. 바로 시선을 빼앗겨."

"뭐, 그렇죠."

"처음에는 질투. 저라는 아내 있어. 있는데 한눈팔면, 안 돼. 그렇게 생각했었어요."

"과거형으로 말하지 마세요. 실제로 그러면 안 된다고요."

"하지만 저, 마코토 씨 사랑해요. 진심, 이에요. 속박 싫어요. 미인 쳐다보지 말라고 제한하면, 스트레스받아. 저는 그걸, 바라지 않아요."

"속박이라니……. 아내로서 당연한 권리라고 생각하는데요……."

"네. 그래도 싫었어요. 활기차게 살아가는 그 사람, 저는 좋아. 자유, 즐겨줬으면 해요. 그저 바람, 피우는 것도 싫어. 화나, 죽여버릴 거예요."

"마지막 단어는 『죽이고 싶어져요』를 잘못 말한 걸로 받아들일게요."

마지막 단언은 너무 무시무시했다.

"그러니, 제가 모든 불륜 상대가 되자. 그런 생각 했어요."

"발상의 비약이 심각한 수준이네요……."

"일 때문에 미국에 갔을 때, 할리우드급 특수 분장 받고, 돌아와요. 그리고, 변장한 후, 마코토 씨에게 거짓 귀국 시기 알려주고, 일찍 귀국. 그가 향하는 곳, GPS로, 조사하고, 먼저 가서 접촉. 만남, 완성해요."

"특수 분장의 낭비네요……. 그리고 얼굴을 바꾸면 본인인 걸 증명 못 해서 입국 못 할 것 같은데……."

"통과하는 방법 있어요. 괜찮아. 신경 쓰지 마. 알았죠?"

"통과할 방법이 있다는 것만으로도 입국 관리 면에서 전혀 괜찮지 않은 느낌이 들지만, 더 캐물으면 위험할 것 같으니 그냥 아무것도 모르는 척할래요."

상류 계급의 어둠을 접하게 될 것 같아서, 좀 무섭네…….

"어? 할리우드에서, 특수 분장……?"

그 단어가 조금 마음에 걸렸다. 들을 때까지는 신경 쓰이지 않았지만, 그러고 보니 특수 분장 세계에 해박한 지인이 딱 한 명 있었다.

……뭐, 이 이야기와 상관은 없을 테니 신경 안 써도 되겠지.

"마코토 씨는 자유롭게 바람피워. 저는 남편에게 사랑받아 행복. 둘 다 행복."

미즈키 씨는 볼을 살짝 붉히면서 환한 어조로 그렇게 말했다.

마시로와, 마시로의 오빠, 두 명의 자식을 둔 부모라는 게 믿기지 않을 만큼, 사랑에 빠진 사춘기 소녀 같은 얼굴이다.

"게다가…… 후후♪ 마코토 씨, 꼬실 상대, 고를 때. 자연스레 저와 닮은 애, 골라. 몇 번이나, 그 사람에게 선택받아. 매우 기분 좋아. 쾌감, 느껴요."

"그, 그런가요."

실례라는 건 알지만, 살짝 질렸다.

츠키노모리 부부의 관계는 어른의 관계를 넘어 병적이라는 생각마저 들었지만, 그건 내가 경험 부족으로 어른의 세계를 모를 뿐인 건 아닐까.

아니, 아무리 그래도 미즈키 씨가 특이……한 거겠지……?

그것보다 츠키노모리 사장은 완전 아내 손바닥 위에서 놀아나고 있는 거 아냐?

"후후. 아키테루 군, 순수해. 저, 마코토 씨, 생각도, 하는 짓도 저질. 정상과 달라. 다르다고, 생각하죠?"

"으…… 아니, 그야, 뭐. 죄송해요."

"상관없어요. 저도 자각. 하고 있어요. 평범한 부부한텐 무리, 예요."

그 이전에 흉내를 낼 수도 없을 것이다. 정체를 완벽하게 숨길 수준의 특수 분장과, 타인의 인격을 완벽하게 연기하는 연기력, 철저한 스토킹 성능, 그리고 나사 풀린 듯한 광적인 사랑이 있어야만 가능한 짓이다.

"하지만 저, 지금의 부부 관계, 자랑스럽게, 생각해. 생각해요. 파트너가 하고 싶은 짓을 하게 해주고, 제 마음 또한 억누르지 않아도 돼요. 하고 싶은 일, 하면 안 되는 일. 전부 할 수 있는 상황을 만들어서, 자랑스러워요."

"듣고 보니 그렇긴 하네요."

엄청난 위업처럼 느껴졌다.

한쪽이 고집을 부리면, 다른 한쪽은 참아야 한다. 그런 일이 쌓이고 쌓인 끝에 관계가 파탄 나고, 이혼한다. 그런 부부가 이 세상에 넘쳐나는 것을 생각하면, 서로의 행복한 관계를 이어나갈 수 있게 하는 미즈키 씨의 방식은 정답이라고 할 수 있을 것 같았다.

"그런데, 미즈키 씨는 왜 갑자기 커밍아웃을 한 거예요?"

"그래. 그게 본론. 중요한 이야기, 이제부터예요."

이제까지도 폭력적인 수준의 정보량이었는데, 본론은 이제부터인 것 같았다.

"세상, 모순 잔뜩 있어요. 대립하는 사상, 가치관 있죠. 하지만 『수많은 여성과 사귀고 싶은 남편』과 『나만을 봐줬으면 하는 아내』, 그런 모순조차, 양립 가능, 가능성 있어요. —억지, 부리는 것도 중요해요."

"혹시 방금 그 말을 하고 싶어서, 이런 골 때리는 커밍아웃을 한 건가요?"

무심코, 직구성 멘트를 날렸다.

우스운 나머지, 지적을 하지 않을 수 없었다.

"네. 베란다에서, 오토하 씨와의 대화, 들었어요. 아키테루 군, 《5층 동맹》이 향할 방향, 선택, 강요받고 있어요. ……도와주고 싶었어. 도와줄게요."

"죄송해요. 《5층 동맹》은 제가 생각해야만 할 일인데, 많은 사람에게 폐를 끼치고 말았네요……."

"Non. 아키테루 군만의 문제, 아니에요."

미즈키 씨는 손가락을 까딱거리면서 장난스레 웃었다.

"마시로, 이로하 양, 귀여워. 저, 좋아해요. 두 사람이 좋아하는 아키테루 군, 일 고민 덜어줘서, 빨리 연애에 빠져줬으면 해. 그러길, 바라고 있어요."

"……하아, 연애 마니아군요."

"후후. 여배우는 언제나 여자, 항상 연애, 관심 있어요."

"하하하……."

내가 메마른 웃음을 흘리자, 미즈키 씨는 진지한 눈길로 나를 응시했다.

"아키테루 군, 진짜로 하고 싶은 일, 마음, 순순히 따르면 돼. 하기 싫은 일, 억지로 할 필요, 없어요."

"진짜로 하고 싶은 일……인가요……."

무라사키 시키부 선생님의 일을 통해, 내가 생각해야만

하는 일.

이제부터 해야만 하는 일.

팀의 운영을 원활히, 장기적으로 이어가고 싶은 걸까?

그러기 위해 멤버를 늘리거나 외부에 발주를 해서, 효율적인 생산체제를 구축해야만 할까?

아니면 한정된 동료의 힘만 빌리며 계속 뛰어가고 싶은 걸까?

—알고 있다.

그 답은, 처음부터 알고 있었다.

"고마워요, 미즈키 씨. 덕분에, 결심이 섰어요."

"……후훗. 그건 다행, 다행이라고 생각해. 생각해요."

최근 며칠 동안, 실은 계속 망설였다.

달성해야만 하는 숫자와, 할 수 있는 일, 해야만 하는 일의 틈바구니에서 버둥거렸고…….

하마터면 무라사키 시키부 선생님을 망가뜨릴 뻔했다.

『당신도, 소수정예의 천재에게 의지하는 시스템의 취약함을 드디어 깨달은 거죠?』

오토하 씨의 말이 저주처럼 뇌리에 남아 있다.

맞는 말이다. 옳다.

하지만 나는 그 절대적인 옳음을 거부하며, 억지를 부리고 싶다.

소수정예의 천재의 힘만으로 작품을 만들면서, 동료들의 건강과 안전을 지켜주고 싶다.

모순되는 소망. 대립하며, 절대 양립되지 않는 억지.

성공확률은 낮을지도 모른다. 크게 실패할지도 모른다.

그래도 나는…… 이 길을 나아갈 것이다.

결심했다.

내 선택은, 내가 다음으로 둘 수는, 이거다.

주먹을 꼭 말아쥐며, 나는 홀로 결의를 다졌다.

—그건 그렇고…….

츠키노모리 사장도, 미즈키 씨도, 남녀 관계에 관한 당치도 않은 가치관을 가지고 있다.

이 두 사람의 피를 이어받은 마시로가 내 순진한 마음을 손바닥 위에 올려놓고 가지고 노는 악녀일지도 모른다고 상상하자, 나는 등골이 오싹해지며 온몸을 부르르 떨었다.

*

『그 말은 아키도 마구 바람피우겠단 소리지?』

『그렇지 않아. 그런 게 아니라고.』

"선배, 선배, 선배, 저기, 선배~! 이거, 어떻게 된 거예요?!"

"아, 이로하."

다음 날, 일요일.

평소처럼 침실……이 아니라, 거실 문을 박살 낼 기세로 열어젖히며 돌격한 이로하를, 나는 온화한 표정으로 맞이했다.

"와줬구나. 고마워."

"고마워!? 선배가 저한테 돌격해줘서 고맙다고 말하다니, 제정신 아닌 거죠?! 그것보다, 이런 LIME을 받았는데, 어떻게 와보지 않냐고요."

이로하는 그렇게 외치면서 스마트폰 화면을 내밀었다.

거기에는 내가 이로하한테 보낸, 한 통의 메시지가 표시되어 있었다.

『장렬히 스러지는 모습을 지켜봐 줬으면 해.』

그런 짤막한 애원과, 수의……는 아니지만 비슷한 느낌의 흰색 목욕 가운 차림에 각오를 다진 듯이 무릎을 꿇고 앉아 있는 내 사진이 첨부되어 있었다.

수의는 송장이 입는 옷이다. 할복을 하려는 무사가 입었다는 설도 있다.

참고로 이 사진은 실시간, 현재 내 모습이다.

나는 현재 수의(흰색 목욕 가운)를 입고, 거실 한가운데에서 무릎을 꿇고 있다.

손에는 할복을 위한 칼……이 아니라, 스마트폰을 쥐고 있다.

옆에는 내 목을 쳐줄 칼……이 아니라, 뿅망치가 놓여 있다.

"뭐 하는 거예요! 죽을 작정이에요?!"

"맞지는 않지만 틀리지도 않았어. 이로하, 내가 괴로워하면, 네가 내 숨통을 끊어줘."

"그딴 역할 맡기 싫어요~!"

얼굴이 새파랗게 질린 이로하에게 반쯤 억지로 뿅망치를 쥐여줬다.

음, 이걸로 준비는 끝났다.

이제 메시지를 받은 녀석들이 모인다면…….

"어, 아키…… 방금, 그 메시지, 뭐야……. 괘, 괜찮아?"

"아, 마시로. 와줘서 고마워. 휴일에 갑자기 불러서 미안해."

"그, 그건 괜찮은데…… 어, 뭐야. 목숨 끊을 거야?"

"맞지는 않지만 틀리지도 않았어."

"이이, 이로하 양, 어쩌면 좋지? 아키, 망가졌어."

"너무하네. 망가지진 않았다고."

"아니, 선배. 망가졌다는 걸 자각 못 하니까 레알 문제인 거라고요. 이번만큼은 저와 마시로 선배가 옳아요."

"그, 그래. 아키, 어떻게 된 거야……?"

이제부터 내가 무슨 짓을 벌일지 몰라 불안한 건지, 마시로의 얼굴이 걱정으로 가득 찼다.

괜찮아. 실은 나도 무지막지하게 불안하거든.

"또 흥미로운 짓을 생각했나 보네, 아키. 결과를 기대하고 있겠어."

"아, 오즈구나. ……이걸로 올 사람은 다 왔네."

무라사키 시키부 선생님과 마키가이 나마코 선생님에게도 연락은 해뒀지만, 이 두 사람은 사정이 있는 만큼 무리해가면서 오지 말아 달라고 부탁해뒀다.

그러니, 전원이 모인 것이다.

"오빠, 왜 그렇게 냉정한 거예요! 이렇게 비정상적인 선배를 보면서 웃고 있으니, 완전 악마 같아 보이거든요?!"

"아하하. 나는 미리 스포일러를 당했거든. 그래서 이로하나 츠키노모리 양보다는 그나마 마음이 편해."

"오즈……. 으음, 코히나타는, 아는 거야? 아키가 뭘 할지를 말이야. 그런데도 웃는 걸 보면, 위험한 짓은 아니다……고 봐도 되지?"

"그래. 리스크가 상당한 시도라는 건 사실이지만, 적어도 즉사하진 않아."

"심정적으로는 죽음을 각오한 거나 다름없지만 말이지."

"어어? 선배가 무슨 말을 하는 건지 전혀 모르겠는데요."

"아, 아무튼, 성급한 짓은 하지 마…… 응?"

오즈의 냉철한 해설에 내가 보충 설명을 곁들이자, 이로하와 마시로는 더욱 영문을 모르겠단 표정을 지었다.

……뭐, 바로 시작할까. 더 뜸을 들여봤자 소용없으니 말이야.

"그럼, 다들 와줘서 고마워. 실은 오늘, 나는 《5층 동맹》과 『검은 염소』의 앞날과 관련된 중대한 결정을 내렸어."

"중대한…… 결정……. 아. 으음, 저와 마시로 선배가 들어도 되는 건가요?"

이로하는 자신의 처지를 생각해 그런 질문을 던졌다.

그럴 만도 하다. 이로하는 대외적으로는 어디까지나 우리와 같은 맨션에 사는 이웃사촌일 뿐이며, 《5층 동맹》과는 직접적인 연관이 없다……는 것으로 되어 있다. 마시로는 허니플레와의 계약 때문에 나와 가짜 커플이 되었을 뿐. 대외적으로나 대내적으로나 《5층 동맹》의 크리에이터가 아니다.

하지만, 그런 건 괜히 따질 필요 없는 사소한 일이다.

"이로하는 코쿠류인 쿠게츠의 기획을 함께 짰고, 마시로도 300만 DL를 위한 기획을 함께 생각해줬잖아. 내 마음속에서는 《5층 동맹》의 일원이나 다름없어."

"아키……. 그, 그런데, 중대한 결정이란 건, 대체 뭐야……?"

"나는 《5층 동맹》을 설립한 후, 오늘까지 동료들과 함께 전력을 다해 뛰어왔어. 덕분에 200만이나 되는 유저를 획득했고, 이제 300만 DL로 향하려고 해. ……나처럼 평균적인 능력만 지닌 고등학생에게 이런 결과를 안겨준 모든 동료에게, 진심으로 감사하고 있어."

나 혼자만의 힘으로는 현실적으로 불가능했을 것이다.

그것은 동료들이 나를 아무리 감싸줄지라도 달라지지 않을 사실이다.

딱히 자신을 비하할 생각은 없다. 나는 그들의 활동을 떠받치며 팀을 조율한다는 가치를 제공했다고 자부한다.

―하지만 거기에는 크나큰 책임이 뒤따른다.

"하지만, 멈춰 서지 않고 쉴 새 없이 달려온 나날은 기대 이상의 결과를 낳은 대신, 눈에 보이지 않는 곳에서 멤버의 자유, 시간, 건강…… 그런 소중한 것들을 조금씩 갉아먹었어."

커다란 목표를 내걸고, 항상 최선의 수와 효율적인 최고의 수를 내놓으려 했다.

동료들의 뜨거운 열의란, 달콤한 과실에 의지하며 말이다.

"무라사키 시키부 선생님이 쓰러진 것은 우연 같은 게 아니라, 기존의 방식으로 계속 나아간다면 언젠가 직면할 수밖에 없는 문제였어."

소수 정예로, 안정 운영.

그것은 조그마한 문제만 발생해도 그대로 붕괴하고 마는 결함 주택이나 마찬가지다.

양립할 수 없는, 모순된 사상.

수십 수백의 스태프를 거느리고, 누구 한 명 쓰러져도 대신할 수 있도록 크리에이터 전원을 톱니바퀴 삼아서 안정을 우선할 것인가.

의사소통 가능한 극소수의 동료만으로 만들며, 질을 담보 삼아서 콘텐츠의 공급 속도를 떨어뜨릴 것인가.

어느 한쪽을, 선택할 수밖에 없다.

텐치도란 대기업은 대기업 나름의 역사와 경영으로 현재의 가치관 및 체제에 안착했다.

그것은 1년 전에 게임 제작을 시작한 나의 판단보다 백 배는 옳고, 천 배는 논리적이며, 만 배는 효율적이다.

"그래서, 결정했어. 나는, 내 판단에 따라, 내 억지에 따라, 이 길을 선택하겠어!"

그렇게 말하면서 스마트폰을 힘차게 움켜쥔 후…….

나는 그 고지문을, 모든 유저에게 공개했다.

"""……!"""

이로하의, 마시로의, 오즈의 스마트폰이 동시에 진동했다.

당연히, 이 자리에 없는 무라사키 시키부 선생님과 마키가이 나마코 선생님의…… 아니, 『검은 염소』가 인스톨된 모든 유저의 스마트폰이 반응했을 것이다.

스마트폰의 화면을 켜자, 거기에 표시된 것은…….

【중요 공지】

항상 성원을 보내주시는 여러분.

『검은 새끼 염소가 우는 밤에』의 추가 콘텐츠 갱신을 한동안 쉬게 된 것을 보고드립니다.

신규 시나리오, 신규 캐릭터의 투입을 여러분께서 고대하고 계신 것은 알고 있으며, 운영 측으로서도 한시라도 빨리 새로운 전개를 보여드리고 싶습니다. 하지만 지금의 페이스로 제작을 이어갈 경우, 만족스러운 퀄리티를 유지하기 어려울 것으로 판단했습니다.

12월경 갱신 재개를 목표로 지반을 단단히 다지면서, 납득할 수 있는 퀄리티의 작품을 선보일 예정입니다.

여러분께 걱정을 끼쳐 정말 송구합니다. 앞으로도 『검은 새끼 염소가 우는 밤에』 및 《5층 동맹》을 응원해주시면 감사하겠습니다.

《5층 동맹》 대표 AKI

"으…… 아아…… 저질렀어. 저질렀다고. 후, 후후후. 헤헤헤. 저질러버렸단 말이다……."

"선배?! 처음으로 사람을 죽인 살인귀 같은 표정을 하고 있거든요?!"

"우, 헤헤……. 으, 으윽, 우와아아아아아아아, 배아파아아아아아아! 이로하아아아아아! 내 숨통을 끊어줘어어어어어!"

"으음, 잘은 모르겠지만 알았어요! 각오하세요~!"

이로하가 스마트폰을 감싸 안은 채 버둥거리는 내 머리를 향해 뿅망치를 휘두르자, 얼빠진 소리가 주위에 울려 퍼졌다.

고통 없이 순식간에 저세상에 가는 것 같은 효과는 없지만, 적당한 자극이 머리에 가해지면서 바보 같은 소리가 울려 퍼진 덕분에 스트레스가 약간 누그러들었다. 물론 착각이다.

"아, 아키……. 이거, 진심이야?"

"농담으로 이런 공지를 올릴 리가 없잖아."

"그, 그래. 유저에게, 이 정보가 전달된 거잖아. ……하지만, 요즘 같은 시대에, 추가 갱신 정지 공지라니……."

"거의 자살 행위라는 건 알아. 그러니 이렇게 배가 아픈 거라고……. 크윽……."

역시 작가 지망생인 마시로는 갱신 페이스가 떨어지는 게 요즘 같은 시대에 얼마나 마이너스로 작용하는지 잘 아는 것 같았다.

오락이 넘쳐나는 현대에서, 멈춰선 자는 탁류에 휘말려 사라지고 만다.

과거, 다른 콘텐츠가 그런 식으로 시대에 남겨지는 모습을 수도 없이 봤다.

우리의 『검은 염소』만이 그런 운명을 거부할 수 있을 거라 믿을 만큼, 내 머릿속은 꽃밭이 아니다.

아~, 배 아파.

SNS를 보는 게 무섭다. 마구 비난당하고 있으면 어쩌지.

뽕뽕.

"……너, 언제까지 때리려는 거야."

"숨통이 붙어 있으면 안 되니, 확실하게 골로 보내드리려고요."

"망나니의 귀감이구나."

"그것보다~ 설명해주세요, 설명. 왜 한동안 쉬겠단 고지를 한 거예요?"

이로하는 바닥에 주저앉아 몸을 웅크린 나의 머리를 뽕망치로 때리면서 물었다.

"네 말이 옳다고 생각했어."

"네? 저요?"

짚이는 구석이 없는 건지, 어리둥절한 표정을 지었다.

"그래. 나는 **일을 너무 많이 한 거야.**"

"아니, 그건 맞는데요. 새삼스럽게 무슨 소리를 하는 거예요?"

"새삼스러운 소리지만, 새삼스럽게라도 고쳐야만 하는 일이야."

이로하, 오즈, 무라사키 시키부 선생님— 이들의 재능을, 마키가이 나마코 선생님께 도움을 받으며 세상에 선보인다. 그것이 내가 원래 『검은 염소』를 통해 하고 싶었던 일이다.

즉, 내 억지다.

"내가 하고 싶은 일에 너희가 동조해준 덕분에 여기까지 왔어. 그러니 나도 그런 너희에게 보답하고 싶어서, 더욱 노력했던 거야. ……하지만, 거기에 함정이 있었어."

"함정?"

"내가 노력하면 할수록, 너희도 끝없이 노력하게 돼. ─아무 일도 안 일어난다면 미담이 되겠지만, 이건 아직 폭발하지 않았을 뿐인 폭탄이야."

그러니까…….

"그래서 결정한 거야. 최대한 빠르게 300만 DL 달성이란 가능성을 버리고, 이쯤에서 일단 멈춰서자……고 말이지."

일러스트 발주를 멈추는 것만으로는 안 된다.

왜냐하면, 다들 좋은 녀석인 것이다.

내가 노력한다는 것을 알면, 도움을 주거나 배려를 할 녀석들이다.

팀 전체가 멈춰 서지 않는 한, 제대로 쉴 수 없다.

"새로운 인간을 고용해서 효율적으로, 안정적인 운영을 목표로 삼는다…… 확실히 그것도 하나의 올바른 수단이야. 끽소리도 못할 정도로 말이지. 하지만─"

그래선, 의미가 없다.

『검은 염소』는 우리의 콘텐츠로 계속 남아줬으면 한다. 뭐가 올바른지를 떠나, 이것은 그저 내 억지다.

"—나는 지금의 동료들과 함께 나아가는 길을 선택하겠어. 달려 나갈 때도, 멈추어 설 때도 말이야."

그렇게 단언한 나를, 이로하가, 마시로가, 오즈가 응시했다.

그 얼굴에 어린 감정이 뭔지, 나는 알 수 없었다. 너무 갑작스러운 결정이라 당혹스러울 거라고 예상할 뿐이다.

"상의도 하지 않고 결정해서 미안해. 하지만 이건 내가 책임지고 결정해야 한다고 판단했어. 리더 권한이니까, 이의는 인정 못 해."

"오케이. 공지를 세팅할 때도 말했지만, 나는 아키의 판단에 맡기겠다고 결심했어. ……무라사키 시키부 선생님과 마키가이 나마코 선생님도 오케이라네."

오즈는 LIME의 화면을 보면서 웃었다.

"마, 마시로도, 그편이 좋을 것 같아. 아키의 결정이라면 말이야. 응."

어찌 된 건지 잠시 뒤돌아서 있던 마시로가 허둥지둥 나를 향해 몸을 돌리며 고개를 끄덕였다.

"12월 재개로 결정한 기준은 뭐예요?"

이로하가 소박한 의문을 입에 담았다.

"수학여행은 10월 후반이잖아. 스미레 선생님의 일이 끝나는 건 아마 그쯤일 거야. 그리고, 11월을 통째로 할애해서 준비하면, 12월에 재개 가능할 거라고 계산했어."

"아하~. 그럼 그동안은 작업이 올 스톱인 거네요?"

"그렇게 되겠지."

……일단 대답해주기는 했지만 말이야, 이로하. 방금 발언은 너한테도 작업이 존재한다고 커밍아웃하는 거나 마찬가지니까, 말 좀 조심해.

지금의 마시로에게는 그런 이로하의 세세한 언동을 눈치챌 여유가 없는 것 같지만 말이다.

"뭐, 고등학생답게 수학여행이나 즐기겠어."

"어쩌면 그게 앞으로의 《5층 동맹》에 플러스가 될지도 몰라."

오즈의 말이 옳다.

돌이켜보면 나는 운영에 신경을 쓰느라 사적인 시간을 가질 여유가 없었다.

하지만 이제까지도 사적인 시간에 얻은 교훈이 운영에 플러스로 작용한 적이 많았다.

물론 최종 목표는 잊지 않았으며, 절도를 지킬 생각이지만……

나는 이로하와 마시로를 힐끔 쳐다보며 생각했다.

—밝힐지 말지를 떠나…… 자신의 감정이 누구를 향하고 있는지 살펴보는 편이 좋을지도 모른다.

"……하지만 아키, 『검은 염소』의 성장을 포기한 건 아니지?"

한순간 머릿속에 떠오르려 하던 청춘 느낌 물씬 나는 생각을, 오즈가 차단했다.

"그래, 물론이야. 이건 어디까지나 전략적 후퇴야. 아무 작전 없는 휴무 선언이 아니라고."

"아…… 그렇구나. 숫자를 늘리지 않아도 된다고 생각하는 건가…… 했거든."

"숫자는 늘리지 않아도 돼. 300만 DL를 무리해가며 노리는 건 관뒀어."

"뭐? 그게, 무슨……."

"애초에 그런 숫자로 허니플레의 히트작과 경쟁하는 게 무모했어."

"뭐~, 무모하긴 했어요~."

"그래. 우리가 목표로 삼아야 하는 건 숫자가 아니라, 코어한 팬이야. 아무리 절대적인 숫자가 적더라도, 진심으로 『검은 염소』를 깊이 사랑해주는…… 그런 코어한 팬의 숫자가 적절히 관측될 것. 그것이야말로 우리의 승리 조건이야."

"……네? 그걸 어떻게 관측할 건데요?"

"그 점은 다 생각해뒀으니 나중에 설명해주기로 하고……. 우선은 이번 발표로 유저에게 어떤 심판을 받을지가 문제야."

모든 것은 거기에 달려 있다.

이대로 엄청난 비난, 무수한 악플, 단체 삭제 등을 당한다면 코어한 팬도 뭐도 없다.

그래서, 배기 이픈 것이다.

갱신 속도가 느려지면, 대부분의 유저가 멀어질 테니 말이다.

《5층 동맹》의 운명은 그대로 끝나고 만다.

하지만 만약, 넓은 마음으로 받아주는 사람이 많다면…….

그런 코어 팬을, 이 눈으로 확인할 수 있다.

어느 쪽으로 구를 것인가. 둘 중 하나의 도박이다.

"슬슬 유저의 목소리가 들려올 타이밍이네. 아키, 마음의 준비는 됐어?"

"큭…… 죽여라……!"

스마트폰을 손에 쥔 오즈가 SNS에 올라온 글을 읽으려 하자, 나는 이를 악물었다.

"선배가 여기사 같아요……!"

"심정은 크게 다르지 않아! 정신이 엉망진창이 될 각오라면, 이미 되어 있어!"

"그럼, 간다?"

오즈는 악마 같은 스마일을 머금으며, 천천히 입을 열었다.

『요즘 같은 때에 한 달이나 갱신을 안 해? 스마트폰 게임 업계를 물로 보는 거 아냐?』

"크억!"

명치에 제대로 한 방 맞았다.

『드디어 망하나(웃음) 자, 딴 게임 하자고.』

"쿨럭!"

턱에 강력한 한 방이 들어갔다.

『역시 운영이 쓰레기야. 마키가이 나마코 선생님을 낭비하네. 괜히 시간 뺏지 말라고, 쓰레기.』

"윽…… 그, 그렇게까지…… 말할 건……."

목이 졸린 탓에 숨을 쉴 수 없었다.

"오, 오빠! 스톱! 선배가 죽겠어요!"

"너…… 너무해……. 게이머, 이렇게 무서운 사람들이야……?"

이로하가 필사적으로 오즈를 말렸고, 마시로는 새파랗게 질린 얼굴로 이 노골적인 악의 앞에서 떨었다.

오즈만은 평소와 마찬가지로 미소를 머금고 있었다.

"이대로 끝내도 되겠어? 아직 본격적으로 시작하지도 않았거든?"

"안 멈추면 큰일 난다고요! 선배의 멘탈은 이미 한계예요!"

"멈추지 마! 허억, 허억…… 나는 그 모든 목소리를 들어야만, 해!"

"선배…… 하지만……."

"이럴 때 샌드백이 되는 것도 프로듀서의 소임이야. 자. 계속해, 오즈."

"……오케이. 간다."

"아…… 선배!"

"아키…… 안 돼…… 피해!"

이로하와 마시루가 비명을 질렀지만, 오즈의 입에서는 이어지는 말이 흘러나왔다.

SNS에 올라온, 유저의 인정사정없는 말이 내 마음에 깊

숙이 꽂혔다.

눈을 꼭 감으며, 충격에 대비했다.

『운영 여러부우우우운! 알겠어요! 다음 갱신이 언제든 상관없어요! 운영 여러분이 생각하는 최고의 작품을 고대하고 있을게요!』

……………………

……어?

『한동안 갱신이 없다는 건 쓸쓸하지만, 재개되면 왕창 즐길게요!』

『12월까지 쿠게츠를 실컷 날름날름할게요.』

『제작 페이스가 어마무시했던 만큼, 스태프 여러분의 건강이 걱정됐어요. 무리하지 않는 범위에서 푹 쉬며, 최고의 작품을 만들어주세요!』

『오케이, 12월에 보자!』

『다음 갱신까지 마음에 들었던 스토리를 다시 즐길래요!』

『항상 수고 많으세요! 일단 응원하는 마음으로 과금해둘게요.』

『AKI씨~! 수고많아요! 기다리고 있을게요! 저, 평생 당신을 따를 거예요!』

오즈가 읽어준 유저들의 말, 말, 말. 여기에 적지 못할 많은, 대량의 말.

"안티의 코멘트는 처음의 세 개뿐이고, 그 외에는 운영 측에 대한 위로와 격려네. 일단 유감스러워하는 반응도 있지만, 비판적인 목소리는 거의 없어."

"말 없는 다수파가 대대적으로 게임을 삭제한다거나……."

"글쎄. 12월에 재개해봐야 실제 이탈율을 알 수 있겠지만…… 뭐, 좋아요도 많잖아. 얼추 보니 상업의 코어 팬이 많은 타입의 작품과 비슷한 반응 같네. ……정확한 분석은 나중에 AI에게 시켜둘 테니까, 일단 이번 고지의 결과는 양호하다고 받아들이면 되지 않으려나."

"그, 그렇구나……."

"다행이네. 아키. 《5층 동맹》이 쌓아온 것들은 유저에게 확실하게 전해졌어."

"응……."

솔직히 말해, 이번 발표는 이제까지 중에 가장 긴장됐다.

아마 처음으로 『검은 염소』를 세상에 내놓을 때보다, 몇 배는 긴장했다.

실패해도 괜찮다. 어차피 아무도 우리를 알지 못하니까, 하는 데까지 해보고 안 되면 박살 나면 돼! 그런 심정을 추진력 삼아 나아가고 있을 때는 두려울 게 전혀 없었다.

설마 물러서기 위한 고지를 올리는 게 몇 배나 더 무섭다니, 당시에는 생각도 못 했다.

진군할 때가 아니라, 후퇴할 때야말로 용기가 필요하다.

그런 이야기를 들은 적이 있지만, 실감한 것은 처음이었다.

"정말, 다행이야……."

"선배……."

"아키……."

온몸에서 힘이 빠진 내가 털썩 주저앉자, 이로하와 마시로가 다가와서 등을 어루만져줬다.

"수고했어요."

"수고했어."

짤막하게 내 노고를 치하해줬다.

그 평범하기 그지없는 말이, 내 마음을 충분하고도 남을 만큼 치유해줬다.

*

일주일이 흘렀다.

『검은 염소』의 작업은 전혀 하지 않는다는, 어찌 보면 기묘한 시간이 흘렀다. 하지만 온전히 시간을 낭비하는 걸 힘들어하는 성격이기에, 책을 읽거나 정보를 모으거나 핀스타를 연구했다. 그리고 최근 시간이 없어서 보지 못했던 Vtuber 영상도 봤다.

이로하와 마시로, 오즈와 평범하게 같이 놀기도 했다. 그러고 보니 이제까지는 그런 적이 거의 없었다.

　스미레도 『검은 염소』의 갱신 정지를 발표한 다음 주 초에
는 학교 출근이 가능해졌고, 무리를 하지 않는 선에서 수학
여행 관련 업무를 봤다.

　그리고, 다시 찾아온 토요일 밤.

　우리는 평소처럼 맨션 5층의 우리 집 거실에 모였다.

　"그럼 나, 무라사키 시키부 선생님의 완, 전, 부, 활과 수
학여행 사전 준비의 일단락을 축하하며…… 건배——!"

　""""건배!""""

　스미레가 활기찬 목소리로 잔을 치켜들자, 나와 이로하와
마시로와 오즈가 이어서 그렇게 외쳤다.

　몸이 나은지 얼마 안 되면서도 보드카를 들이켜는 이 술
꾼에게도 오늘만큼은 잔소리를 하지 말자.

　오늘은 그녀의 노고를 위로하는 술자리다. 이런 자리에서
잔소리를 하는 것도 좀 그렇다.

　"크으으으, 일 마치고 마시는 한 잔은 몸에 스며드네~."

　"수고 많으셨어요~. 팍팍 들이키세요!"

　"페이스 너무 빨라……. 조금은 자중하는 게, 어때?"

　"에이. 괜찮잖아요, 마시로 선배. 어차피 뒤풀이 자리인걸
요. 뒤, 풀, 이☆"

"으음."

"아하하. 츠키노모리 양도 오늘은 좀 봐줘. 선생님이 힘쓴 덕분에, 우리의 수학여행은 작년보다 재미있어질 거야."

"······그래?"

"응. 학생회에서도 화제가 됐어. 수학여행 실행위원회와 힘을 합쳐서 작년까지의 인습을 깨준 덕분에, 깨끗하고 식사도 맛있으며 재미도 있는 여관에서 묵을 수 있게 됐거든."

"그렇구나······. 응. 그럼, 용서해줄게."

"스미레 쌤은 의외로 학생들을 챙긴다니까요~. 올해 2학년이 전례를 만들어준 덕분에, 내년에 우리도 좋은 곳에 묵을 수 있을 것 같아요! 감사의 제곱!"

"우쭈우우우울! 더 칭송해도 돼! 오~ 호호호호!"

"역시 용서 못 해. 시끄러워. 조용히 해."

"너~무~해~! 꺄하하하!"

"정말······ 시끄러운 녀석들이야."

평소와 같은 멤버, 같은 분위기 속에서 은근슬쩍 벗어난 나는 부엌에서 한숨 돌렸다.

『검은 염소』의 운영이 어떻게 되든 간에 저 녀석들은 변하지 않을 것 같다는 생각에, 마음이 푸근해졌다.

하지만 오늘 술자리에는 평소와 다른 점이 있었다.

술자리의 특이점. 신규 참가자 중 한 명이 곱게 땋은 머리카락을 가볍게 쓰다듬으면서 내가 있는 부엌으로 들어왔다.

오토하 씨는 일본주가 담긴 술잔을 입에 대더니, 술기운 탓에 얼굴이 약간 벌게진 상태에서 푸근한 목소리로 말했다.

"시끌벅적하군요~. 항상 이렇게 즐거운 시간을 보내나요?"

"네. 딱히 떳떳하지 못한 짓은 안 해요. 마시는 것도 토마토 주스고요."

"우후후. 그렇게 긴장할 필요 없어요. 의심하는 건 아니니까요~."

그렇게 말한 오토하 씨는 갑자기 집 안쪽, 복도 너머를 쳐다보았다.

"그런데 안쪽에 있는, 잠겨 있는 방은 뭐죠?"
"창고니까 신경 쓰지 마세요."

실은 전자동 마작 테이블이 있는 방이에요.

우리가 거는 건 돈이 아니라 자존심과 신념인 만큼, 남한테 불평 들을 일은 없다. 그래도 부모님에게 보여드리는 건 솔직히 좀 그랬다.

그런 대화를 나누고 있을 때, 또 한 명의 특이점이자 신규 참가자인 프랑스 미녀가 불쑥 나타났다.

"비밀의 방. 미스터리어스. 호기심. 자극돼요. 섹스룸이군요."

"저기, 단어 선정 좀 조심해주면 안 될까요."

일본어를 잘못 쓴 건지, 진심으로 한 말인지 판단하기 어렵거든요? 좀 조심해달라고요, 미즈키 씨.

그것보다, 어른 두 명에게 포위당하고 말았다. 거북하기 그지없지만, 내가 이 상황을 자초했기에 불평도 할 수 없다.

그렇다. 오토하 씨와 미즈키 씨를 이 술자리에 부른 건 바로 나다.

이건 어찌 보면 오토하 씨에게의 선전포고다. 우리 사이에 섞여, 이로하가 즐거워하는 모습을 보여주려는 것이다.

자신이 하고 싶은 일을 다시 확인하고, 《5층 동맹》의 전환기가 될 결단을 내린 나는 이로하를 다음 무대로 진출시키기 위한 작전을 짜고 싶어졌다.

Vtuber 방송과 핀스타를 연구하는 것도 그 일환이다.

그러니 언제까지고 오토하 씨의 감시에 겁먹고 있을 수는 없다. 이 사람을 직접 설득하는 날을 위해서라도, 이로하에게 자유를 주고 싶어지도록 서서히 포석을 깔아두고 싶다.

미즈키 씨를 부른 이유?

보호자가 한 명뿐인 것도 좀 그렇고, 5층 주민 전원이 모이는데 그녀만 안 부르는 것도 좀 그랬다.

무엇보다 이번에 내가 가야 할 길을 찾는 데 도움을 준 답례 삼아, 무라사키 시키부 선생님을 위해 갖춰둔 고급술을 대접하고 싶었다.

그래봤자 부자인 미즈키 씨에게는 싸구려 술일지도 모르지만 말이다.

"……그건 그렇고, 오오보시 군은 이번에 과감한 결단을 내렸군요~."

"갱신 중지 말인가요."

"네. 제 충고는 결국 받아들이지 않은 건가요~. 유감이에요."

여전히 어디까지가 진심인지 알 수 없는 표정이지만, 유감이란 말 자체는 거짓말이 아닌 듯한 느낌이 들었다.

"언젠가 이번 선택을 후회하는 날이 올 거랍니다. 어른이 되면 말이죠."

"그럴지도 모르겠네요. 하지만―"

텐치도라는 거대한 조직을 통솔하는 인간으로서, 크리에이터의 정점에 서서 이끄는 자의 선배로서, 오토하 씨는 나에게 길을 알려주려 한 것일지도 모른다.

하지만, 그것은 이 사람이 이미 지나간 길이다. 이 사람이 공략한 던전의 공략법이다.

내 길은, 아니다.

"어차피 언젠가 죽더라도, 제 가죽은 남기고 싶거든요. 몸에 맞지 않는 가죽을 억지로 걸칠 생각은, 없어요."

옳다고 믿는 길을 주저 없이 나아갈 결의를 품으며, 나는 오토하 씨의 눈을 똑바로 바라보았다.

두렵기까지 한 친구 어머니, 전설이라 해도 과언이 아닌

실적을 자랑하는 선현을 상대로, 마음을 굳게 먹었다.

그런 내 의연함을 어떻게 평가한 건지, 오토하 씨는 한숨을 내쉬었다.

"미숙하군요."

단순한 실망을 입에 담았다.

"Non. 아니에요, 아마치 사장님."

하지만 그 말에 반론한 건, 뜻밖에도 미즈키 씨였다.

"성숙, 미숙, 정의, 올바르지 않아요. 꿈을 포기한다, 안 한다, 그 차이예요."

"츠키노모리 씨……. 그래요. 당신에게 영향을 받은 거군요."

목소리에서 납득한 기색이 묻어났다.

가늘게 뜬 눈을 살짝 치켜뜬 오토하 씨와, 설녀 같은 눈길로 시선을 마주하고 있는 미즈키 씨…….

……뭐, 뭐야. 이 두 사람, 혹시 사이가 나쁜 걸까?

"당신은 그런 가치관을 지녔겠죠. 한치의 타협도 하지 않고, 자기 뜻대로 나아간 끝에 성공한, 당신이라면 말이에요."

내가 당혹스러워하는 가운데, 오토하 씨의 악의에 찬 목소리가 미즈키 씨를 찔렀다.

하지만 찔린 쪽은 분노나 슬픔을 드러내지 않으며, 아무 말 없이 여유로운 미소를 머금었다.

—그래. 생각해보면 이 두 사람은 물과 기름 같은 사이다.

왜냐하면, 미즈키 씨는 뮤지컬 배우다.

연예계, 엔터테인먼트의 세계를 경멸하고, 이로하가 그런 것을 접하지 못하도록 모든 수단을 빼앗은 원흉.

　그런 인간이, 연예계&엔터테인먼트계의 화신 같은 경력을 지는 미즈키 씨에게 좋은 감정을 품고 있을 리가 없다.

　이로하와 마시로는 사이가 좋고, 처음으로 함께 우리 집에 찾아왔을 때는 분위기가 훈훈했었기에 까맣게 속고 말았다.

　그게 어른의 무시무시한 사교법인 걸까.

　……잠깐만. 오토하 씨는 방금, 타협하지 않고, 라고 말했지?

　미즈키 씨의 현재가 타협을 하지 않으며 나아간 결과라고 표현한 것을 보면, 거꾸로 오토하 씨는 타협을 한 끝에 현재에 이르렀다……는 의미일까?

　원래는 지금 같은 가치관이 아니었던 건가?

　만약 그렇다면, 이게 돌파구가 되려나? 이로하가 나아가려 하는 길을 인정하게 만들기 위한 첫걸음 말이다.

　위험할지도 모른다. 괜한 짓을 하는 걸지도 모른다. 하지만 시도해볼 가치는 있다!

　"저기, 그 이야기—."

　"선배애애애! 도와주세요오오오오!"

　"—우왓, 이로하?!"

　오토하 씨에게 말을 건네려던 순간, 이로하가 부엌으로 뛰어왔다.

좀비 영화에서 잡아 먹히기 직전의 인간 같은 표정이었으며, 등 뒤에는 좀비……처럼 들러붙어서 잡아당기고 있는 스미레가 있었다.

"이제 도망 못 쳐어어어, 이로하~. 나한테 『이로×마시』의 존귀 백합을 보여줘어어어~."

"실존 인물을 가지고 망상하는 건 룰 위반이라고요! 선배, 도와주세요~!"

"시키부가 새로운 술안주를 발견한 건가……. 나무아미타불."

"염불하지 말고 선배도 빨리 이쪽으로 와요! 오즈×아키만 보여주면, 관심을 돌릴 수 있단 말이에요!"

"방금 자기가 한 말을 기억 못 하는 거냐?"

실존 인물로 가지고 망상 어쩌고 떠들었잖아.

"오즈×아키는 이미 2.5차원이니까 오케이예요!"

"좋아~. 시키부. 이제부터 이로하와 마시로의 커플링의 존귀함에 대해 토론하자~."

"찬서어어어어어엉! 예――이!"

"안 돼애애애애애애! 선배는 배신자―!!"

스미레에게 편승하는 형태로, 나는 울상을 지으며 항의하는 이로하의 몸을 밀어내며 부엌 밖으로 나갔다.

뒤를 돌아보니, 오토하 씨와 미즈키 씨는 속내를 알 수 없는 미소를 지으며 다녀오란 듯이 손을 흔들고 있었다.

이야기가 강제 종료된 것은 결과적으로 잘된 일일지도 모른다.

　이 끝을 알 수 없는 위압감을 지닌 어른들에게 달려들었다간, 날카롭기 그지없는 카운터 발도술에 허무하게 목이 날아갔을지도 모른다.

　……굿잡이야, 이로하.

친구 여동생이 나한테만 짜증나게 군다

"으~, 피곤해……."

스미레 쌤한테서 겨우 해방된 나는 거실을 벗어나서 부엌 냉장고를 열었다.

오래간만의 술자리라 그럴까? 스미레 쌤은 텐션이 엄청났다. 얼마 전까지 허리가 아팠던 사람 맞긴 한 거야?! 싶을 정도로 난리를 피우고 있었다.

즐거워서 좋지만, 체력 소비가 너무 심해서 녹초가 됐어요. 현역 여고생이라고는 해도, 알코올의 힘으로 리미터 해제한 어른을 논알코올파가 이길 수 있을 것 같으냐! 같은 상황이에요. 하아.

말라버린 목을 축이고, 겸사겸사 텐션도 보충할까 해서 냉장고를 열어봤는데…….

"어라. 음료가 바닥났네."

유감스럽게도 텅텅 비어 있었어요.

선배네 집은 스미레 쌤을 위해 술을 풍부하게 비축해두지만, 논알코올 음료 쪽은 빈약하다니깐~.

"으음~, 제가 음료 좀 사올게요~."

나는 부엌에서 옆으로 얼굴을 내밀면서 거실을 향해 그렇게 말했다.

내 목소리를 가장 먼저 들은 이는 선배였다.

"나도 같이 갈까? 이 시간에 여자애 혼자 밖을 돌아다니게 하는 건 좀 그렇잖아."

걱정해주는구나! 알라뷰!

반사적으로 감정이 폭발할 뻔했지만, 그런 직설적인 표현을 쓰는 건 좀 부끄럽달까요~. 스스로도, 그건 좀 아냐~ 싶어서 평범하게 대답하기로 했다.

뭐, 기쁜 마음에 입가가 히죽거리는 건 어쩔 수 없지만요!

"괜찮아요~. 요 앞에 있는 편의점에 갔다 올 거라서요. 아, 혹시 이로하 님과 밤길 데이트 삼아 같이 걷고 싶은 거예요~? 히히히."

"인마, 그런 거 아냐. ……뭐, 괜찮다면 됐어. 부탁할게."

"네~. 저만 믿어요☆"

척하고 후배 느낌 나게 경례를 했다.

사실 저야말로 밤길 데이트 삼아 같이 가고 싶지만요. 제 소망을 선배의 소망으로 위장해서 늘어놓으면 되니까 참 편하다니까요☆

그럼 다녀올게요~ 하고 말하면서 현관에서 신발을 신고 있을 때, 뒤편에서 누군가가 다가왔다.

"어라. 마시로 선배의 어머니. 혹시 필요한 거 있으세요? 말해주시면 사 올게요."

그 사람은 미인이자 브로드웨이 대배우인 미즈키 씨였다.

이제부터 필요한 걸 사러 가는 나에게 부탁할 게 있나 싶어서 물어봤더니, 미즈키 씨는 고개를 저었다.

"저도 갈게요. 술 떨어졌어. 떨어졌어요."

"술이라면 더 있을걸요? 무라사키 시키부 선생님용 술이 잔뜩 있거든요."

"저, 편의점에서 파는 싸구려 술, 『오니츠부시』, 좋아해요. 그거, 이 집에는 없어요. 사러 갈래, 갈래요."

아하. 나는 술을 살 수 없으니 어쩔 수 없다.

최근에 알게 된 친구 어머니와 같이 편의점에 가는 것도 이상한 느낌이지만, 초면인 사람과도 금방 친해지는 이로하님 매직을 보여줘야겠군요!

"알겠어요! 그럼 같이 가죠!"

맨션 입구를 나선 후, 걸어서 5분도 채 안 되는 거리에 있는 편의점으로 향했다.

가을의 쌀쌀한 밤하늘 아래를, 여자 둘이서 말없이 걷고 있다.

초면인 사람과도 금방 친해지는 이하 생략이라 자부하는 나지만, 말을 못 걸고 있어요. 괜히 우쭐댔어요. 죄송해요.

평소 같으면 아무렇지 않게 우등생 느낌의 인사 같은 태도로 이야기를 시작했을 것이다.

하지만 옆에서 걷고 있는 미즈키 씨의, 압도적인 천상계 아우라에 압도당하고 있다고나 할까⋯⋯.

잘 생각해보니 이 사람은 브로드웨이에서 활약하는 여배우잖아, 내가 꿈꾸는 세상의 최상급 존재 같은 거야, 하고 생각하니 긴장되어서 입가가 굳고 말았다.

⋯⋯마시로 선배와 닮은 외모의 미인이네. 마시로 선배도 자라면 이런 느낌일까.

얼굴을 힐끔 쳐다봤을 뿐인데, 그런 솔직한 감상이 머릿속에서 떠올랐다.

미즈키 씨의 눈이, 갑자기 나를 향했다.

쳐다보는 걸 들켰다고 생각한 나는 멋쩍은 나머지, 아, 저기, 그게 말이죠, 하며 변명을 늘어놓으려 했지만⋯⋯.

"이로하 양 《5층 동맹》의 성우, 전 캐릭터, 연기, 맞죠?"

"네?!"

느닷없이 뜻밖의 말을 듣고, 당황하고 말았다.

잠깐만. 약았잖아. 방금 기습은 너무한 거 아냐?!

미즈키 씨는 빙긋 웃더니, 역시 그랬군요, 하고 말했다.

"저, 인연 있어요.『검은 새끼 염소가 우는 밤에』플레이, 해봤죠. 목소리 종류, 여러 개로 나눠 썼지만, 연기 프로, 저를 속일 순, 없어요."

"모, 목소리만 듣고도 알 수 있나요⋯⋯?"

"연기를 잘해도, 본능에 가까운 부분, 버릇, 없애는 건 어려워요. 숨결, 호흡 방식, 신음소리. 구별 쉬워요."

"신음…… 이, 일본어의 의미를 헷갈린 거죠?"

"OH, 바꿔 말할 필요, 있나요? 교성, 달뜬 숨소리, 센시티브 보이스, 좋아하는 것 골라, 골라도 돼요."

"꺄아~! 의미를 알면서 쓴 거야~!"

"바로 그거예요."

"……네?"

"『꺄아~』의 늘린 부분. 『아~』의, 숨을 내쉬는 부분. 버릇, 쉽게 드러나요. 아까의 『네?!』도 그렇고요."

"그런 것으로 눈치채는 건가요……. 저기, 이건, 다른 사람에겐……."

"물론, 말 안 해요. 이름 비공개, 정체불명. 즉, 이름을 알릴 수 없는 이유, 있어. 있는 거죠?"

"네……. 특히, 우리 엄마한테는……."

"그렇겠죠."

"네?"

그게 무슨 말일까. 미즈키 씨는 엄마와 조금은 교류한 적이 있는 것 같은데, 우리 집 사정에 대해 알고 있는 걸까.

"이 일, 아키테루 군은 알아. 알죠?"

"네. 선배는 다른 사람 몰래, 저를 성우로 길러주고 있어요."

"그렇군요. 오케이. 이로하 양, 저, 아키테루 군. 이 셋, 은밀한 삼각형. 그 외에는, 들키지 않도록, 조심. 안심해요. 비밀, 은폐, 세끼 밥보다 자신 있어요."

"가, 감사해요. ……그런데 꽤 독특한 일본어를 쓰시네요."

"커뮤니케이션은, 기세, 의미만 전달되면 문제없어. 없어요♪"

그건 그럴지도 모른다.

틀려도 상관없다는 것처럼 거침없이 말하는 미즈키 씨가, 왠지 부럽다.

"그건 그렇고, 일류한테는 간단히 들키는 거군요. 저는 아직 멀었네요~."

"후후. 그거 신경, 불필요. 숨기는 것, 연기의 목적 아니에요."

아차, 입을 잘못 놀렸다.

그래요. 확실히 평범한 연기자는 정체를 숨기기 위한 능력을 갈고닦을 필요가 없겠죠.

원래 신경 쓸 필요가 없는 포인트를 의식했으니, 이상하게 여겨질지도 몰라.

지금도 미즈키 씨가 나를 뚫어지게 쳐다보고 있잖아.

우와아…… 눈도 참 아름답네.

이름이 그 사람을 드러낸다고 하는데, 바다에 비친 보름달 같은 미스터리어스한 빛을 머금은 저 눈에는 여자도 매료될 것만 같다.

"후후. 그렇군요. 이해했어요."

"으……음……?"

"저, 《5층 동맹》의 성우한테서, 재능 느꼈어요."

"아, 으음, 가, 감사, 해요?"

"네. 하지만, 아쉬움도, 느껴. 부족한 부분 고치면, 더 대단한 연기자 돼. 그렇게, 느꼈어요. 위화감의 정체, 음성만으로는 몰라, 알 수 없었어요. 하지만 이제 이해, 알았어, 파악, 확신했어요."

자기만 고개를 끄덕이며 무슨 말을 하는 걸까.

"자기 자신, 드러내지 않아. 숨기려고 해. 그거, 이로하 양 연기의 약점."

"……!"

아픈 곳을 찔린 느낌이 들었다.

확실히 『검은 염소』 레코딩 중에 역할에 빠져들기는 해도, 머리 한편에는 엄마한테 들키면 어떻게 하지, 라는 불안이 존재했다.

하지만 그것을 초면인 미즈키 씨가 간파할 줄이야…….

"제안. 한 개. 있어요."

미즈키 씨는 손가락을 한 개 세우더니, 장난스레 웃었다.

"저의 제자, 안 될래요?"

"네, 에엣?! 제자…… 진짜 여배우의 제자 말인가요?! 으음, 얼마죠……?"

"후후♪ 돈 됐어요. 저, 당신의 재능, 반했어요. 한눈에요."

"으음~, 아니, 저기, 너무 황송해서 어떤 반응을 보이면 좋을지……!"

"덤으로, 남자 농락하는 법도 알려줄게요. 아키테루 군, 한방 감, 원킬, 식은 죽 먹기예요."

"으윽. 제가 선배를 좋아한다는 게, 왜 확정 사항인 거죠?"

"아닌가요? 누가 봐도 사실. 눈치 못 챈 건 아키테루 군뿐, 아닌가요?"

"아니……지 않아요. 네. 아, 하지만, 농락이라니……. 그런 건 좀, 아니라고 생각해요."

"후후. 그건 농담. 진담으로 여기다니, 귀여워. 청춘 느껴져요♪"

"으으~. 현재진행형으로 내가 농락당하는 느낌이야~!"

맙소사.

저를 이리저리 흔들어대며 마구 가지고 노네요!

……하지만 선배를 어찌한다는 건 농담으로 넘어가더라도, 어쩌면 이건 기회 아닐까?

브로드웨이에서 활동하는 여배우에게 배울 기회 같은 건, 평범하게 살다간 평생 거머쥘 수 없을 거야.

이참에 약점을 극복해서 실력이 좋아진다면, 『검은 염소』에도 더욱 공헌할 수 있다.

선배에게도, 도움이 될 것이다.

복잡하게 뒤엉킨 실 같던 머릿속이 정리한 나는 어찌어찌 이렇게 말했다.

"며칠만, 생각할 시간을 주세요."

"우후후♪ 그렇게 해요. 소중한 선택, 심사숙고, 중요해요. 스마트폰, 꺼내 볼래요?"

"아, 네."

미즈키 씨가 내민 스카트폰에는 QR코드가 표시되어 있었다. 나도 스마트폰을 꺼내 그 코드를 인식해서, LIME의 ID를 교환했다.

"결심하면, 언제든 연락, 줘. 저, 목을 빼고 기다려. 기다릴게요. ……자, 도착했네요."

마치 미리 짜기라도 한 타이밍에, 우리는 편의점 앞에 도착했다.

……그러고 보니, 마실 걸 사러 온 거였지.

너무 농밀한 대화를 나눈 탓에, 뭘 하러 왔는지도 잘 기억이 나지 않았다.

"하아……. 사람 많아서, 피곤해……. 뭐, 즐거우니, 됐어."

이로하 양과 엄마가 편의점에 가는 걸 본 마시로는 홀로 베란다로 나갔다.

차가운 밤바람이 기분 좋다. 역시 조용한 밤은 좋다. 혼자 달빛을 쬐기만 해도 MP가 회복된다.

그건 그렇고, 스미레 선생님은 술버릇이 너무 나빠. 이로하 양과 마시로를 붙여놓고 백합 망상을 하는 건 좀 그렇잖아. 저질이야.

……뭐, 이번에 선생님이 무리한 건 마시로 탓이잖아. 이정도는 당해줘도 되겠다 싶어서, 얌전히 있었지만 말이야. 그래도 너무 심해.

이번 소동. 스미레 선생님은 끝까지 인정하지 않았지만, 아마 300만 DL를 위한 일러스트만이 아니라 수학여행 또한 마시로를 생각해서 무리한 거라고 생각한다.

수학여행에 좋은 추억 따위 없다.

초등학교 때두, 중학교 때두 말이다.

주위에 녹아드는 걸 잘 못 하는데도 집단행동이 강제됐고, 조별 행동을 통해 외톨이라는 것을 더욱 자각하면서 비참함을 느꼈다.

그딴 건 리얼충이나 즐기는 이벤트. 마시로와는 상관없어. 죽어. 그렇게 생각했다.

어쩌면 아키와 같이 가고, 오즈와 미도리 부장과 오토이 씨 같은 가까운 동료들과 함께 지낼지도 모르는 올해야말로 수학여행이야말로 즐겁다고 느낄 처음이자 마지막 기회일지 도 모른다.

아마 스미레 선생님은 마시로의 그런 상황을 알고, 신경을 써준 게 아닐까. ……물론, 마시로만 특별히 여긴 게 아니 라, 모든 학생을 위해 나선 거라고 생각하지만…….

조금은, 신경을 써준 듯한 느낌이 들었다.

고마워, 시키부. 하지만 실존 인물 백합 망상은 오늘로 끝내.

"이로하 양……."

백합 망상을 떠올리는 것도 좀 그렇지만, 연적이 모습이 뇌리에 떠올랐다.

문화제 날 밤, 선전포고를 해왔던 최강의 적.

아키와 거의 제로 거리에서 쭉 같이 지내며, 밀접한 관계 를 쌓아온 여자애.

이길 기회는 많지 않다. 하지만, 그 애보다 마시로가 유리 한 몇 안 되는 요소 중 하나. 그것을 최대한 활용한다면, 승 산은 있다……!

"이로하 양과의 승부…… 이번 수학여행에서, 앞서 나가야 해."

혼잣말 삼아 그렇게 중얼거리며, 난간을 쥔 손에 힘을 줬다.

마치 방금 그 말을 들은 듯한 타이밍에, 등 뒤에서 드르르륵 하고 창문이 열리는 소리가 들려왔다.

흠칫! 하며 뒤를 돌아보니, 이로하 양의 엄마의 모습이 눈에 들어왔다.

"어머어머, 이런 곳에 있었군요. 주정뱅이한테서 도망친 건가요~?"

"으, 으음…… 바람 좀 쐴까 하고……."

"그런가요~. 방해가 안 된다면, 여기 있어도 될까요~?"

"그, 그러세요."

본심을 밝히자면 혼자인 게 좋지만, 거의 초면인 어른에게 그런 소리를 할 수 있는 인간이라면 아싸가 될 리 없다.

옆에 선 이로하 양의 엄마— 오토하 씨는 맨션 5층에서 지면을 내려다보고 있었다. 뭘 보나 싶어 시선을 쫓아가 보니, 마침 아래편의 도로를 이로하 양과 엄마가 지나가고 있었다.

불가사의한 느낌이다. 이로하 양과 엄마가 같이 있고, 마시로는 오토하 씨와 같이 있다.

하지만, 어째서일까.

오토하 씨의 눈…… 눈을 가늘게 뜬 저 사람이 무슨 생각을 하고 있는지, 알 수가 없었다. 왠지 섬뜩한 분위기가 느꺼지는 것 같은데…….

아키가, 이 사람과는 가치관이 맞지 않다고 말해서일지도 모른다. 그 탓에, 왠지 부정적인 선입관을 가지게 된다.

……하지만, 이로하 양을 닮았기 때문일까? 그냥 무섭기만 한 게 아니라, 엄청난 미인이며, 무심코 눈길을 보내게 될 만큼 매력적이었다.

"마시로 양은 아키테루 군을 얼마나 좋아하나요~?"

"어…… 네……?!"

이로하 씨가 부드럽고 푸근한 어조로 자연스럽게 그런 질문을 던지자, 바로 반응하지 못했다.

질문이 너무 의외라, 마음의 준비를 전혀 하지 못했다.

"조, 좋아한다는 걸, 저기…… 눈치, 챘나요……?"

"그럼요~. 마시로 양의 마음도, 이로하의 마음도요. 저도 사춘기를 지나왔으니까요. 남자애를 좋아하는 여자애의 얼굴 같은 건, 친구 숫자만큼 봐온걸요~."

"그, 그런가요……. ……어른은, 대단하네요……."

"우후후. 갑자기 이런 이야기를 꺼내서, 놀랐으려나요. 하지만 딸의 연애와도 연관된 일인 만큼, 신경이 쓰여서 말이죠~."

"앗…… 저기…… 죄송, 해요……."

"어머? 왜 사과하는 건가요?"

오토하 씨는 진심으로 영문을 모르겠다는 듯이 고개를 갸웃거렸다.

"이로하 양과 아키가 사귀는 편이…… 기쁘실 것, 같아서요. 저기, 방해꾼이라…… 죄송해요……."

"어머나, 어머나. 그런 걸 신경 쓰는 거예요~? 으음~, 귀여워라~."

"어…… 꺄앗!"

마치 강아지를 귀여워하듯, 머리를 쓰다듬어줬다.

어린애 취급을 하는 듯한 스킨십은 엄마한테도 받아본 적이 거의 없다.

하지만 오토하 씨의 모성 넘치는 손길은 따뜻했고, 손길이 느껴질 때마다 안도감이 온몸을 가득 채웠다. 생각해보니 엄마는 배우 일 때문에 바빠서, 어릴 적에도 함께 있었던 기억이 거의 없다.

물론 사랑을 못 받은 것은 아니며, 마시로를 진심으로 사랑한다고 당당히 말하는 사람이다. 그리고 아버지는 딸바보 소리를 들을 만큼 짜증스럽게 군다.

하지만 이렇게 머리를 쓰다듬어준 적은 거의 없었다. 그래서 오토하 씨의 이런 쓰담쓰담 공격에는 내성이 거의 없어서, 자연스럽게 긴장이 풀렸다.

"방해꾼이라고 생각하지 않아요~. 오히려 어른인 제가 보기에, 아키테루 군의 마음은 당신 쪽으로 기운 것처럼 보인답니다."

"어…… 마시로에게……?"

뜻밖의 말이라 눈을 깜빡였다.

"소꿉친구. 클래스메이트. 이웃사촌. 그리고 저런 성실한 타입의 남자애는 성실하고 얌전한 여자애에게 끌리기 마련이죠."

"그, 그러면…… 좋겠어요. 하지만…… 그래도…… 만약 마시로가 아키와 이어진다면, 이로하 양은……."

"상처 받겠죠~. 하지만, 그러니—."

오토하 씨는 마시로의 머리카락을 손가락으로 살며시 걷어서 귀를 드러내더니, 그쪽으로 입을 가져가서…….

악마처럼, 감미롭게 속삭였다.

"당신이 빨리 아키테루 군과 맺어졌으면 해요."

"어, 어째서……?"

"짝사랑을 오래 하면 할수록 깊이 상처받으니까요. 이뤄질 수 없는 사랑이라면 일찌감치 결판이 나서, 한시라도 빨리, 저 애가 새로운 길을 찾아줬으면 해요. ……그것 또한 부모 마음이죠. 그렇게 생각하지 않나요?"

"그건, 그럴……지도……."

오토하 씨가 마시로의 사랑을 응원해주는 이유로서는, 앞뒤가 맞는 듯한 느낌이 들었다.

하지만 그와 동시에 이야기를 교묘하게 비트는 느낌도 들면서, 가슴 속에 묘한 응어리가 남았다.

이게 대체, 뭐지?

"수학여행은 교토로 결정됐다죠~? 이로하가 없는 때를 이용해, 승부에 나설 생각 아닌가요?"

"으…… 그, 그런, 거창한 짓을 할 생각은, 없어……요……."

"에이, 사양할 것까지 없잖아요~. 수학여행이라면, 자유 시간도 있겠네요~."

"아…… 네. 그런 것…… 같아요……."

스미레 선생님에게 들었다.

기본적으로는 정해져 있는 루트 중 몇 개의 선택지를 골라서 돌아보는 투어 형식이다. 하지만 마지막 날은 반별로 함께 행동하기만 하면 되는 완전한 자유행동을 한다고 들었다.

"모처럼 교토에 온다면, 아키테루 군과 둘이서 우리 회사에 들러주세요."

"어…… 으음, 오토하 씨의 회사는……."

"저는 텐치도라는 회사를 경영하고 있는데~, 본사가 교토에 있어요~."

맞다, 텐치도!

게임 업계를 대표하는 일본에서도 넘버원이라 해도 과언이 아닌, 초거대 기업.

회사 측에서 허가만 해준다면, 수학여행 자유 시간에 갈 장소로서 더할 나위 없다고 생각한다.

"회사용 스마트폰이긴 한데, LIME 교환을 하지 않겠어요~? 그 시기에는 본사에 있을 예정이니, 연락을 주세요~.

환영할게요~."

"으음……. 네. 그럼 잘…… 부탁드려요……."

순수하게 텐치도 본사 내부가 어떤지 궁금했다.

아키도 오토하 씨와 가치관과 상성이 나쁘다지만, 세계 유수의 기업 견학이라면 흥미가 있으며 기뻐해 줄 것 같은 느낌이 들었다.

뭐, 연락할지 말지는 당일에 결정하면 될 테니…… 일단 LIME 교환 정도는 해도 되겠지?

여러 소동이 정리된 후, 나는 츠키노모리 사장에게 불려
갔다.

시간은 심야. 예의 패밀리 레스토랑, 예의 좌석에 앉았다.
예의 여성점원이 없어서, 다행이었다.

눈앞에 앉아있는 츠키노모리 사장은 기분이 좋은지 신사
느낌으로 기른 수염을 매만지더니, 다른 손님이 없기에 평소
보다 큰 목소리로 이렇게 말했다.

"이야, 여러모로 폐를 끼쳤는걸. 미즈키 녀석, 불쑥 집으
로 돌아왔지 뭐야. 정말, 나를 걱정시키는 나쁜 고양이라니
깐. 하하하."

"지, 집으로 돌아왔군요. 다, 다행이에요. 아하, 아하하하하."

메마른 웃음밖에 안 나왔다.

모든 동향을 알기에 여러모로 거북했다. 하지만 진실을
말했다간 괜한 의심을 살 테고, 질투심에 휩싸여 나를 죽이
려 들 테며, 《5층 동맹》 입사 알선 또한 없었던 이야기가 될
것이나.

"내 말 좀 들어봐. 미즈키 녀석, 내가 질투해줬으면 해서,
일부러 연락을 안 했다지 뭐야. 관광이나 하면서 나와 재회

하는 날을 상상했고, 나를 보고 싶은 마음을 참고 또 참으며 사랑을 가슴 속에서 키워나갔다고 하더군. ……아아, 마이 허니. 정말 귀엽고, 사랑스러워! 아키테루 군도 그렇게 생각하지?"

"아, 네. 그러네요."

"그래. 그럴 거야. 와하하하하하!"

으음, 기분이 참 좋아 보이네. 내가 진실을 폭로하면, 이 사람은 어떤 반응을 보일까.

고개를 치켜들려 하는 나쁜 생각을 어찌어찌 억누른 나는 억지 미소를 유지했다.

"으음, 오늘은 그런 자랑을 하려고 부른 거예요?"

"그런 쓸데없는 일에 귀중한 시간을 허비할 수야 없지. 일류 경영자를 얕보지 말아 주겠나?"

"초고속으로 심각한 표정 지어봤자 늦었어요."

1초 전까지의 맛이 간 목소리와 표정을 없었던 일로 만들 수 있을 거라고 생각 마.

아무래도 방금 한 말은 진심이 아니었던 건지, 또 표정을 풀며 웃음을 터뜨렸다.

"아하하! 이런 쪽으로는 여전히 융통성이 없는걸."

"하아. 저를 그만 가지고 노세요. 이런 쪽으로는 서툴거든요. ……그것보다, 본론은 뭐죠?"

"물론『검은 염소』에 관해서지."

그 말을 들은 순간, 내 안의 스위치가 켜졌다.

자연스럽게 등을 꼿꼿이 폈다.

"갱신의 일시 휴무라는 큰 결정을 내렸으니 말이야. 중요한 의제지."

"꾸짖을, 건가요? 허니플레의 일원을 꿈꾸며, 200만 DL에 만족하지 말고 300만 DL을 목표 삼아 나아가야 할 상황. 갱신 속도를 올리면 몰라도, 낮추는 건 말도 안 된다……라면서요."

"흠, 그래. DL 수를 늘리려면, 빈번한 갱신이 필수 불가결하겠지."

츠키노모리 사장은 굳은 표정으로 그렇게 말한 후…….

"하지만, 용기 있는 결단이야."

씨익 웃으며, 그렇게 평가했다.

유능한 사장이 어깨를 두드려주며 긍정하자, 나는 안도의 한숨을 내쉬었다.

"그렇게 말해주니, 마음이 놓이네요."

"나도 개발 측에 대해 아는 편이거든. 그런 결단을 내린 것을 보면, 내부 사정을 모르더라도 어떤 문제가 터진 건지 얼추 유추할 수 있지. ……《5층 동맹》의 환경을 고려한다면, 이미 누군가가 병 혹은 부상으로 전선 이탈을 할 수 없게 되거나 그런 위험으로 이어질 일이 터진 걸 거야."

"바로 맞췄어요. ……한심한 일이지만요."

"아니, 한심한 게 아니라 어쩔 수 없다고 봐야겠지.《5층 동맹》팀 구성은 원래 운영 스타일의 스마트폰 게임에는 적합하지 않아. 그건 너도 알고 있을 텐데?"

"네⋯⋯. 머리부터 발끝까지 완성도 높은 작품을 만들어서, 1회차 플레이의 만족도를 가장 중시하는— 콘솔 게임 제작에 훨씬 적합할 거예요."

그렇다. 실은 그러하다.

소수의 크리에이터만으로 끝도 없이 운영 콘텐츠를 유지하는 게 얼마나 힘든지는, 비교적 이른 단계에서 눈치챘다.

다운로드 콘텐츠
"지금은 DLC의 매상도 무시 못 할 수준인 만큼, 컨슈머에서도 결국은 운영 요소가 필요해지지만⋯⋯ 그래도 스마트폰 게임이 추구하는 갱신 빈도에 비하면 훨씬 여유롭지."

눈치챘으면서도, 왜 그 문제에서 눈을 돌리며『검은 염소』를 스마트폰 게임으로 내놓은 것인가.

그 이유는 우스울 정도로 단순명쾌했다.

"네. 하지만 저희는 콘솔 게임 개발 환경을 갖출 예산과, 공식 스토어에 유통할 방법도 없었어요."

"그랬겠지. 일개 고등학생이 게임을 만들려면, 스마트폰 아니면 컴퓨터로 내놓을 수밖에 없을 테니 말이야. 현재의 시류에 따라 스마트폰을 선택한 건 좋은 센스야."

"하지만 소수 정예 체제와 운영 타입 스마트폰 게임의 나쁜 상성에서 비롯된 벽에 부딪히고 말았어요⋯⋯. 솔직히 말

328 친구 여동생이 나한테만 짜증나게 군다 7

해, 스마트폰에서의 『검은 염소』는 이제 한계죠."

"그래. 그럼 활동을 포기하겠다는 걸까?"

"아뇨."

나는 고개를 저었다.

휴무라는 결단은 동료들에게 무리를 시키지 않기 위한, 용기 어린 후퇴다.

하지만, 단순한 후퇴는 아니다.

내 억지를 실현시키기 위한 후퇴인 것이다.

동료들의 재능을 세상에 알리고, 이 사회에서 그들이 있을 곳을 확고하게 만들어주고 싶다.

하지만 그런 억지를 이루기 위해서는 300만 DL를 달성해야만 하지만, 간헐적인 콘텐츠 공급으로 이루는 건 어렵다.

그렇다면.

300만 DL를 달성하지 않고도, 『검은 염소』를 더욱 키울 방법을 철저하게 생각하면 된다.

이미 작전은 짜고 있다.

그중 하나이자, 지금 이 자리에서 내가 츠키노모리 사장에게 선보일 수 있는 패는…….

"활동 정지로 번 시간을 이용해, 공부와 경험을 쌓은 후…… 내년. 히니플레로부터 출자를 받아서, 콘솔판을 낼 거예요."

"……이거 놀라운걸. 세계 나오잖아."

말 그대로, 놀라움을 숨기지 못한 것처럼 눈을 치켜떴다.

하지만 업계에서 알아주는 사장은 달랐다. 금방 냉정해지더니, 손가락을 까딱거렸다.

"나는 조카라고 아무 조건 없이 투자해줄 만큼 무르지 않거든? 투자가치가 없는 팔리지 않을 기획이라 판단되면 주저 없이 버릴 거다. 게다가 투자를 받겠다는 건 최전선에서 활약하는 다른 프로들과 같은 전장에서 싸우겠단 의미인데…… 각오는 되어 있으려나?"

"네. 애초부터 쉽게 추천 입사를 받을 수 있을 거라고는 생각도 안 했으니까요."

단호하게 말했다.

츠키노모리 사장은 또 재미있다는 듯이 어깨를 흔들며 웃음을 터뜨렸다.

"후후. 정말 재미있는 남자야. 후퇴했나 했더니, 더욱 무모한 짓을 벌이기 위한 준비 단계일 줄이야. 이야, 장래가 기대되는걸."

"……그래도, 수학여행이 끝날 때까지는 학생답게 지낼 생각이지만요."

진지한 시간은 끝났다.

분위기가 풀린 것을 느낀 나는 가벼운 화제로 이야기를 돌렸다.

"호오, 그래? 신기한걸. 일벌레인 네가 그런 소리를 하다니 말이야."

"이제까지 전속력으로 뛰어오기만 했으니까요. 이쯤에서 잠시 멈춰서서 다양한 체험을 흡수할까 해요. ……이상한 오해를 하기 전에 말해두는 건데, 체험이라고 해서 리얼충 스러운 건 아니거든요?"

"하하하. 너무한걸, 아키테루 군. 그렇게 말하니 내가 청춘 리얼충 자식들을 질투하는 몬스터 같잖아."

세상에서 가장 설득력 없는 대사였다.

"그건 그렇고, 수학여행인가……. 아키테루 군, 의뢰를 하나 해도 될까?"

"의뢰…… 여행 선물 말인가요. 물론 괜찮아요. 특산품 화과자든 뭐든 다 사다 드릴게요."

말을 한 후에 이상한 점을 눈치챈 나는 어라? 하며 고개를 갸웃거렸다.

이 사람은 허니플레의 대표이사 사장이잖아.

그런 사람이 교토 여행 선물을 부탁할까? 출장으로 칸사이에 가는 일도 많을 테고, 교토만이 아니라 온갖 장소의 여행 선물을 접해봤을 텐데 말이다.

그런 의문에 사로잡혀 있을 때, 츠키노모리 사장은 거대 생물로부터 인류를 지키는 조직의 사령관처럼 앞으로 몸을 숙이며 손을 모으는 특유의 포즈를 취하더니…….

엄숙한 목소리로 이렇게 말했다.

"여행을 기회 삼아 마시로를 노리는 빌어먹을 쓰레기 양아치 발정남은 반드시 죽여버리도록. 알겠지?"

"마시로에 관한 일이면 IQ가 바닥을 치네요."

무시무시하네.

어쨌든, 츠키노모리 사장의 안티 청춘 대사는 제쳐두기로 하고…….

2주 후의 수학여행. 『검은 염소』 작업도 없으니, 기왕이면 학생다운 행사를 즐겨야겠다.

초등학생 때는 주위의 꼬맹이 같은 녀석들에게 녹아들지 못해서 즐기지 못했고, 중학생 때는 이런저런 일로 그럴 상황이 아니었다. 잘 생각해보면 나에게 있어 처음으로, 멀쩡한 친구들과 시간을 보낼 수 있는 수학여행이었다.

오즈, 마시로, 스미레, 오토이 씨, 미도리, 연극부 부원들. 그리고 존재감은 여전히 옅지만 마시로를 통해 나에게 존재를 어필하기 시작한 클래스메이트도 있거든.

하지만 유일하게 마음에 걸리는 건…….

친구 여동생은 수학여행을 같이 못 간다는 점이다.

■ 작가 후기

　전국의 독자 여러분, 안녕하십니까. 『동생짜증』, 풀어서 『친구 여동생이 나한테만 짜증나게 군다』를 항상 사랑해주셔서 감사합니다. 작가인 미카와 고스트입니다. 여러분, 7권 띠지를 보셨나요? 보셨죠? 거기에 뭐라고 적혀 있는지, 알고 계시죠?

　그 렇 습 니 다 T V 애 니 화 결 정 입 니 다.

(*일본 원서 기준)

　전세계, 전인류, 전 선배가 기다려온 『동생짜증』의 TV 애니화가 결정됐습니다. 감사합니다. 감사합니다. 아, 죄송합니다. 다시 인사를 올려야겠군요. TV애니화가 결정됐습니다. 애니화 결정 작품의 작가인 미카와 고스트입니다. 잘 부탁드립니다.

　…………죄송합니다. 잘못했습니다. 우쭐댔습니다. 이 작품을 집필하기 시작하면서부터, 작가로서 우쭐 짜증 무브를 할 의무가 있다고 생각해서요. 자신의 맹세를 짜증스러운 언동으로 표현해봤을 뿐이니, 부디 용서해 주십시오.

자, 우쭐대놓고 리스펙트를 외쳐봤자 설득력이 없을지도 모르겠습니다만, 그래도 감사 인사를 드릴까 합니다.

일러스트를 맡아주신 토마리 선생님, 항상 최고의 일러스트를 그려주셔서 감사합니다. 이로하를 비롯한 모든 캐릭터가 수많은 팬에게 사랑받으면서, 애니화 결정이란 결과로 이어진 것도 토마리 선생님의 힘 덕분입니다. 앞으로도 잘 부탁드립니다!

만화가이신 히라오카 히라 선생님, 『동생짜증』 코미컬라이즈 판의 연재를 참 즐겁게 읽고 있습니다. 캐릭터들이 만화 속에서 활기차게 다양한 표정을 보여주는 모습을, 한 명의 독자로서 훈훈한 마음으로 지켜보고 있습니다. 앞으로도 함께 『동생짜증』을 널리 알려나갈 수 있다면 정말 좋겠습니다!

그리고 담당 편집자이신 누루 씨, GA문고 편집부 및 관계자 여러분, 항상 여러모로 백업해주셔서 감사하기 그지없습니다. 정말 고맙습니다. 그런데 애니화가 결정되어서 바빠진다면, 당연히 원고 마감에도 인정을 베풀어주실 거죠?

그리고 이제까지 응원해주신 독자 여러분. 여러분이 이로하의 짜증귀염에 굴하지 않고 응원해주신 덕분에, 여기까지 올 수 있었다고 생각합니다. 화면 속에서 짜증스러울 만큼 밝고 활기차게 움직이는 이로하와 다른 캐릭터를 보는 날까지, 계속 응원해주시면 진심으로 감사드리겠습니다.

—그럼, 미카와 고스트였습니다.

　……그건 그렇고, 기쁜 소식이 있으면 후기를 금방 쓸 수 있어 좋네요. 매권마다 애니화 결정 발표가 있으면 후기 소재 걱정을 안 해도 되겠어요.

안녕하십니까. 근로청년 번역가 이승원입니다.

『친구 여동생이 나한테만 짜증나게 군다』 7권을 구매해주셔서 진심으로 감사드립니다.

벌써 여름이 지나가고 가을이 됐습니다.

정신 차리고 보니 벌써 시간이 이렇게 됐군요. 올해 여름도 참 파란만장했습니다. 작업실이 옥탑방이라서, 실외는 25도 정도인데 내부는 30도가 넘었죠. 게다가 역대급 태풍의 직격타는 무시무시했습니다. 옥상 물탱크가 날아갈 뻔하고, 하수도도 막힌데다, 인터넷까지 끊기더군요, AHAHA.

독자 여러분은 피해가 없으시길 진심으로 빕니다.

그럼 『친구 여동생이 나한테만 짜증나게 군다』 7권에 관해 이야기를 좀 해볼까 합니다.

스포일러가 포함되어 있을 수도 있으니 본편을 안 읽으신 분은 유의해주시길!

『친구 여동생이 나한테만 짜증나게 군다』 7권은 어머님's 편이었습니다.

6권 마지막에 등장한 두 어머님이 엄청난 존재감을 드러내며 맹위를 떨쳤고, 그런 두 사람에게 이로하와 마시로와 아키는 마구 휘둘립니다. 게다가 『검은 염소』 또한 뜻밖의 난관에 봉착하는 사태가 벌어지죠.

그 바람에 아키는 자신의 신념을 꺾을 뻔하지만, 결국 그는 자신다운 방식으로 문제를 해결해냅니다.

그 과정에서 두 어머님의 숨겨진 일면이 드러나고, 그것이 앞으로의 전개에 크게 관여할 듯한 뉘앙스를 풍기죠.

두 어머님과 두 소녀의 만남과 교류가 앞으로 어떤 이야기를 자아낼지, 정말 기대됩니다.^^

그럼 이만 줄이겠습니다.

언제나 재미있는 작품을 맡겨주시는 L노벨 편집부 여러분에게 진심으로 감사 드립니다. 앞으로도 잘 부탁드립니다!

추석 연휴에 오래간만에 막난 악우여, 정말 반가웠다. 저렴한 고깃집이지만, 악우와 오래간만에 밥 먹으니 정말 좋았다. 식사 후에 네가 응급실 갈 뻔하는 사태만 안 벌어졌으면 더 좋았을 거야, AHAHA.

마지막으로 언제나 제게 버팀목이 되어주시는 어머니와 『친구 여동생이 나한테만 짜증나게 군다』를 읽어주신 모든 분께 진심으로 감사드립니다.

수학여행을 배경으로 사랑의 쟁탈전(^^)이 벌어지는 8권 역자 후기 코너에서 다시 뵙겠습니다!

2022년 9월 중순
역자 이승원 올림

친구 여동생이 나에게만 짜증나게 군다 7

초판 1쇄 발행 2022년 10월 10일

지은이_ mikawaghost
일러스트_ tomari
옮긴이_ 이승원

발행인_ 신현호
편집장_ 김승신
편집진행_ 권세라 · 최혁수 · 김경민 · 최정민
편집디자인_ 양우연
관리 · 영업_ 김민원

펴낸곳_ (주)디앤씨미디어
등록_ 2002년 4월 25일 제20-260호
주소_ 서울시 구로구 디지털로 26길 111 JnK디지털타워 503호
전화_ 02-333-2513(대표)
팩시밀리_ 02-333-2514
이메일_ lnovellove@naver.com
L노벨 공식 카페_ http://cafe.naver.com/lnovel11

TOMODACHI NO IMOUTO GA ORENIDAKE UZAI 7
Copyright ⓒ 2021 mikawaghost
Illustrations copyright ⓒ 2021 tomari
All rights reserved.
Original Japanese edition published in 2021 by SB Creative Corp.
This Korean edition is published by arrangement with SB Creative Corp., Tokyo
in care of Tuttle-Mori Agency, Inc., Tokyo.

ISBN 979-11-278-6575-7 04830
ISBN 979-11-278-5641-0 (세트)

값 7,800원

©Ryo Shirakome/OVERLAP
Illustration Takaya-ki

흔해빠진 직업으로 세계최강 1~12권, 단편집

시라코메 료 지음 | 타카야Ki 일러스트 | 김장준 옮김

『흔해빠진 직업으로 세계최강』 시리즈로
집필한 많은 특전 소설이 단편집으로 등장!
게다가 이 서적에서만 볼 수 있는 신작 소설도 수록!

【메르지네 해저 유적】 공략 후 하지메는
다시 여행을 떠나기 위해 뮤와 헤어져야 한다는 사실에 고민했다.
추억을 만들어주려고 뮤와 『에리센 7대 전설』을 찾으려고 하지만
결과는 모두 허탕. 그리고 일곱 번째 모험을 나섰다가 정체 모를
거대 생물과 만나서 기묘한 세계에 떨어진다!
떨어진 동료와 합류하고자 움직이는 하지메는
거기서 기적적인 만남을 이루는데―『환상의 모험과 기적의 만남』.

인터넷 미공개 에피소드를 수록한 최초이자 『최강』의 단편집!

NOVEL

녹을 먹는 비스코 1~6권

코부쿠보 신지 지음 | 아카기시K 일러스트 | mocha 세계관 일러스트 | 이경인 옮김

모든 것을 녹슬게 만들며 인류를 죽음의 위협에 빠뜨리는 《녹바람》 속을 달리는
질풍무뢰의 『버섯지기』 아카보시 비스코.
그는 스승을 구하기 위해
영약이라 전해지는 버섯, 《녹식》을 찾아 여행하고 있다.
미모의 소년 의사, 미로를 파트너 삼아 파란만장한 모험에 나서는 비스코.
가는 길에 펼쳐지는 사이타마 철(鐵)사막,
문명을 멸망시킨 방어 병기 유적으로 지은 도시,
대왕문어가 둥지를 튼 지하철 폐선로……
가혹한 여정 속에서 차례차례 덮쳐오는 위험을
미로의 번뜩이는 지혜와 비스코의 필중의 버섯 화살이 꿰뚫는다!
그러나 그 앞에는 사악한 현지사의 간계가 도사리고 있는데……?!

최강의 버섯지기가 자아내는 노도의 모험담!

현자의 손자 1~13권

요시오카 츠요시 지음 | 키쿠치 세이지 일러스트 | 김덕진 옮김

사고로 죽었을 청년이 갓난아기의 모습으로 이세계에서 환생!
구국의 영웅 「현자」 멀린 월포드에게 거둬진 그는 신이라는 이름을 받는다.
손자로서 멀린의 기술을 흡수해가며 놀라운 힘을 얻게 된 신이었지만,
그가 열다섯 살이 되자 할아버지는 이렇게 말했다.
"상식을 가르치는 걸 깜빡했구만!"
이런 이유로 신은 상식과 친구를 얻기 위해
알스하이드 고등 마법학원에 입학하게 되는데—.

「규격 외」 소년의 파격적인 이세계 판타지 라이프, 여기서 개막!

전생 따위로 도망칠 수 있을 줄 알았나요, 오빠? 1권

카미시로 쿄스케 지음 | 키린 카케루 일러스트 | 송재희 옮김

나를 감금했던 동생이 이 세계 어딘가에 숨어 있다―.
고등학교를 졸업하고 5년간 여동생에게 감금당했던
나는 가까스로 도망쳤다가 트럭에 치여 이세계에 전생.
악마 같은 동생으로부터 겨우 해방되었다…….
자유로운 새 세상에서의 이름은 잭.
귀족의 외동아들로, 사랑 넘치는 부모님과 상냥한 메이드 아넬리의 보살핌 속에서
행복 가득한 새로운 인생이 시작되었을 테지만.
함께 죽은 동생도 이 세계에 전생했다.
이름도 생김새도 달라진 그 녀석이 어디 숨어 있을지 모른다.
하지만 내게는 신에게 받은 세계 최강급의 힘이 있다.

이 능력으로 그 녀석을 물리치고
나는 이번에야말로 주위 사람들을 지켜 내겠다!

라이트노벨의 새로운 빛! L노벨의 신간은 매월 10일에 발매됩니다. http://cafe.naver.com/lnovel11